Another（アナザー） 2001（上）

綾辻行人

角川文庫
23688

目次

上

Part 2（承前）

Part 3 ............*M.M.*

~*To Dear M.F.*~

Tuning I

一九七二年。昭和でいうと四十七年。**つまり今から二十九年前の出来事。——この年の春、夜見山北(よみやまきた)中学三年三組のある生徒が死んだんですよね。**新学期が始まって、その生徒が十五歳の誕生日を迎えてまもないころ。航空機事故とか列車事故とか、学校でたまに聞こえてくる噂だといろんな説があるけど……自宅の火災で、というのが真相？

——みたいね。

家族全員が、その火災で亡くなった。生徒の両親も、一つ年下の弟も。

——そう。

生徒の名前はミサキ。噂では名前がマサキだったり、性別が曖昧(あいまい)だったりもします。

ミサキ、が正しい。

ですね。

フルネームは夜見山岬（みさき）。男子生徒。

ヨミヤマ・ミサキ……。

…………

彼は、一年生のときから学力優秀、スポーツ万能、美術や音楽の才能もあって、なおかつ眉目（びもく）秀麗で人柄も良くて、生徒からも先生からも愛される人気者だった。って、こんなふうにまとめてしまうと、何だか嘘くさい感じもします。

でも実際、そのとおりだったらしいから。

はい。だから……その知らせを聞いて、みんなはすごくショックを受けて、すごく嘆き悲しんだ。あまりにも突然の人気者の死を、すんなりと受け入れることができなかった。

クラスメイトたちも、担任の先生も。だから……。

みんなは善（よ）かれと思って、間違った接し方を始めてしまった。ミサキの〝死〟に対して――。

つまり、「ミサキは生きている」というふりを。

そう。

ミサキが死んだなんて嘘だ。信じられない。信じたくない。っていうところから始まって、そのうち、ミサキは死んじゃいない。今も生きていて、ほら、ここにいるじゃないか。

って、そんなふうに対応がエスカレートしていって……。

……ミサキはそこにいる、ちゃんといる。ミサキは生きている。死んでなんかいない。……

三組の生徒全員が、教室ではあくまでも「ミサキは生きている」って、そんなふりをしはじめ、しつづけた。卒業式の日まで、ずっと。

……担任の先生も協力して、ですね。みんなの云うとおり、ミサキは死んではいない。少なくともこの教室では、クラスの一員として今もちゃんと生きている、と。ミサキの机もものまま残しておいて、そこにいるミサキに話しかけてみたり、一緒に遊んだり一緒に下校したり……そういうふりを。

……だけど、それは——そんなやり方は間違っていたんですね。〝死〟は〝死〟として、きちんと受け止め、受け入れるべきだったのに。なのに……。

……卒業式のあと、教室で撮った記念写真があったんですよね。その写真を見て、みんなは驚いた。クラス全員の集合写真の隅っこに、ありえないものが写っていたから。実際にはいるはずのないミサキがそこにいて、死人みたいな蒼白い顔で、みんなと同じように笑っていたから。これが二十九年前の、始まりの年の……。

翌年度から三年三組で起こりはじめた不可思議な〈現象〉の、引き金になった出来事。

〈現象〉……そして、それに伴って降りかかる理不尽な〈災厄〉の。

そう……。

…………

…………

…………

……いいの？

って、何が、ですか。

〈現象〉はたぶん、三年前のあれで終わったわけじゃない。また起こるかもしれない。もしも今年、あなたが三組になったとしたら。そして、もしも……。

ああ……でも、そんな心配、今からしても仕方ないし。

仕方ない、か。

…………

……気をつけて。もし万が一、そうなってしまったときには。

はい。でもね、もしもそうなってしまったときには、ぼくは……。

Tuning II

○一九九八年度の〈災厄〉による（と思われる）死亡者一覧

四月　藤岡(ふじおか)未咲(みさき)……三年三組の生徒・見崎鳴(みさきめい)のいとこ。もともとは双子の妹。

五月　桜木(さくらぎ)ゆかり……三年三組の生徒。クラス委員長。
　　　桜木三枝子(みえこ)……その母。

六月　水野沙苗(みずのさなえ)……三年三組の生徒・水野猛(たける)の姉。

高林郁夫(たかばやしいくお)……三年三組の生徒。

七月

久保寺紹二(くぼでらしょうじ)……三年三組の担任。国語教師。

久保寺徳江(とくえ)……その母。

小椋敦志(おぐらあつし)……三年三組の生徒・小椋由実(ゆみ)の兄。

八月

前島学(まえじままなぶ)……三年三組の生徒。

赤沢泉美(あかざわいずみ)……同。

米村茂樹(よねむらしげき)……同。

杉浦多佳子(すぎうらたかこ)……同。

中尾順太(なかおじゅんた)……同。

沼田謙作(ぬまたけんさく)……〈咲谷(さきたに)記念館〉の管理人。高林郁夫の祖父。

沼田峯子(ぬまたみねこ)……同。その妻。

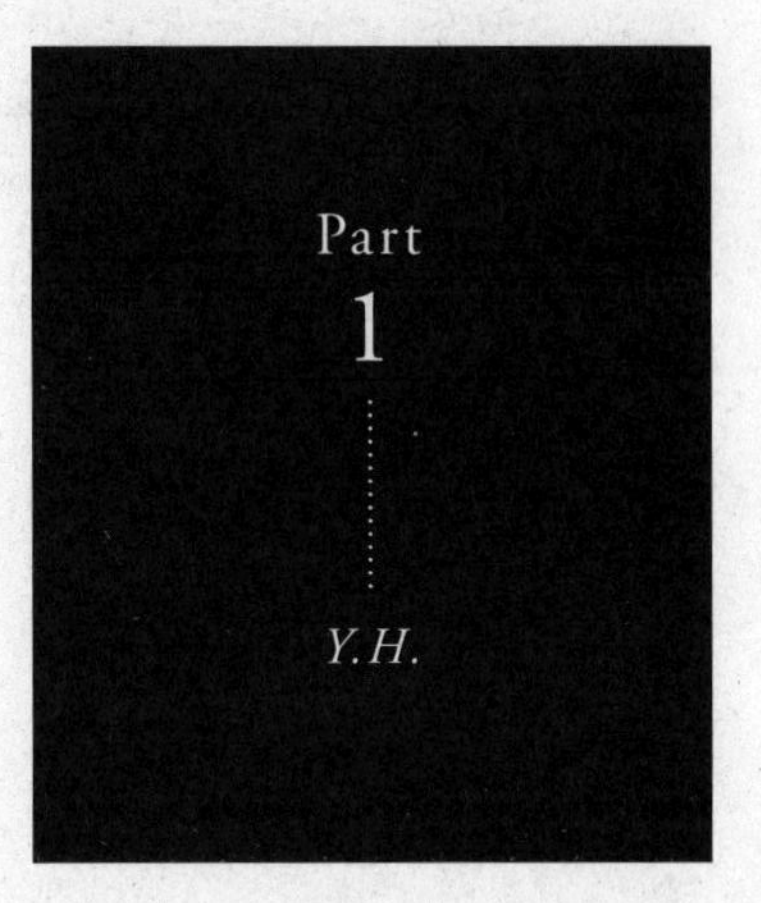
Part
1
Y.H.

Introduction

なあ。このあいだの話、どう思う？

このあいだの……って、卒業生からの、あの申し送りの件？

ああ。信じるか、あの話。

どうだろう。

信じられない？

——微妙。

ああいう〈申し送りの会〉が毎年、三月のこの時期に開かれてるんだな。前の三年三組から次の三年三組へ。

次の——四月からの新しい三組のメンバーが決まった時点で。

学校のほうも事情を心得ていて、三組になると決まった生徒には、四月の正式発表を待たずに情報を伝えてくるわけだろう。だからつまり、単に生徒だけが気にしてる問題じゃないってことで。

でもねえ、いくら何でも、あんな突拍子もない……。

おれ、噂には聞いたことがあったけど。

呪われた三年三組、みたいな？

ああ。——おまえは？

ぜーんぜん知らなかった。

まあ、**基本的には**〝秘密〟だっていうからな。むやみに他言したら悪いことが起こる、とかで。

にしても、いきなりあんな話を聞かされても、普通はなかなか。

信じられない、か。

あなたは信じるの？

よく分からない。

でしょう？　去年もおととしも、べつにそんな、〈災厄〉っていうような出来事はなかったし。

おれたちが入学する前の年は、〈ある年〉だったそうだぜ。いろいろ物騒な事故や事件があったと。それでたくさん、人も……。

死んだ、っていうよね。

そう聞くとやっぱ、おっかないし。

そりゃあね。でも……。

でも？

やっぱりそんな、〝呪い〟みたいなものが実際にあるなんて話、あまり真に受ける気にはなれないなぁ。

その気持ちも分かるが。

申し送りをした先輩たちも、何となく半信半疑っていう感じだったじゃない？

そう見えたか。

見えた、けど。

ううむ。

だいたいね、二十九年前のミサキがどうのこうのっていうあの話自体が、何だか眉唾も（まゆつば）のっぽくない？

ん……そうかな。

卒業生が後輩を怖がらせるために続けられてきた恒例のお遊び、だったりして。

ふんふん。まあ、本当にそれだけのことだったらいいんだが。

今月末にまた、集まりがあるのよね。

ああ。〈対策会議〉とか云ってたな。

何だかもう、面倒くさいなぁ。

大真面目な連中もいるからさ。

サボったらまずいかな。

まずそうな空気だったなあ。

担任の先生も来るって話だっけ。

そう云ってた気がする。

うーん。仕方ないなぁ。

＊

昨年および一昨年、すなわち一九九九年度と二〇〇〇年度は、幸いにも〈ない年〉でした。世紀が変わったので、もしかしたらもう終わったのではないか。今年はもう、これまでのようなことは起きないのではないか。そう考える向きもあるのですが……。

……ですが、「終わった」という確証はどこにもないのです。

もしもまだ終わってはいなくて、なおかつ今年――二〇〇一年度が〈ある年〉だった場合に備えて、私たちはやはり、今から〈対策〉の準備をしておかねばなりません。きょうはそのため、この四月から三年三組の一員となるみなさんに、こうして集まってもらったわけです。

きょうこの場で話し合わねばならないことは、大きく云って二つあります。

一つは「対策係」の選出。

もう一つは、もしも今年が〈ある年〉だった場合の〈対策〉に必要な〈いないもの〉の役割を、誰に担ってもらうか。それを決めることです。

対策係も〈いないもの〉の候補者もこれまで、年によって決め方の違いが若干あったようです。けれども今年は、このような集まりを設けて、できるだけみなさんから多くの意見を聞きながら……。

…………

…………

……では、よろしいですね。

いま決まったとおり、新学期が始まってもしも、今年が〈ある年〉であるという兆候が見られるようならば、そのときには……。

ちょっと待ってください、先生。

はい。——何か？

それでいいんでしょうか。

はい？

つまりその、本当に〈対策〉はそれだけでいいんでしょうか。

どういう意味ですか。

ええと、ですからあの、わたしが聞いたところによると、三年前——一九九八年度が〈ある年〉だったときには……。

…………

…………

…………

……ですから、今年は初めから、そういう準備をしておいたほうがいいんじゃないか、安全なんじゃないかと。

なるほど。

今年も〈ない年〉であればもちろん、それに越したことはないんですが。でも、やっぱりここは、できるだけの……。

検討の価値がある提案ですね。——どう思いますか、みなさん。

Chapter 1

April I

1

春が来て、あしたから三年生の新学期が始まるという日になって、やっと引っ越しが完了した。

引っ越し、といってもそんなにたいそうなものじゃない。距離にして、水平方向に百メートル余り、垂直方向に十数メートルの、ささやかな移動にすぎない。運ぶ必要があったのは、基本的にはぼくの身のまわりの品だけだし……。

業者には頼まず、数日かけて自力で少しずつ段ボール箱を運んだ。一人で運べないものについては、赤沢(あかざわ)の伯父(おじ)さんや伯母(おば)さんが労を惜しまず手伝ってくれた。

六階建てのマンション〈フロイデン飛井〉の五階、E－9号室。――ここがぼくの、新しい部屋だ。

こぎれいな1LDKは、荷物をぜんぶ運び込んでもがらんとしたままで、中学生が一人で使うには広すぎる。伯父さんたちの気づかいはもちろんありがたかったが、何だか申しわけない気もする。「部屋のかたづけも手伝うわよ」と伯母さんが云ってくれたのだけれど、

「ありがとう。でも、大丈夫ですから」

そう応えた。「ありがとう」も「大丈夫」も、ぼくの偽りない気持ちだった。

夕食を向こうの家で済ませたあと、独り戻ってきたこの、自分だけの部屋で――。

きょう最後に運び込んだ大ぶりなスポーツバッグをまず、ぼくは開ける。そうして中から、バスタオルで包み込んでおいた黒塗りの木箱を取り出す。蓋を開き、そっと中身を確かめる。

中身は一体の人形、だった。

黒いドレスをまとった美しい少女の。身長にして四十センチほどの大きさの、いわゆる球体関節人形だが、これはぼくにとって、自分の持ちものの中でも一、二を争って大切な品なのだった。

この人形の箱をとりあえず、まだ本を並べていない書棚の一角に収めてから――。

ふらりとヴェランダに出てみた。

四月初旬の夜気はまだまだ頬に冷たくて、呼気も白かった。

空には数えられる程度の星影しかない。今夜は確か満月のはずだけれど、雲に隠れていて見えない。

フェンスの上に両手を置き、意識して背筋を伸ばした。静かな呼吸を繰り返しながら、風景に目をやった。

夜も八時を過ぎると、総じてこの街はもう暗い。

近景には夜見山川の、黒々とした流れが。ちらほらと並ぶ街灯の光が。——いくぶん煌びやかな明りの群れが、川の向こうの遠景に見える。あれは紅月町の繁華街だろうか。

ぼくがこの街に帰ってきて、二年と七ヵ月になる。——山間の小都市、夜見山。

生まれたのは市内の産院だったという。一年足らずは同じ夜見山市内に住んでいた。その後は夜見山を離れて海辺の緋波町に移り住み、小学校六年生の夏までをそこで過ごした。かつて住んでいたといっても赤ん坊のときの話だから、直接の思い出は何もない。懐かしいとか、そういう想いもまるでなかった。抱くのはむしろ、異国感。そして、得体の知れないものへの不安や恐れ……だったのだが、この二年七ヵ月で徐々にそれも薄らいできていた。

……けれど。

眼前に広がる夜見山の夜から目をそらし、足もとを見下ろす。われ知らず長い息を落とし、強く瞼を閉じる。

けれど、あしたからは。

あしたの状況次第では、ぼくは……。

瞼を閉じたままふたたび、今度は意識的に息を落とそうとしたところで——。

薄っぺらな電子音が、部屋の中から聞こえてきた。携帯電話に着信、か。

2

もしかして彼女から？

そう思って、少しどきどきしながら銀色の携帯電話を取り上げたぼくだったのだ。期待はしかし、あっさり裏切られた。ディスプレイに表示されていたのは、未登録の電話番号で——。

「うっす、想か？　おれだ、矢木沢だよ。ケータイの調子が悪くてさ、これ、家電からなんだけど」

矢木沢暢之。

同じ市立夜見山北中学校（通称「夜見北」）に通う同級生、だった。中一、中二と同じクラスで、三年でもまた同じ三組になると分かっていた。矢木沢とぼくにはある共通点があって、知り合ってまもない時期にそれを確認して以来、普通よりもいくらか特別な友人関係が続いている。

「どうしたの」

と、ぼくは訊いた。彼女が電話してくることなどそもそも、めったにないわけだし……と自分を納得させつつ。

「わざわざ家の電話で、なんて」

「どうしたも何も……心配してかけてやったんじゃないか。いよいよあしたから一学期、始まるしさ」

「ふうん。怖い、の?」

「そりゃあ怖いさ。もしもの場合を想像したら。しかしまあ、『もしもの場合』はまずないだろう、と高をくってはいる」

「前からそう云ってるよね、きみは」

「基本、楽観主義者なんだよ、おれは」

「じゃあ何も、ぼくの心配をする必要はないじゃない」

「そこはほら、友だち甲斐があると云ってほしいな」

聞こえてくる矢木沢の声には、「楽観主義者なんだよ」という主張とは裏腹に、どこかしら怯えの色が滲んでいる。そんな気もしたが、これはぼくのうがちすぎなのかもしれなかった。

「『もしもの場合』を考えて、今ごろおまえが、ひどいプレッシャーに苦しんでいるんじゃないかって」

「そっか。――ご心配なく」

努めて冷静な口調で応じた。

「ぼくは平気だから。苦しんでなんかいないから」

「…………」

「とにかくあしたの状況次第、だからね。楽観主義はいいけど……分かってるよね？」

「えっ」

「『もしもの場合』には、いい？　中途半端に逃げちゃいけないよ」

わずかな間があって、「あ……ああ」と声が返ってきた。ちょっと気圧されたような声、だった。「じゃあね」と云って、ぼくは電話を切った。

このあと、一時間ほどしてからもう一本、携帯に電話があった。これは赤沢の伯母さんからで――。

「あ、想くん？　云い忘れてたけど、朝はちゃんとうちに食べにくるのよ。寝坊して慌てて朝ごはん抜き、はいけませんよ」

と、それが主な用件らしかった。ぼくが素直に「はい」と応えると、

「洗濯物は毎日、こっちに持ってきて。お風呂はそっちで、好きに入ればいいから」

いろいろ気にかかることが多くて、というふうだった。つい二時間ほど前、「おやすみなさい」を交わして別れたばかりなのに。

「一人で心細かったりしない？」

と真面目に問われて、

「平気です。秋にはもう十五歳ですから」

と、ぼくも真面目に答えた。

「困ったことがあれば遠慮せずに……ね。うちでも、急ぎのときは上階の繭子さんにでも」

「はい。ありがとう、伯母さん」

さきおととし——一九九八年の九月にぼくを預かってくれて以来、赤沢の伯母さんたちは本当に良くしてくれる。問題含みのぼくの境遇や、そういう境遇に置かれてしまった子供の気持ちを一生懸命おもんぱかって、優しくしてくれているのが分かる。

ぼくはむろん、そんな伯母さんたちにはとても感謝している。けれど、ときとして彼らの気づかいや優しさが少々、重荷に感じられてしまうのも事実だった。

「それじゃあね。おやすみなさい、想くん」

「はい。おやすみなさい」

「想」というのが、実の両親がつけてくれたぼくの名前だ。苗字はいま「比良塚」だが、これはいずれ捨てることになるだろう。

捨てたあとの苗字が「赤沢」になるのかどうか。その可能性は高そうだが、まだ決定事項ではない。

3

人間関係がいささかややこしいので、簡単に整理しておこう。

ぼくが夜見山で世話になっている赤沢の家は、その昔この飛井町界隈の大地主だったと聞いている。先代（といってもまだ存命中）の赤沢浩宗には三人の息子がいて、長男が春彦、次男が夏彦、そして三男が冬彦。ぼくが「赤沢の伯父さん」と呼んでいるのは長男の春彦さんのことで、「赤沢の伯母さん」はその奥さん、名をさゆりという。

春彦・さゆりの長男夫妻は、もう高齢で隠居を決め込んだ父親の浩宗と同居している。飛井町の一画に古くから建つその家——昔風に云えば赤沢の本家——に、今から二年七ヵ月前、ぼくは引き取られたのだった。緋波町の実家＝比良塚の家にいられなくなって……ありていに云えば、追い出されて。

この赤沢本家と同じ町内の、歩いてほんの一分か二分の場所に〈フロイデン飛井〉がある。これが実は、次男の夏彦さんが経営している賃貸マンションなのだ。詳しい事情はさておくとして、要はその一室をこの四月から、勉強部屋兼寝室としてぼくが使わせてもらう運びになったわけで——。

さっき電話で、赤沢の伯母さん＝さゆりさんが云った「上階の繭子さん」とは、このマンションのペントハウスにオーナーとして住まう赤沢家の、夏彦さんの奥さんのことだった。混乱するのでそうは呼ばないようにしているけれど、ぼくにとっては夏彦さんも繭子さんも、やはり「赤沢の伯父さんと伯母さん」であるわけで——。

だから……つまり。

赤沢浩宗の三人の息子のうちのもう一人、三男の冬彦こそが、ほかならぬぼくの実の父親なのだった。もう十四年も前、ぼくが生まれてまもなくに死んでしまった人だけれど。しかも、これは中学生になってから初めて知らされた話なのだが、精神を病んだ果てにみずから命を絶って。

4

荷物運びに使った段ボール箱その他をひととおり開けて、必要最低限のかたづけを終えたのがもう、真夜中に近いころだった。

あしたは始業式があるだけだから、カバンに入れていくものはほとんどない。箱からひっぱりだした学生服とシャツをハンガーにかけて、これでいちおう、当面の準備完了。

マンションの一室に一人で住む、といっても、実質的には家の敷地外に臨時の〝離れ〟があるようなもの――なので、部屋にはテレビも冷蔵庫も置かないし、携帯電話があるから固定電話も必要ない。ただ、パソコンをインターネットに接続するため、電話回線は使えるよう手配してもらってあった。

シャワーを浴びてひと息ついてから、リビングのテーブルでノートPCを開き、立ち上げてみる。このときの目的は一つ。電子メールのチェックだけだったのだが――。

新着のメールが二通、あった。

一通は『夜見山タウン通信』という無料のメールマガジン。月に二号のペースで送られてくる。内容はおおむね、他愛(たあい)もない地域の情報やお知らせのたぐいだが、一年ほど前に見つけて何となく配信を申し込んであった。

もう一通は幸田俊介(こうだしゅんすけ)から、だった。

中一のときの同級生で、生物部の仲間でもある。四月からは彼が、生物部の部長を務めることになってもいる。先ほど電話してきた矢木沢とは当然ながら、共通の友人。

今年度の部の活動計画のような文書が、メールの内容の大半を占めていた。几帳面(きちょうめん)な男だからまあ、こういう報告文を作って送ってくるのも分からないではない。――が。

メールの最後には、ふいをつくようにこんな一文があって、ぼくをはっとさせた。

あすからの無事を祈る。

三年三組の特殊事情は基本的に〝部外秘〟なのだけれど、さすがに彼の耳には伝わっているのか。普通に考えれば伝わっていないほうが不自然、ではあるが……。

二通のメールに目を通すと、ぼくはPCのかたわらに置いてあった携帯を取り上げる。赤沢の——さゆり伯母さんからかかってきたあとは、誰からも着信はない。

ふぅ、と小さく吐息して、PCのディスプレイに目を戻した。

電話がなくてもメールの一通くらいは来ていないかと、たぶんそう、ぼくは少なからず期待していたんだろう。彼女から。ミサキ・メイから。

メイ——見崎鳴と最後に話をしたのは、いつだっただろうか。

今年に入って一度……いや、二度は機会があった。

一度は年明けに、電話で少し。

もう一度は二月の初めごろ、御先町にある人形ギャラリー〈夜見のたそがれの、うつろなる蒼き瞳の。〉を訪れて、直接。

二月に会ったあのときには、例の件についてもひとしきり話をした。もうすぐぼくが三年生になるという時期だったから、それはどうしても避けられない話題だったのだ。

　その後、卒業式と修了式が終わって数日して、四月からぼくが新しい三年三組の一員になると分かったとき、思いきってこちらから彼女に電話してみた。ところが、幾度かけなおしてみても電話はつながらなくて。四月に入って一度、御先町のギャラリーにも足を運んでみたのだが、入口に「休館」の貼り紙が出ていて……。

　家族で長期の旅行に出ているんだろうか、とも想像した。そうじゃなくったって、彼女もこの四月から高校三年生だ。彼女自身の現在と未来の問題もあって、いろいろ忙しいに決まっているから……だから。

　報告のメールを一通だけ、出しておくことにしたのだった。

　前々から抱いていた自分の予感は的中した、と。三年生のクラスはやっぱり三組になってしまった、と。

　だからどうしてくれ、とかいう話ではもちろんない。三組になったといってもまだ、今年度が〈ある年〉かどうかも定かではない状況なのだから。

　ふぅ、と小さく吐息を繰り返してPCを閉じようとした、そのとき。

　軽やかな音が突然、響いた。メールの新着を告げる通知音だ。

　思わず「あっ」と声をもらして、マウスを握り直す。メーラーの表示に注目する。

　タイトルのないメールだった。が、その送信者は……。

「ああ」

思わずまた声がもれる。

送信者名は〈Mei M〉。——見崎鳴から、だ。

> 想くん
> 学校、あしたからだよね。
> ——気をつけて。

嬉しい、というよりも、このとき感じたのはささやかな安堵だった気がする。

ディスプレイに並んだ文字を見つめると、そこに彼女——見崎鳴の姿が重なって浮かぶ。それはなぜかしら、二月に会ったときの彼女ではなくて、三年前のあの夏の日の、左目を眼帯で隠した十五歳の少女の姿だったのだけれど……。

「……大丈夫」

声には出さず、ぼくは呟いた。

乾いた唇を引き結んで。せいいっぱい背筋を伸ばして。

「大丈夫。ぼくは、ちゃんとやる」

5

夜見山に来てから身についた習慣で、平日の朝はだいたい六時半ごろには目を覚ます。よほど疲れていたり調子が悪かったりしなければ。念のために時計のアラームはセットするが、アラームなしでも寝すごすことはまずなかった。

目覚めてもすぐに起床はしない。

ベッドであおむけになったまま、何分間か天井を眺めつづける。自身の呼吸を、体温を、心臓の鼓動を確かめる。そうやって、いま自分が生きている〝現実〟に意識の焦点を合わせるのだ。これはきっと、三年前のあの異様な体験の影響、というか、後遺症のようなものなんだろう。——自覚できている。

眠る部屋が変わっても、目覚めから起床までのこの流れに変わりはなかった。

「よし」

呟いて、頷(うなず)いて、身を起こす。

ぼくは生きている。

西暦二〇〇一年の四月九日、月曜日の〝現実〟を。——うん、ＯＫ。

着替えて部屋を出て、ドアに鍵をかける。

ドアの脇には〈E－9〉と部屋番号を示したプレートが貼られていて、その下には表札を入れるための金属製のフレームがある。何と記せばいいのか悩ましいので、表札はなしのままにしてある。マンションのエントランスホールにあるメールボックスも同じく、だった。

両どなりの部屋にはきのう、さゆり伯母さんが挨拶にいってくれたみたいだし、怪しいやつが越してきたとは思われていないはず。郵便物はそもそもほとんど来ないし、来たとしても今までどおり向こうの家に届くから、これで問題ないだろう。

このマンションでは、一階がA、二階がB……というふうにアルファベットで階数が表示されている。E＝五階にあるほかの部屋にはたいてい表札が出ていて、それらはたいていが〈E－9〉とは間取りのタイプが異なる、ファミリー向けの物件らしい。

人影のない早朝の廊下を、エレヴェーターホールまで進んだところで。

ホールの向こう側にある〈E－1〉のドアが、おのずと目に入った。この部屋もぼくの〈E－9〉と同じで、ドアの脇に表札は出ていないけれど……。

……ここは。

疑問が、ざらりと心を掠める。

ここは？

この部屋は……。

とたん、世界がほんの一瞬、真っ暗になった。

どくん、という低い響きを、聴覚の守備領域の外でこのとき、感じた気もした。

何だかまるで……妙な喩えになるが、この世の外側にいる何者かが今、この場面を捉えてカメラのシャッターを切ったような。あるいは、たとえば〝闇のストロボ〟みたいなものを焚きでもしたような。

そんな胡乱なイメージがふと脳裡に浮かんだのだが、すぐに消えて……。

べつに気にする必要はない。本当にほんの一瞬のことだったから。〇．〇〇何秒かというような、超短時間の。単に自分の瞬きをそんなふうに感じてしまっただけなんだろう。

そして――。

直前に心を掠めた疑問はもはや、疑問でも何でもなくなっていたのだった。

「ん。そっか」

ぼくは納得して頷き、カバンを持ち直してエレヴェーターの呼び出しボタンを押した。

午前六時五十分。――登校時間までにはまだずいぶんある。

6

赤沢本家に寄ってちゃんと朝食を胃に収めると、それでもまだ登校の定時までにはだい

ぶ余裕があったのだが、

「じゃあ、行ってきます」

なるべくあっけらかんと伯母さんにそう告げて、ぼくは家を出た。ぼくよりも長くこの家の世話になっているクロスケ（雄の黒猫。推定年齢八歳）が、しきりに「んにゃ、んにゃ」と鳴きながら門のあたりまでついてきてくれた。見送りのつもり……なんてわけ、ないか。

ここからまっすぐ学校へ向かうことは、普段からあまりない。まっすぐ行けばゆっくり歩いても十五分の近さなのだが、ぼくはちょっと遠まわりをして夜見山川の河川敷に降りて、ひどい悪天候でもない限りそこで独り時間を過ごす。去年の夏ごろから何となくそうするようになった、これはまあ、なかば日課のようなもので――。

この日の朝の、夜見山川の流れはとても穏やかだった。しばらくまとまった雨が降っていないせいか、歩いて渡れそうなくらい水量も少ない。

空は薄曇りだけれど、さほど寒くはない。長袖シャツに詰め襟の学生服を着た標準的な服装が、ちょうどいい感じ。ただ、ときおり吹きつける風はまだ冷たくて、思わず肩をすぼめてしまう。

いつものように河川敷の小道を、ぶらぶらと歩いた。途中、石造りのベンチがいくつか並んでいる場所があって、その一つに腰を下ろす。

対岸に目をやると、土手の上に連なる桜並木が美しかった。満開を少し過ぎて、そろそろ花びらが風で散りはじめているふうなのがむしろ、いい。

両手の親指と人差指を組み合わせて四角い窓を作り、その内側に風景を収めてみる。そうして、心の中で「パシッ」とカメラのシャッター音を響かせる。カメラを持ってきていれば実際に撮りたいところだが、目にとまった風景にこうして仮想のシャッターを切るのも、ぼくは嫌いじゃなかった。

クエーッ、という鳴き声が聞こえた。

目を転じて、川の上流にできた小さな中州に鳴き声の主が降り立つのを見た。予想外の大きさの、それは鳥だった。

白い羽(はね)に長い首、長い脚の……サギ？

とっさにそう思ったのだが、いや、ときどき見かけるシラサギとはまた違う。もっと大きいし、よく見ると色は白というより青みがかった灰色。額から頭の後ろにかけて黒色の帯があって、翼も部分的に黒くて……同じサギでもあれはアオサギ、か。

この場所で見るのは初めての鳥だった。

思わずベンチから腰を上げ、仮想のファインダーでその姿を捉えながら——。

ぼくはぼんやりと思う。

いずれは……そう、本格的な一眼レフのカメラを携えて、いろんな土地へ行っていろんな写真を撮ってみたい。そんな憧れがやはり、ぼくの中にはある。晃也さん――三年前に死んでしまったぼくの母方の叔父・賢木晃也のように。

なのに、夜見山に来て中学に上がって、何か部活動にも参加するようにと伯父さん伯母さんに勧められて……入ったのは写真部ではなくて生物部、だったのだ。

あの選択は、けれども間違いじゃなかったと思う。そんなふうにして晃也さんの背中を追いかけちゃいけない――と、あのときはあのときのぼくなりに考えて、そう決めたのだから。だから……。

「……今は、まだ」

少なくとも今はまだ、その時機じゃない。

ぼくにはまず、やらなきゃならないことがある。越えなきゃならないものがあるから。

ベンチに坐り直し、軽く目を閉じた。

流れる水の音も、吹く風の音も肌ざわりも、すると不思議に〝現実〟から数歩、後退する。鳥がふたたび鳴いて飛び立つ音も、同じ距離感で耳に響いた。

しばらくそのまま目を閉じ、充分に心を静めてからぼくはベンチを離れる。

アオサギの姿はもうどこにも見当たらず、代わってもっと小さな白い鳥たちが、河面の近くを群れ飛んでいた。

「イザナ橋」と呼ばれる歩行者専用橋が、やがて見えてくる。人がやっとすれちがえるくらいの幅しかない古びた橋で、木造の橋脚や欄干が何となく危うげにも見える。

その手前まで進んで、河川敷から上の道へ戻ったとき。

「比良塚くん」

誰かの声が、ぼくを呼んだのだ。

「比良塚くーん」

川沿いの道の、十メートルほど後方から、だった。右手を挙げて振っている人影が見えた。——あれは。

夜見北の制服を着た女子生徒。長い髪をなびかせながら、小走りにこちらへ向かってくる。あれは……。

ハズミ・ユイカ——葉住、結香。

一年生のとき、同じクラスだった憶えがある。二年のときは別のクラスだったが、三年ではまた同じ三組になると分かっていた。まともに話をしたことはほとんどないけれど、名前と顔はもちろん、ちゃんと認識している。

ぼくはしかし、そこで立ち止まることはせず、独り歩きはじめた。

なぜこの時間に彼女がここにいるのか。ちょっと疑問には思ったが……まあ、あまり強く気にするような問題でもない。

「あっ」

少し慌てたふうに声を上げ、葉住はぼくを追いかけてきた。

「待ってよ、比良塚くん」

云われて、ぼくは足を止める。まあ、振りきって逃げるほどの問題でもないし。

まもなく追いついて、葉住がぼくの横に並ぶ。一年生のころから、同級の男子のあいだでは「美人」と評判の女の子だった。みんなの云う「美人」の基準を受け入れるかどうかはさておき、小顔で目鼻立ちが整っているのは確かだと思う。年齢にしてはやや大人びた雰囲気の持ち主でもある。

男子では中背のぼくと同じほどの背丈。胸もとまで伸ばした髪はいくぶん茶色がかっているが、もともとそういう色なのか染めているのかは不明。

「ねえってば、比良塚くん」

何やら気づかわしげにぼくの横顔を窺（うかが）って、葉住結香は云った。

「どうして？　声かけたのに、先に行っちゃうなんて」

雰囲気の大人っぽさにそぐわず、言葉はどこか子供っぽい気がした。ぼくが何も答えずにいると、

「ね、どうして？」

さらに子供っぽく小首を傾げる。

「毎朝、早い時間に河原を散歩してるって聞いたから、わたし」

ん？ そうなのか。わざわざころあいを見計らって、彼女はここに？

「ねえ、比良塚……」

「練習、だよ」

と、ぼくは答えた。彼女のほうには目をやらず、なるべく淡々と。

「まだ決まったわけじゃないけど、きょうこのあと学校へ行って、もしも……」

「もしも……」

オウム返しに呟いて、葉住は一秒二秒、声を止めた。

「ええとつまり、教室の机と椅子の数が足りなかったら？」

「そうだよ。そのときには」

そこで初めて、ぼくは彼女の顔に視線を向けたのだ。そして云った。

「分かってるよね」

「――うん」

葉住は神妙に頷いたが、すぐに笑顔を作ってぼくに向け、

「だからほら、『よろしくね』って云おうと思って、だから」

「わざわざここに？」

「そう」

頬が少々、赤らんでいた。走って追いかけてきたせいで上気しているんだろう。

「それは……ああうん、お疲れさま」

　ぼくは云った。

「どのみち、もうすぐ分かることだけど。そのときにもやっぱり、『よろしくね』なのかな」

　葉住とのこのときの会話は、これだけだった。一緒に学校へ向かうのも何となく気がひけたので——。

「じゃあ、ここで」と云ってぼくは、まだ何か話したげな彼女を残して独り、ふたたび河川敷へ降りたのだ。

「あとで、また」

　それから、こう付け加えた。

「あのね葉住さん、できれば今度から名前、『想』って呼んでくれる？　比良塚っていう苗字で呼ばれるの、あんまり好きじゃないんだ」

7

　午前八時四十五分、学校に到着。

　始業式は九時に開始の予定だった。

校長室や職員室などが集まっている本部棟――〈A号館〉の入口横に掲示板があって、新学期からのクラス編成表が貼り出されている。学年ごとに表をまとめたプリントも配付されていた。三年三組についての情報はすでに、該当する生徒全員に伝達済みだったわけだが、念のため、そこに自分の氏名が記載されているのを確認する。そうして式の会場である体育館へ向かった。

新しいクラスごとに集まって整列して……という中で、ぼくは極力、ほかの生徒たちと目を合わさないよう努める。ゆうべ電話をくれた矢木沢をはじめ、これまで同じクラスになったことがある連中とも、三月に開かれた例の〈申し送りの会〉と〈対策会議〉の場で初めて知り合った連中とも。

目を合わさず、むろん口もきかず……列のいちばん後ろに立って、壇上で語られる教師たちの話からもほぼ意識をそらしながら、決められた時間を過ごした。――心ここにあらず。文字どおり、そんな様子だったに違いない。

始業式が終わり、生徒たちはそれぞれの教室へ移動。三年三組の教室は〈C号館〉の三階にあった。

ぼくがその教室に足を踏み入れたとき、室内にはもう半数以上の生徒がいた。だが、こういった場面にはつきものの騒がしさはまるでない。ひそひそ声を交わしている者が若干名いるだけで、ほかは誰もが一様に押し黙っていて……。

何も記されていない黒板。新学期だというのに天井の蛍光灯が一本、弱ってきていて、不安定に明滅していて……そんな中、整然と並んだ机と椅子が、何とも不気味に感じられた。

誰も椅子に坐ろうとしない。机にカバンを置こうともしない。

「とりあえずみんな、席に」

と、女子の誰かが云った。

滑舌の良い、きりっと鋭い声音の……あれは。あの声の主は？

どくん

低い響きとともに世界がほんの一瞬、真っ暗になったように感じて、「ああそうか」とぼくは気づき、納得する。彼女は三月の〈対策会議〉で選ばれた「対策係」の一人で……。

「プリントに記載された番号順に……といっても、そうね、だいたいでいいから、とにかく席についてみてください」

促されて、素直に行動を起こす生徒は少数だった。

不安げに首を傾げたり顔を見合わせたり、といった反応が大半で、中にはなぜか、ちらちらとぼくのほうへ視線を送ってくる者もいる。『もしもの場合』はまずない」と高をくくっていたはずの矢木沢もそうだったし、ほかにも何人か。――ふと見ると、けさ川沿いの道で出会った葉住も、何か云いたげにこちらを窺っている。

それらすべてを無視して、ぼくは教室の後ろの出入口あたりまで身を退(ひ)いた。もしものときのために……。

そう。今ここで、自分がみんなにまじって席につくのは危険だから。

そこまで慎重にふるまわなければいけないのかどうかは分からない。どこまで厳密な法則が存在するのか、それもいまだ充分に判明していないのだし。——しかし。

念には念を入れて、というのが、この件についてぼくが心に決めてきた方針だったから。

やがて、教師がやってきた。

このとき席についていた生徒は、全体の半分弱だっただろうか。

「おはようございます、みなさん」

教卓に両手を置いて、担任の神林(かんばやし)先生（女性。推定年齢四十前後。担当教科は理科。たぶん独身）は云った。

「始業式はお疲れさまでした。みなさんはきっと式のあいだじゅう、気が気でなかったことと思いますが」

三月の会議のときと同じか、それ以上の緊張が、クラス全体から感じ取れた。

ぼくたちだけじゃない。もちろん先生も今、激しく緊張しているのに違いないのだ。もしかすると、ここから逃げ出してしまいたいと思うほどに。

メタルフレームの華奢(きゃしゃ)な眼鏡のブリッジをしきりに指で押し上げながら、神林先生は静

まり返った教室内を見渡して、

「とにかく、ではみなさん、席についてください。席順は適当でかまいませんから」

対策係の彼女と同様の指示をした。いまだ席につきあぐねていた生徒たちが、その言葉に従う。けれどもぼくは独り、教室の後ろの出入口手前に立ったまま動かずにいた。最後までそうしているつもりだったが、この意図は当然、先生にも伝わったはずだ。

そして、しばらくののち――。

事態は明らかになったのだった。ぼく以外の全員が席についた、その時点で。

教室に用意されていた机と椅子のすべてに一人ずつ、生徒が収まった。数はそれでちょうどだった。つまり、一人だけ立ったままでいるぼくが坐るべき場所がない。――机と椅子がひと組、足りないのだ。

「ああ……」

教壇に立つ神林先生の口から、震えるような低い声が落ちた。連動して、生徒たちの口からも同じような声がいくつか……さまざまな感情を含みながら。

窓ぎわの列のいちばん後ろの席に、葉住結香がいた。誰もが前を向いたままぼくのほうを振り返ろうとしない中で、彼女だけがこちらを見ている。

その視線を受けて、ぼくは黙って頷いてみせた。

続いて、教壇の神林先生のほうを見やる。それに気づいた先生が、目をそらしながら小さく頷くのを確かめて、ぼくは何も云わずに教室を出た。みずからが引き受けた役割をきちんと果たすべく。――今年のこのクラスの、〈いないもの〉として。

矢木沢の楽観主義的な観測はやはり、楽観的にすぎたことになる。〈ない年〉が二年続いたからといって、終わったわけじゃない。二一世紀に入ったからといって、終わったわけじゃなかった。――終わるはずがなかったのだ。

二十九年前のミサキの〝死〟をきっかけに始まったこのクラスの特異な〈現象〉は、二十九年後の今もなお続いていて……そしてそう、ぼくが前々から予感していたとおり、今年――二〇〇一年度はやはり、それが〈ある年〉なのだ。

8

「みんなは善かれと思って、間違った接し方を始めてしまった。ミサキの〝死〟に対して――」

二月に見崎鳴と会って話したときの、彼女の言葉が心によみがえる。あのときのぼく自身の言葉も、また。

「〝死〟は〝死〟として、きちんと受け止め、受け入れるべきだったのに。なのに……」

それがすべての始まりだったのだ、と云われている。

卒業式のあと撮られたクラスの集合写真に、この世にいるはずのないミサキの姿が写ってしまったという、その翌年度から、だった。夜見北の三年三組では、不可思議な〈現象〉が起こるようになったのだ。

まずは四月の初め、新学期の教室で、机と椅子がひと組足りない、という事態が発生する。この原因が、すなわち――。

「クラスの人数が一人、増えているのね。誰も気がつかないうちに」

その〈現象〉に関する知識は、中学に入る前からある程度、持っていた。三年前に死んだ叔父の晃也さんから聞かされて。

それでも二月のあのとき、自分がもうすぐ夜見北の三年生に上がるというあの時点で、ぼくは改めて諸々の確認をせずにはいられなかったのだった。かつて三年三組で、みずから〈ある年〉を体験した彼女――見崎鳴の助けを借りながら。

「誰が増えた〈もう一人〉なのかは、どうしても分からないの。何を調べても、誰に尋ねてみても……関係するもののすべてが、クラスの名簿から学校や役所の記録、まわりの人間の記憶に至るまで、〈もう一人〉が存在するということで辻褄の合うように改竄・改変されてしまうから」

記録の、改竄。

記憶の、改変。

「この〈現象〉には〈ある年〉と〈ない年〉があって……つまり、毎年必ず起こるわけじゃなくて。これまではだいたい二年に一度かそれ以上の割合だったんだけれど、そこに何らかの規則性があるのかどうかは不明。三年三組になっても、その年が〈ない年〉だったら何も問題はないの。だけど、もしも〈ある年〉だったら――」

「〈災厄〉が、降りかかるんですね」

「そう。〈もう一人〉がまぎれこんでしまった年には、クラスは理不尽な災いに見舞われる。毎月、少なくとも一人、多いときには何人もの〝関係者〟が死ぬ――〝死〟に引き込まれることになるの」

　事故死、病死、自殺、他殺……さまざまな形で。〝関係者〟とは、過去の幾多の事例から導き出された法則（ルール）によれば、「クラスの成員とその二親等以内の血縁者」なのだという。生徒本人とその両親、兄弟姉妹、さらには祖父母も。

　いったいなぜ、クラスに〈もう一人〉がまぎれこむと、こんな〈災厄〉が招き寄せられてしまうのか。

「〈もう一人〉の正体が、〈死者〉だから」

　鳴の説明はこうだった。

「二十九年前のミサキの件がきっかけになって、夜見北の三年三組というクラスは〝死〟に近づいてしまったんじゃないか。〈死者〉を招き入れる器、みたいな〝場〟になってしまったんじゃないか。

クラスに〈死者〉がまじるのは、クラス全体が〝死〟に近づいた結果。逆の見方をすれば、〈死者〉がまじるようになったから〝死〟に近づいてしまった、とも云える。だから、そのせいで――」

「三年三組の〝関係者〟は死にやすい、〝死〟に引き込まれやすくなる、と」

この常軌を逸した〈現象〉と〈災厄〉の存在を、学校は立場上、公式に認めてはいない。そんな非科学的な〝呪い〟のようなものの相手を、公の組織が表立ってするわけにはいかないのだろうが、非公式には過去、いくつもの〈対策〉が試されてきたという。

たとえば、教室を変えてみる。〝呪い〟は「三年三組の教室」という〝場所〟にかかっているのかもしれない、と考えて。――これはあえなく失敗。教室の位置とは関係なく、三組には〈現象〉と〈災厄〉が発生した。

たとえば、クラスの名称を「一組」「二組」「三組」……から「A組」「B組」「C組」……に変更してみる。――これも失敗。〈現象〉と〈災厄〉は、「三年生の三番目のクラス」であるC組を見舞った。

「三組」を欠番にして、「一組」「二組」「四組」「五組」「六組」というクラス編成にしてみた年もあったという。だが、これもやはり失敗だった。欠番の三組を飛び越して、その年は四組に〈現象〉が起こり、〈災厄〉が始まってしまい……。

そんなこんなの末、今から十数年前になって、ようやくある有効な〈対策〉が見つかったのだという。つまりはそれが——。

「増えた〈もう一人〉の代わりに、クラスの誰か一人を〈いないもの〉にしてしまうこと。そうやって、クラスをあるべき人数に戻す。数の帳尻を合わせるわけね。本来はいるはずのない〈もう一人〉がいる、その歪（ゆが）みを〈いないもの〉で中和する、みたいな」

鳴はそんなふうに説明した。

「これがうまくいけば、〈ある年〉であっても〈災厄〉は始まらない。この〈対策〉が成功して誰も死ななかった例が、実際にいくつかあるの。だからね、それが分かって以来、三年三組では毎年……」

三月末の、例の〈対策会議〉。神林先生が進行役を務めたあの集まりで——。

まず、この〈現象〉を巡ってのトラブル全般に対処する係として、対策係が選出された。そして次に、今年が〈ある年〉であった場合に備えて、〈いないもの〉の役割を担う生徒の候補が……。

……〈いないもの〉。

クラスの一員でありながら、そこにはいない人間としてみんなに扱われる存在。

クラスの全員から、さらには担任や授業を受け持つ教師たちからも、彼（もしくは彼女）はいない生徒として無視されつづけることになる。一学期の初めから卒業式が終わるまでのあいだ、ずっと。

「もしもの場合」のためのその大役を、今年は誰が引き受けるか。

自分がやろう、と立候補する者がいなければ、話し合いで決める。それでも決まらないときには籤引きで……というのが、年によって若干の違いはあれ、基本的な選出の手順だったようだが——。

「ぼくが」

と、あのときぼくは、ためらいなく手を挙げたのだった。

「ぼくが〈いないもの〉を引き受けます」

複雑な感情を含んだ驚きの目を、あの場にいた全員がぼくに向けた。

「いいのですか」

そう確かめた神林先生もまた、驚きの目をしていたように思う。

「本当にそれで……」

「はい」

居住まいを正してみんなの視線を受け、あのときぼくは答えた。

「大丈夫、です」

四月からのほぼ一年間、クラスで〈いないもの〉の役割をまっとうする。そうすることで〈災厄〉を防げるのなら——。

だったら、喜んでぼくがやる。決してひるんだり逃げ出したりはせずに、ぼくが。

この事態を想定して、前々からその意志を固めていたぼくだったのだ。

どうってことはない。三年前のあの体験を思えば、みんなの合意と協力のもとで〈いないもの〉を演じるくらい。

ぼくならやれる――と、強く自分に云い聞かせた。

ぼくなら、やれる。ちゃんとやれる。やってみせる。

……ところが。

予期していなかった展開があのあと、待ちかまえていたのだ。

「ちょっと待ってください、先生」

と云いだした、あれはそう、対策係に選ばれた女子の一人で、江藤(えとう)という名の。彼女があのとき、不安と恐れを隠せない表情で、思いつめたようなまなざしで、

「それでいいんでしょうか」

そんな疑問を投げかけたのだった。

「本当に〈対策〉はそれだけでいいんでしょうか」

そして、その後のさらなる話し合いの結果――。

今年度の〈対策〉には一つ、大きな変更が加えられることになったのだ。

Chapter 2

April II

1

始業式のあとの、新しいクラスの初めてのホームルーム。——〈いないもの〉である自分は文字どおりその場にいないほうがいいだろう。そう考えての、早々の退出だった。

一つ気がかりな問題はあったが、まあ、彼女は彼女でちゃんとやるだろう。ぼくがいちいちフォローする必要もないし、下手によけいなまねをしたら話がややこしくなりそうだし。

きょうはもう、このまま帰ってしまおうか。

教室を出て、少し迷った。

どのクラスもまだホームルームの最中で、校舎の廊下には人影の一つもなくて——。

おのずと足音を忍ばせつつ、ぼくは階段へ向かった。帰ろうと決めたのではない。屋上に出てみようか——と、なぜというわけもなく思い立ったのだ。

屋上への入口の、クリーム色のスチールドアには相変わらず、ガムテープで貼り紙がしてある。「むやみな立ち入りを禁ず」という中途半端な禁止命令が赤いインクで記されているが、律儀にこれを守る生徒は少数派だろう。

ドアを開けた向こうには当然のように、誰の姿もなかった。鉄筋三階建ての校舎の屋上の、薄汚れたコンクリートの殺風景。周囲に巡らされた鉄柵も、赤茶けた錆が出てずいぶん汚れている。

グラウンド側の鉄柵の手前まで歩み寄り、軽く伸びをした。

朝方と変わらぬ薄曇り、だった。振り仰ぐと低空を、真っ黒な鳥が何羽か飛んでいる。カラスだ。

アアッ、カアアアアッ……というその鳴き声を聞きながら、そういえば——と、ぼくは思い出す。

屋上でカラスの鳴き声を聞いたら、戻るときには左足から入るように。でないと、近いうちに怪我をする。——そんなジンクスがあったっけ。

入学してまもないころ、誰からともなく伝わってきた噂だったが、同じようなジンクスでこういうのもある。

　三年生になったら、裏門の外の坂道で転ばないように。でないと、高校受験に失敗する。

　どちらのジンクスも当然、ぼくはまるで信じていない。あれこれと聞こえてくる「夜見北の七不思議」のたぐいにしても、真に受けて怖がっている連中も意外にいるみたいだが、どれも莫迦莫迦しい、ありきたりな怪談としか思えない。

「幽霊」だの「心霊現象」だの「祟り」だの、そういう非科学的・オカルト的な話はもうこりごり、という気持ちが、正直云ってぼくにはある。これはきっと、三年前のあの異様な実体験ゆえに、なのだろう。ただ――。

　そんな中での唯一の例外があって、すなわちそれが、今まさに自分が直面している三年三組の〈現象〉なのだ。「非科学的」「オカルト的」と切って捨てるわけにはどうしてもいかない、この……。

　終業のチャイムが鳴って、校舎から出てくる生徒たちの姿が眼下に見えはじめても、しばらくは独り屋上にとどまりつづけた。このあと生物部の部室をちらっと覗きにいこうかとも思ったけれど、きょうはやめにしようと思い直す。部長の幸田俊介には、メールか電話で知らせればいいだろう。だから……。

　と、その矢先だった。学生服の内ポケットに入れてあった携帯電話が、着信を受けて振動を始めたのは。

「〈ある年〉だったんだって？」

いきなりそう訊(き)いてきた相手は、当の幸田俊介で。

「ああ、うん」

ぼくはなるべく淡々と応じた。

「情報が早いね」

「敬介(けいすけ)から今さっき、聞いた」

「そっか」

敬介というのは幸田俊介の、双子の弟の名前だった。この幸田・弟はそして、今年度の三年三組の一員でもある。

〈現象〉に関する一連の情報がいくら〝部外秘〟とされたところで、同じ家に住む双子の兄にはさすがに黙っていられまい。敬介が俊介に事情を語ったのもむべなるかな、なのだった。

「部活のほうはどうする」

俊介に問われて、ぼくは問題点を述べた。

「前にも云ったよね。三組には森下(もりした)くんもいるって」

「ああ、それか」

三年生の生物部員は全部で三人いる。俊介とぼく、そして三人めが森下、だった。

「たとえば彼が部室に来たら、ぼくは〈いないもの〉にならなきゃいけない。その場では誰とも何も話せない」

「あいつはここ半年くらい、幽霊部員みたいな状態だけどなあ」

「当分のあいだ様子見、かな」

「そうか。──ん、そうだな」

携帯を握った俊介が、度の強い銀縁眼鏡の向こうで小さな目をしばたたく様子が見えるようだった。

「しかしまあ、近いうちに一度、部室には立ち寄ってくれよ。いくつかその、確認と相談、しておきたいし」

「分かった」

「それじゃあ、近いうちに。きのうメールにも書いたが、無事を祈る」

「ありがとう」

切れた電話をポケットに戻したとき、上空でまたカラスが鳴いた。

さて、建物(なか)にはどちらの足から戻ろうか。──考えるともなしについ考えながら、ぼくは踵(きびす)を返す。

2

校舎を出ると、グラウンドの南側にある裏門へ向かった。途中、新しい三年三組のクラスメイトとは誰とも遭遇しなかったのだが、門から外へ出て、何歩か進んだとき。

「比良塚くん」

思いがけず名を呼ばれて、ぼくは足を止めた。

相手が誰なのかはすぐに分かった。きょう二度めのことだったから。この声は――。

「比良塚……んっとあの、想くん」

葉住結香、だ。

彼女は門の脇に独り立っていた。ちょっとぎこちない笑顔で、ちょっと心もとなげに首を傾げて。

「あ、やあ」

と、ぼくもちょっとぎこちなく応えた。

問題ないだろう。ここはもう「校外」だから。――そう考えて納得して、

「どうしたの、こんなところで」

訊くと、葉住は速足でこちらに歩み寄りながら、

「待ってたの」

と答えた。

「——ぼくを？」

「さっきまで屋上にいたでしょ」

「ああ、うん」

「下から見えたから。だから、少し待ってたらここで会えるかなって。まっすぐ帰るんだったら想くん、こっちの門だろうし」

「そっか」

頷いてぼくは、葉住の顔を見る。はっとしたように彼女は、斜めに目を伏せる。

「——で？」

ぼくはふたたび訊いた。

「どうしたの」

「いろいろとほら、話しておきたいし。こういうのってやっぱり、初めてだし」

そりゃあそうだろう、とは思う。不安なんだろうな、と察することもできた。

「これ」

と云って葉住がそこで、カバンから取り出したものがあった。ぼくのほうへ差し出す。

一枚の白い紙、だった。受け取って、二つ折りにしてあるのを開いてみて、

「あ……いつ、これを」

手もとに視線を落としたまま、ぼくは訊いた。

「さっきのホームルームで」

葉住は答えた。

「先生が教卓に置いて、取って帰るようにって。だからわたし、想くんのぶんも」

ぼくが早々に退出したあのあとも、彼女はホームルームが終わるまで教室にいたのか。

「大丈夫だっただろうね」

念のため、ぼくは確かめた。

「誰かと喋ったり、名前を呼ばれたり、そういうことは」

「なかったから。大丈夫」

きっぱりと云ったものの、彼女はまた心もとなげに首を傾げながら、「でも」と続ける。

「いざとなるとやっぱり、変な感じ」

「きっとみんな、同じように感じてるよ」

そう応じて、ぼくは受け取った紙を見直す。

三年三組のクラス名簿、だった。確かに例年、一学期の始業式後のホームルームで生徒に配られるものだが。

普通のクラス名簿とはひとめ見て異なる点が、今年度のこの名簿にはあった。出席番号順に並んだ生徒の氏名と住所、電話番号。けれどもその中には、二本線を引いて消された行があって――。

「〈ある年〉のための名簿、か」

印刷後に書き込んだのではない。データの段階から「取り消し」の処理がされていたと分かる。墨塗りなどで判読不能にしていないのは、そうしてしまうと緊急時の役に立たないから、という配慮だろう。

「あらかじめ二種類の名簿が用意してあったんだね。〈ある年〉用と〈ない年〉用」

神林先生らしいな、と思った。

あの先生の理科の授業は、一年のときに受けたことがある。良く云えば、とても真面目できちんとしている。悪く云えば、おもしろみがなくて融通がきかない感じ。――だが、少なくともそう、〈ある年〉の三年三組の担任には向いているかもしれない。

「わたしは神林先生、苦手」

葉住が、なかば独り言のように云った。

「何だか冷たそう、っていうか、気持ちが見えないっていうか」

「冷たいとは感じないけど。でもまあ、ああいうふうに淡々としててくれるほうが……」

ぼくは楽だから、と思う。

感情の起伏をあらわにして、相手に押しつけてくるタイプの〝他人〟が、ぼくはあまり得意じゃないから。たとえそれが〝熱意〟や〝善意〟だったとしても。

　手もとの名簿にまた、視線を落とした。

　二〇〇一年度の三年三組の、〈ある年〉のためのクラス名簿。二本線で消されているのはまず、「比良塚想」というぼくの氏名と住所、電話番号だった。きょうから来年三月の卒業式までのあいだ、クラスのみんなが〈いないもの〉を共有するための、これは当然の処置なのだ。そして——。

　この名簿にはもう一つ、同じように二本線で消された氏名があった。——葉住結香。

3

「それでいいんでしょうか」

　三月末のあの〈対策会議〉で、生徒の一人から投げかけられた疑問。

「本当に〈対策〉はそれだけでいいんでしょうか」

　江藤というその女子生徒の意見は、こうだった。

　三年前——一九九八年度の例を、彼女は引き合いに出した。その年の三年三組に彼女の年上のいとこがいて、のちに話を聞かされたのだという。

　九八年度は〈ある年〉で、〈いないもの〉の〈対策〉を講じたものの不慮の事態が生じて成功せず、〈災厄〉が始まってしまった。ところがそのさい、緊急に追加された新たな〈対策〉があって、それがすなわち、〈いないもの〉を二人に増やす、という試みだったのだ。

この〈追加対策〉が実際、功を奏したのかどうかは分からない。〈いないもの〉を二人にしてからもクラスに〈災厄〉は降りかかり、幾人もの〝関係者〟が命を落とした。――が、そのままだと翌年の三月まで続くはずだった毎月の〈災厄〉が、夏休みを境にして止まったのもまた事実だという。これはもしかしたら、「〈いないもの〉を二人に」という〈追加対策〉が、結果として何らかの有用な働きをしたからなのかもしれない。

だから――と、あのとき彼女は提案したのだった。

今年は最初から〈いないもの〉を二人にしてみてはどうか、と。

従来どおり〈いないもの〉が一人の〈対策〉でも、うまくいけば〈災厄〉は起こらない。だったら、最初から二倍の〈対策〉を打てば、成功の確率も倍増するのではないか。たとえば一人めの〈いないもの〉が、プレッシャーに耐えきれず途中で役割を投げ出すような事態になったとしても（現に過去、そういう年があったらしい）、二人めの〈いないもの〉が役割をまっとうすれば〈災厄〉は始まらないはず。――と、これはそんな〝保険〟にもなりうるだろう。

「〈対策〉はそれだけでいいんでしょうか」

彼女の問いかけにはつまり、そういう意味が含まれていたのだ。「それだけだと不安なので、今年は最初からそれ以上の〈対策〉を講じてみてはどうか」という意味が。

この動議を「検討の価値がある」と受け止めた神林先生は、「どう思いますか」と生徒たちに意見を求めた。賛成する者と答えを保留する者が半々くらい、だっただろうか。積極的に反対する者は不思議といなかった。結果——。

今年度の〈対策〉には、「〈いないもの〉を二人にする」という大きな変更が加えられることになったのだ。

〈一人め〉はこの時点ですでに、ぼくがみずから手を挙げて引き受けていたわけだが、〈二人め〉についてはそう簡単には決まらず……最終的にはその場で、トランプを使った籤引(くじび)きが行なわれた。人数ぶんのカードの中にジョーカーを一枚まぜて、それを引いた者が当たり、という。先に決まっていた対策係の面々も、この籤引きには参加しなければならなかった。そして——。

そこで〈二人め〉を引き当ててしまったのが、彼女——葉住結香だったのだ。

4

「んっとね、正直に云うとわたし、いまだに信じられなくって」

裏門の外の坂道を並んで歩きながら、しばらく葉住と言葉を交わした。

「ふうん？」

「もしものときはよろしくね、なんて今朝は云ったけどね、それでもまさか、ほんとにそんなことが……」

「起こるはずがない、と？」

「だって。いくら何でも……」

「実際にきょう、机と椅子の数が足りなかっただろう」

「何かの手違いとか、たまたま足りなかっただけとか、いろいろ考えられるし」

「そんな……信じてもいないのに、どうして〈いないもの〉を引き受けるなんてこと、したのかな。決して愉快な役まわりじゃないと思うけど」

「それは……」

葉住は少し答えあぐねて、

「それはほら、ジョーカーを引いちゃったから」

「どうしてもいやだったら、あそこで頑強に断わる手もあったと思うけど？」

「それは……だって」

と、そこまでで言葉が切れた。

彼女のそういう感覚もまあ、分からないではない。三月にあんな〈申し送りの会〉や〈対策会議〉があってもなお、信じられなかったり半信半疑だったりするのが、あるいは普通の生徒のリアルな反応なのかもしれない。——しかし。

「いい？　葉住さん」

ぼくは声に若干の厳しさを込めた。

「甘く見ちゃいけないよ」

「えっ」

「三年三組のこれは、ありがちな七不思議や都市伝説のたぐいじゃない。二十八年前からこの学校で、本当に起こってきたことなんだから」

葉住は足を止め、戸惑い顔で「う、うん」と頷いた。が、すぐに小さく首を振って、

「そうは聞いてるけど。でも何て云うか、実感がないっていうか」

「実感を持ててからじゃあ、遅いんだ」

ぼくは厳しい声を重ねた。

「もしも〈対策〉が失敗して、〈災厄〉が始まってしまったら……人が、死ぬ。現実に、

何人もの人が」

「…………」

「ぼくはね、かつてそれを経験した人たちから直接、話を聞いてる。だから……」

そもそもは、そう、三年前に他界した晃也さんから。彼は十四年前——一九八七年度の夜見北の、三年三組の一員だったのだ。その年は〈ある年〉で、〈災厄〉のせいで多くの人たちが〝死〟に引き込まれるのを目の当たりにして、それで晃也さんは……。

「いい？」

ぼくは葉住の顔を見すえ、念押しする。

「甘く見ちゃいけないよ。これはゲームじゃないんだからね」

戸惑いの色が薄れ、葉住は神妙な面持ちになる。そして改めてゆっくりと頷いてみせたが、次の瞬間には表情を子供っぽい笑顔に変えて、

「分かった。——大丈夫よ、わたし。だから想くん、よろしくね」

5

そのあとさらに二人で歩きながら、いくつかの言葉を交わした。主に、葉住の質問にぼくが答える形で。

「クラスに増える〈もう一人〉は〈死者〉だっていう話だけど、ほんとに？」

「うん。しかもその〈死者〉は、過去の〈災厄〉で死んだ〝関係者〟の誰か、らしいね」

「それってユーレイ？　ゾンビ？　だったらそんなの、分かりそうなものなのに」

　この辺の問題については、三月の〈申し送りの会〉で彼女もひととおりの説明を聞いているはずだ。が、あれだけでは充分にニュアンスを把握しきれないのもまあ、致し方なしか。

「幽霊とは違って実体があるし、ゾンビとは違ってちゃんと生きている。そんなよみがえり方なんだよ。見た目はまったく〈生者〉と変わらない。健康診断を受けたとしても……その気になって医者が調べてみても、決して分からない。そして〈死者〉自身も、自分が〈死者〉だとはぜんぜん気づいていない」

「家族にも分からないの？　むかし死んじゃった自分の子供だったりもするんでしょ」

「分からない——らしい」

「でも、いろいろとその……」

「関係する記録や記憶がいっさいがっさい、改竄・改変されてしまうらしいから。卒業式が終わって〈もう一人〉が消えるまでのあいだ、ずっと」

「…………」

「だから、誰にも気づきようがない、確かめようがない。そんな、ものすごく特異な〈現象〉なんだって」

「現象？」

「ああうん、そう。何かの〝呪い〟とか〝祟り〟とかじゃなくてね、誰のせいでもない〈現象〉なんだ――って、そういう考え方が定説としてあるようで」

　これは晃也さんではなく、晃也さんの死後――三年前の夏のあの出来事のあとしばらくしてから、見崎鳴や彼女の当時の同級生・榊原恒一から知らされた「考え方」だった。さらにその後、ぼくが夜見北に入学してからは、鳴に示唆されて訪ねてみた「第二図書室」の司書・千曳さんからも。

　その千曳さんが、この問題を語るときに好んで使う「超自然的な自然現象」という言葉をふと思い出し、反芻するうちに――。

　夜見山川沿いの道に出た。

　今朝と変わらない、穏やかな水の流れ。今朝よりもいくぶん控えめな、風の冷たさ。

「さっきのこれ」

　と、葉住が肩から提げている自分のカバンを指さした。

「この名簿の中にもう、その〈死者〉の名前が入ってるってこと？」

「――だね」

　葉住は「んんっ」と少し口を尖らせ、

「やっぱりちょっと、納得できない……あ、でも大丈夫。ちゃんとわたし、〈いないもの〉をやるから」

何だかぼくの機嫌を取るように云って、短く息をついた。

「あしたは午前中、入学式でしょ。二年生と三年生はホームルームがあるだけだけど、想くんはどうするの」

「休むよ」

「それでも叱られないのね」

「神林先生はもちろん、ほかの先生たちもみんな、事情を承知していて協力してくれることになってるから」

「ふーん。何か、すごいね」

河川敷に降りようか、とも思ったが、葉住が一緒なのでやめにした。川沿いの道をゆっくりと進みながら、ぼくは云った。

「ルールの確認をしておこうか」

「ルール？」

「〈いないもの〉の心得、みたいなもの」

「ああ、それね」

葉住は人差指を立て、唇の真ん中をとんとんと叩いた。

「とにかく学校では、クラスの誰とも話をしたりしちゃだめ、なのね。神林先生も含めて」

「そうだよ」

「違うクラスの子だったら、いいのよね」

「そう」

〈いないもの〉を共有するのは三年三組の成員だけで事足りる。——と、これはこの〈対策〉が試みはじめられて以来、変わっていない認識だった。

「気をつけなきゃいけないのは、神林先生以外の先生の授業。教室から離れてしまえば、担任以外の先生とは普通に接触しても大丈夫だけど、授業中はいけない。同じ教室にクラスのみんながいるわけだからね。授業ではどの先生も、たとえば席順に生徒を指名していって教科書を読ませる、みたいなやり方はしない」

「〈いないもの〉は授業中に当てられない、のね」

「そういうこと」

何でも教師たちは教師たちで、この件については生徒とは別ルートの「申し送り」がなされているのだという。

「体育は見学、だっけ」

「団体でやる球技なんかには当然、加われないよね。走ったり泳いだりの個人競技でも、やっぱり見学が望ましい」

「わたし体育、嫌いだからラッキーかも」

「だいたいそんなところかな、校内での基本的なルールは」

「えっと……じゃあ、アレよね。学校の外に出ちゃえば、三組の人とでも喋っていいのね」

「校外でもだめじゃないか、という意見もあったって聞くけれど、そこまでの必要はないだろう、ということで今のルールになったみたい」

「外でもだめ、だったら厳しすぎ」

「いや、ただ——」

と、ぼくは補足する。

「場所が校外であっても、たとえば遠足とか社会見学とかの学校行事の場では、〈いないもの〉は〈いないもの〉でなければならない。この辺、判断が微妙にむずかしいから、校外でもなるべく三組のみんなとは接触しないほうが安全だろう、とぼくは思う。特に登下校のときなんかはね、充分に注意したほうがいい」

「何かいろいろ、大変そう」

「確かに……あ、だけどね、〈いないもの〉になるっていうのは、クラスで無視されていじめられるとか、そういうのとはぜんぜん違うことだから、それを忘れないように。いい？」

「——うん」

頷いて、葉住は短くまた息をつく。そしてこんな質問をした。

「どうして想くんは、三月の〈対策会議〉のとき、真っ先に手を挙げたの？」

「ああ、あのとき……」

少し考えて、ぼくは当たりさわりのない答えを返した。

「まあ、ぼくに向いた〝仕事〟だろう、と思ったから」

「どうして？　そんな」

重ねられた問いには答えず、

「〈いないもの〉になりきるには」

と、ぼくは話の流れを変えてみた。

「まわりの誰にも自分の姿が見えていないんだ、と常に意識してふるまうようにする。云ってみれば、自分が幽霊になったような気持ちで、ね。できるかな」

「――頑張ってみる」

頷きながら葉住は、風で散る髪を押さえた。

「一人だったらきっと無理だけど、想くんが一緒なら」

「それから、これは〈いないもの〉に限っての話じゃないけれども、三年三組のこの特殊事情は原則、部外者には秘密にするべし。たとえ家族でも、安易に打ち明けたりしてはいけない」

「うん。三月の会合でもそんなふうに云われたけど」

「むやみに口外するとよけいな災いを招く、っていうんだね。絶対禁止、という話でもないみたいだけど、やっぱりなるべく守るように」

葉住にはそう云ったが、この件についてはさほど神経質にならなくていいだろう、というのがぼくの考えだった。鳴もそのように云っていた。あまり強く気にしなくてもいい、と。これはたぶん、過剰な警戒心から生まれた〝俗説〟だろう、とも。

「そういえば葉住さん、部活は？」

ふと気になって、訊いてみた。

「今は何も」

彼女はわずかに首を振り動かした。

「去年まで演劇部に入ってたんだけど。でももう、やめちゃったから」

だったら心配無用、か。部活動の場で、不用意にクラスメイトと接触してしまうこともないから。

やがて、イザナ橋という例の歩行者専用橋が、少し先に見えてきたあたりで――。

「ああ、そうだ」

一つ云い忘れていたことが――と、ぼくは気づいた。ここで話しておくべき、か。

「あのね葉住さん、もう一つ……」

ところがこのとき、同時に葉住のほうも口を開いたのだ。

「あのね想くん、想くんって……」

二人は同時に言葉を止めて、いわゆる〝お見合い状態〟になった。河面に群れていた幾羽かの鳥たちが、何かに驚いたようにいっせいに飛び立った。その動きにぼくが気を取られたタイミングで、

「あのね」

と、葉住のほうが言葉を続けた。

「さっき渡した名簿にあった、想くんの住所」

「ぼくの住所……ああ」

彼女が何を云いたいのか、すぐに察しはついた。

「飛井町の住所が書いてあって、そのあとに『赤沢方』ってあるでしょ。えっとその、赤沢って、あの……」

「一年のときからそうだったんだけど、きょう気づいたの？」

「あ、うん」

「何で『赤沢方』なのか、と」

「――うん」

「ちょっと事情があって」

と、ぼくは答えた。

「赤沢の伯父さんと伯母さんの家に、小六のころから厄介になってるんだよ。比良塚の実家は緋波町のほうで……ちょっといろいろ、あってね」

詳しい事情は語りたくなかった。葉住はなおも何か訊きたそうだったが、気づかないふりをして、彼女の顔から目をそらす。

「じゃあ想くん、あの、赤沢……」

さらに彼女が言葉を繰り出したとき、ぼくたちはちょうどイザナ橋のたもとまで来ていた。家へ帰るにはこのまま川沿いの道を行けばいいのだが、ぼくは歩みを止めて、

「きょうはここで」

と告げた。「え……」と声をもらす葉住の顔からまた目をそらし、

「あっちに少し用があるから」

と、橋の向こうを見やる。

さっき云いかけた「一つ云い忘れていたこと」が気にはなったが……まあそう、今すぐここで、じゃなくてもいいだろう。あさって、通常モードで授業が始まる日になってからでも。

「それじゃあ、また」

軽く手を挙げて、ぼくは橋へと進む。

葉住はその場に佇み、応えて胸の前で手を振った。急に吹きつけた強い風に長い髪が乱れ、顔にうちかかったせいで、このとき彼女がどんな表情だったのかは分からない。

6

夜見のたそがれの、
うつろなる蒼き瞳の。

黒塗りの板にクリーム色の塗料で文字が記されたその看板は、三年前の秋に初めて訪れたとき以来、少しも変わっていなかった。

御先町の、閑静な住宅街の一角に建つ雑居ビルめいた建物の一階。やや上りの勾配を含んだ坂道に面して、この風変わりな名を持った人形ギャラリーの入口がある。

「あっちに少し用があるから」と先ほど葉住に云ったのは嘘ではないが、「用」といっても、べつに誰かと約束があって、というわけじゃなかった。ただ単に、ぼくがここに立ち寄ってみたかっただけの話で——。

入口の扉から少し離れて、楕円形の大きな嵌め殺し窓がある。ギャラリーのショーウィンドウだが、三年前からずっとそこに飾られていた人形（上半身だけの、妖しくも美しい少女の）が、二月に訪れたときにはなくなっていた。誰かが相応の値段で買い取ったのだという。

ぼくはそれを何だか寂しく感じたものだったが、あの人形を創った霧果さんにしてみれば、そうやって作品が「売れる」のは無条件に喜ばしいことなんだろうか。場合によっては、寂しさのような感情を抱きもするんだろうか。

ウィンドウの中に今、代わりの人形は飾られていない。変わらず空っぽのままで。

きょうは「休館」の貼り紙はない。扉を開けようとして、その前に一度、思いきって電話をしてみた。自分の携帯から彼女――見崎鳴の携帯へ。

応答はなし、だった。

鳴はこの建物の三階に住んでいる。二階には彼女のお母さん――人形作家・霧果さんの〈工房 m〉がある。

応答がないのは、携帯電話を指して「いやな機械」と云い捨ててはばからない彼女が、今それを身近に置いていないから、なのか。あるいは……。

高校生の鳴がきょうのこの時刻、家にいるのかどうかも、ぼくには把握できていなかったのだ。なのに、こうしてここまで来てしまったのは……やはりそう、今年度の三年三組の状況を早く彼女に知らせたかったから、だった。知らせて、彼女の考えを聞きたかったから。

どうしようかとしばし迷った末、ぼくは入口の扉を押し開けた。

からん、というドアベルの鈍い響き。

昼間なのにギャラリーの中は黄昏めいた仄暗さで、踏み込んだ刹那、視界に薄闇が流れ込んできたような感覚に囚われる。

「いらっしゃい」

おなじみの、くぐもった声がした。

入って左手の、古びたレジスターが置かれた長細いテーブルの向こうから。館内の仄暗さに溶け込みそうな濃鼠の服を着た白髪の老女が、そこに坐っていて――。

ダークグリーンのレンズが入った眼鏡のつるをつまみ、テーブルの上に首を突き出すようにしてこちらを見ながら、

「おや。想くんかい」

と、老女は云った。

「天根のおばあちゃん」と鳴は呼んでいる。鳴の母方の大伯母さんに当たる人で、いつもここにいて、この調子で来客の相手をしている。

「こんにちは」

ぼくがそろりと挨拶をすると、天根のおばあちゃんはしわだらけの口もとをもごもご

動かして、

「はい、こんにちは。大きくなったねえ、想くんも」

　ここに来て彼女と会うたび、そう云われている気がする。

　初めてこのギャラリーに来たのが、さきおととしの十月。そのとき、ぼくはまだ小学校六年生で、身長も今よりずいぶん低かったし、まだ声変わりも進行中だったし……なのでまあ、「大きくなった」のは事実なのだが。

「お友だちだから、お代はいらないよ。人形を見ていくかい？」

　レジスターの手前に立てかけられた小さな黒板には、黄色いチョークで「入館料五百円」とある。「中学生は半額」という話だが、ぼくは最初に来たときから〝お友だち扱い〟だったので、一度も料金を払ったことがない。

「ええと、あの」

　ここに展示された人形や絵を見るのは好きだった。きょうはしかし、それが目的で来たのではないから……。

「鳴に会いにきたのかい？」

　問われて、「はい」と大きく頷いた。

「電話したんですけど、通じなくて、それで。鳴さん、学校ですか」

「鳴なら三階（うえ）にいるよ」

天根のおばあちゃんは云った。

「でも、きょうは会えないねえ」

「えっ」

ぼくは思わず首を傾げて、

「どうして……」

「おとといあたりから、流感で寝込んでてねえ」

流感？　インフルエンザ、か。——そうだったのか。

「熱がまだ下がらないみたいでねえ。うつるといけないから、上がってもらうわけにもいかないしねえ」

「——そうですか」

ぼくはギャラリーの昏い天井を仰ぎ、深い息を一つ、ついた。

「ありがとうございます。ええとあの、どうぞ、お大事に」

「若いからねえ、心配いらないよ。想くんが来たのは伝えておくよ」

「あ、はい。よろしくお願いします」

丁寧に頭を下げて、ぼくは場を辞した。何日かおいて、改めて連絡してみよう。

——にしても。

インフルエンザにかかって高熱が出て、きっとさぞやつらい状態だろうに。なのに昨夜、彼女はわざわざあのメールを送ってくれたのか。——そう思うと、今朝からずっと張りつめていた緊張の糸が、ほんの少しだけだけれども緩んだ。

外へ出て、〈夜見のたそがれの、うつろなる蒼き瞳の。〉の看板にもう一度、視線を投げる。「うつろなる蒼き瞳」という文字の並びからおのずと、見崎鳴の左目の、あの〈人形の目〉の色を思い出しながら。

7

今でもときどき、夢を見る。

この街へ来る前——緋波町の実家に住んでいたころの。あのころの経験のさまざまな断片から生成されたような、恐ろしい夢を。

舞台はたいてい、水無月湖のほとりに建つ〈湖畔の屋敷〉だった。晃也さんが生前、一人で暮らしていたあの家——。

晃也さんの姉、すなわちぼくの母親である月穂が十年前に再婚して苗字が「比良塚」に変わり、再婚相手すなわちぼくの継父とのあいだに妹の美礼が生まれて。新しい自分の家に居場所を見つけられなくてぼくは、足しげく〈湖畔の屋敷〉に通った。晃也さんはぼくを、甥っ子というよりも何だか実の弟のように気にかけて可愛がってくれたし、ぼくの知らないさまざまなことを教えてくれた。ぼくは晃也さんが大好きだった。屋敷には一生かかっても読みきれないほどたくさんの本が収められた書庫があって、そこで独り過ごす時間もぼくは大好きだった。――けれど。

三年前の春の、晃也さんの突然の死。二十六歳の誕生日の夜、みずから命を絶ちたいと望んだあげくの。――そして。

その夜を起点としてあの時期、ぼくが経験することになった一連の出来事。

異様な、常人の目には狂気の産物とも映るかもしれないようなその記憶を、ぼくはふだん心の片隅に拵えた小箱に閉じ込めている。だが、完全に忘れ去ったわけではない。どうしても閉じ込めきれない思い出もやっぱりあるし、箱を少しでも開ければ今でもきっと、記憶は細部に至るまで生々しくよみがえってくるに違いない。

悪夢の原因はだから、この小箱なのだ。

眠っているうちにときとして、箱の封印が解けて、閉じ込められたものたちが溢れ出してきて……。

……たとえば。

ぼくは〈湖畔の屋敷〉の裏庭にいて、地面に片膝を落としている。木切れを組んで作られた不恰好な十字架が、目の前にはいくつも立ち並んでいて（――『禁じられた遊び』よね）（ずっと昔のフランス映画……）……中に一つ、ほかよりもいくぶん大きな、真新しい十字架がある。何を思ったのか、ぼくはその十字架に両手を伸ばす。横棒を握って、それを地面から引き抜こうとするのだが……突然。

十字架の手前の地面が割れて、土の中から血まみれの人間の手が突き出てくるのだ。まるで……そう、中一のときビデオを借りてきて観た昔のホラー映画の、名高いショッキングなラストシーンのように。

地中から現われたその手が、ぼくの足首を掴む。

ぼくは悲鳴を上げる。

立ち並んだ十字架が次々、勝手に地面から抜けて倒れる。倒れた十字架は見る見るうちに焼け焦げたような墨色になり、灰と化して風に舞う。

巨大なカラスが空中に現われる。カラスはばさばさと翼を動かし、黒い血を吐きながらけたたましく鳴く。悲鳴を上げつづけるぼくの口からも、同じような黒い血が噴き出す。血は雨となり、雨は洪水となってぼくは溺れ、溺れつづけ、深い水底に沈みながらそこで、ようやく夢から覚めるのだ。

あるいは……たとえば。

ぼくは暗闇の中にいる。ほんのわずかな光も存在しない、文字どおり真っ暗闇の……ふと、いやなにおいを感じる。意識すればするほどに、そのにおいはひどくなってきて……もう耐えられない、と思ったとたん、暗闇にささやかな光が降るのだ。そしてぼくが目の当たりにするのは――。

死体、だった。

汚れたソファに横たわった誰かの死体。

腐った皮膚。腐った肉。腐った内臓。……群がり蠢く無数の虫たち。

この死体はぼくだ――と、それを見ながらぼくは思う。

ぼくはここで死んでいる。

ぼくはここで死んで、こんなにも醜くおぞましいモノになりはてている。ぼくは――。

ぼくは、だから〈死者〉なのだ。ほかの誰でもない、このぼくこそが、みんなに災いをもたらす〈死者〉なのだ。ぼくが。ぼくこそが……。

頭を抱え込み、悲鳴を上げそうになったとき。

どんっ！

と、激しい音が世界を揺るがす。目に見えない斧で打ちすえられたかのように死体が崩れ、形を失う。ソファもろとも、どろどろの黒い液体となって闇に溶け込んで、ぼくの足もとにまで広がって、さらにはぼくの下半身から上半身へと這いのぼってきて……声にならない叫びを発したところで、はっと夢から覚める。

この日も、そのような夢を見た。

赤沢本家で夕食までの時間を過ごし、マンションの部屋に帰ってきて、ベッドに寝転んだらあえなく微睡みに落ちてしまったのだ。その、ほんの何分間かの眠りの中で。

……どこかで低い音が続いていた。

マナーモードにしてある携帯電話の振動音だ、とすぐに気づいた。この音のせいで目が覚めたのかもしれない。

身を起こし、勉強机の上に放り出してあった携帯に手を伸ばしたときには、着信を知らせるヴァイブレーションは止まっていた。履歴を確かめて、矢木沢からのコールだったと知る。「ケータイの調子が悪くてさ」と昨夜は云っていたが、もう直ったのか。

——うっす。矢木沢だ。お役目、ご苦労さん。学校が終わって外からなら、こうやって連絡してもOKなんだよな。

留守録にメッセージが残っていた。

——楽観的な予測は外れたが、まあ、あんまり思いつめすぎない感じで頑張ろうぜ。きっとうまくいくさ。な？ また連絡する。

ううむ。相変わらず軽いノリでものを云うやつ。——苦笑しながらも、こちらからかけなおすのはやめにした。

確かにもう下校後だから、彼と電話で話してもルール違反ではない。けれど、〈二人め〉の葉住にも軽く釘を刺した問題だが、たとえ校外であっても、できるだけクラスメイトとの接触は避けたほうがいい。

校外だからといってこれまでと変わらないつきあいを続けていたら、校内なのに何かの拍子でつい……というアクシデントが起こりやすくなるんじゃないか。個人的にそう考えての、これはぼくの方針だった。

だから、こんな場合でもぼくのほうからは電話しない。かかってきた電話に出ない、ばったり会って話しかけられても応えない、というレベルまで徹底させるつもりはないが、少なくともぼくのほうから積極的なコンタクトは取らない。——うん。少なくとも当面、そのほうがいいだろう。

8

顔を洗いにいって、洗面所の鏡で自分と向き合った。

夜見山に来てからの二年七ヵ月で、だいぶ面立ちが変わったようにも見えるが、色白で小造りな、見方によれば中性的な目鼻立ちで、という造作の基本は変わらない。変声期を過ぎてすっかり声は低くなったけれども、髭はまだほとんど生えていないし……。

微睡みのあとのぼんやりした頭をすっきりさせるために冷水で顔を洗い、続いてシャワーも浴びてしまおうか、と考えたところで。

浴室に石鹸やシャンプーがなかったことを思い出した。

そういえば、洗面所には歯ブラシも歯磨きもない。引っ越しのとき、運ぶのを失念していたのだ。今朝はだから、赤沢本家に立ち寄ったときに歯を磨いたのだった。なのにきょうも、こちらに歯磨きセットを持ってくるのを忘れてしまった。

あしたでいいか。とも思ったのだが、時計を見ると午後九時過ぎ。ちょっともう時間が遅いけれど……。

やっぱり取りにいこう。

決めて、ぼくは部屋を出た。出るさい、鍵と一緒に何気なく、上着のポケットに携帯電話を突っ込んでいた。

この携帯に新たな着信があったのは、五階のエレヴェーターホールでケージを呼び出すボタンを押そうとしたとき、だった。

はやる気持ちを意識的に抑えつつ、「はい」と短く応じた。

「ああ……想くん」

力のない、掠れた声が返ってきた。

「見崎さん？」

ディスプレイの表示を見て、彼女の携帯からの着信だとは分かっていたが、それでもぼくは確かめずにはいられなかったのだ。

「見崎さんなの？　ええと……あの」

ぼくが言葉を探すあいだに、電話の向こうで彼女はこほこほと咳込んだ。

「大丈夫ですか。インフルエンザだって、あの……」

「ギャラリーに来てくれたって、天根のおばあちゃんから」

と、そこでまたひとしきり咳込む。

「あ。大丈夫、ですか」

「ごめんなさい。熱は少し下がってきたんだけど」

「無理しないほうが」

「気にしないで。死んだりはしないと思う」

そんな……もう、縁起でもない云い方をしないでほしい。

「わざわざ来てくれたのって、例の件で？」

問われて、「そうです」と即座に答えた。

「きょう始業式のあと、ホームルームがあったんですけど」

「〈ある年〉だった、のね」

「はい」

「——そっか」

「それであの、ぼくが今年の〈いないもの〉に」

「やっぱりそういうことにしたんだ」

「もしもの場合」には自分がそれを引き受けよう、という意志は、二月に会ったとき鳴に伝えてあった。

「ぼくは――」

電話機を握った手に知らず力を込め、ぼくは云った。

「ぼくは、逃げるわけにはいかないから」

「――ん」

「それからね見崎さん、実は、今年はちょっと……」

〈いないもの〉を二人にするという〈追加対策〉について話そうとしたとき、電話の向こうでさらにひとしきり、鳴が咳込んだ。ぼくは言葉を止め、思い直す。

「喋るの、つらそうだから……また今度。体調が戻ったら、改めて話を」

そう告げて、「ありがとう」と付け加えた。鳴は、察するにやはり、まだ相当にぐあいが悪いのだろう、

「分かった」

掠れ声でそっけなく答えて、それでこのときのぼくたちの会話は終わったのだが――。

通話が切れ、吐息まじりに携帯をポケットに戻すやいなや、のタイミングだった。エレヴェーターホールの近くにある〈E－1〉のドア（――表札が出ていない、例の部屋の）が、勢いよく開かれたのは。

9

いきなりだったので思わず身構えてしまったが、べつに驚くようなことでもない。この部屋にも住む者がいて、彼女が今、たまたま出てきたというだけの話だから。

〈E－1〉から出てきたのは予想どおり、というか当然、ぼくの見知った人物で——。

「ああ、想くん」

ぼくの姿を認めるなり、彼女は云った。

「ちょうど良かった。手伝ってくれる？」

見ると、彼女は両手に大きなゴミ袋を持っている。全部で三つ。

「これ、出すの手伝って。ね」

「え……ああ。う、うん」

たっぷりした水色のトレーナーにジーンズというラフないでたちのせいで一瞬、イメージが揺らいでしまったが、その顔もその声も……間違いない、というか、間違うはずがない。もちろん彼女、だった。

きょう学校で、三年三組のあの教室でも会っている。始業式のあと教室へ移動したものの、席につきあぐねていたクラスメイトたちに「とりあえずみんな、席に」と指示していた彼女。今年度の対策係の一人である彼女——。

「何だか部屋が散らかっちゃってて。いらないものがいっぱいあって」

ゴミ袋の一つをぼくに押しつけながら、彼女は云った。

「この部屋の掃除はあたしの仕事、っていう約束なんだけど……うーん。いつのまにこんなに散らかっちゃったかなあ」

そんなせりふを吐いても、口調はきびきびしていて滑舌がいい。ぼくが相手だということで、ずいぶん砕けた言葉づかいではあるけれど。

「想くんもここでしばらく独り暮らし、なのよね」

「うん、そう。たぶん、六月くらいまで」

「まあ、あっちの家もすぐ近くだからね、不自由はないだろうけど」

彼女はつ、いっと歩み出て、エレヴェーターのボタンを押しながら、

「何か困ったことがあったら、いつでも相談して。日常生活の問題でも、クラスの例の問題でも……ね」

「あ、うん。はい」

二人で乗り込んだケージは一階まで下降。玄関脇の自転車置き場に設置された、このマンション専用のゴミ収集ボックスに、ぼくたちは袋を捨てた。

「ありがとうね。——さて、と」

両手を軽く叩き合わせながら、彼女はぼくのほうを見た。

「今からお出かけ？」

「うん、ちょっと」

「どこへ？　何の用事で？」

「ええと、それは……」

石鹸とシャンプーと歯磨きセットの件を正直に打ち明けると、彼女はすぐに「だったら」と応えた。

「あたしの部屋の、使えばいいわ」

「えっ。——でも」

「石鹸と歯磨きセットは余分にあるし。シャンプーもどうぞ」

「でも……」

「もう九時、過ぎてるし。あっちの家は夜、早いでしょう」

「ああ……」

「遠慮しないの。いと、いとこ同士なんだから」

「——うん」

教室での顔と今この場での顔。——両者に相応のギャップがあるのは、ぼくたちの関係性を考えれば当たり前だった。彼女の云うとおり、二人はいとこ同士だから。

三年前の秋にぼくが赤沢の家に預けられるまでは、一度も会う機会がなかったのだ。けれども以降は、近所に住む同い年のいとことして、それなりのつきあいがあって……ただ、学校で同じクラスになるのは今回が初めてで。

学校では彼女を何と呼べばいいんだろう。——と、今さらながらそんなことを考える。やはり苗字で、だろうか。下の名前で呼ぶのは、普段がいくらそうだったとしても、何だか違う気がするし……って、どのみち学校では、ぼくは〈いないもの〉なんだから、彼女に話しかけるような局面はないわけだが。

「五階のあの部屋には、いつから？」

エレヴェーターに戻りながら、訊いてみた。彼女は「んんと……」と首を傾げて、

「二年生の夏から、だったかな」

「どうして。上階(うえ)に家があるのに」

「理由はいろいろ。ま、パパもママも、あたしのわがままはたいてい聞いてくれるし」

「お父さんやお母さんが嫌いだったり？」

「そんなんじゃないけど」

つんと澄ましていた表情をいくぶん和らげて、彼女は横目でぼくを見た。

「一人の部屋だと、よけいな気を遣わなくていいから楽でしょう。ね、想くんもそう思わない？」

「それにほら、大学へ行ったりしたら、夜見山を離れて独り暮らしになるんだし、今のうちからその練習、みたいな感じも……ね」

「まあ、そうかな」

大学、か。

そんな未来の話なんて、ぼくにはまだまったく考えられない。とにかくまず、今年のこれを乗り越えることこそが、今のぼくにとっての最大の課題であり、自身の存在理由ですらあるかもしれないのだから――。

五階に戻ると彼女は、いったん〈E－1〉に駆け込んで、必要なあれこれを持ってきてくれた。「ありがとう」と礼を述べてそれらを受け取ると、

「あしたは入学式だけど、学校には？」

ふと真顔になって、彼女は訊いた。

「行かないつもり」

ぼくが答えると、彼女は真顔のまま「そうね」と頷いて、

「授業もまだないし、来ないのが正解よね」

「うん」

「あしたのホームルームではクラス委員が決まったりするはずだけど、そういう情報はあたしが、必要に応じて教えてあげるから。それから、何かこれはまずいんじゃないか、っ

て感じることがあったら話すようにする。もちろん、学校が終わって帰ってきてからね。大変だと思うけど想くん、引き受けた以上はきちんと〈いないもの〉の役割を……」

「分かってるよ。大丈夫」

きっぱりと云って、ぼくは口もとを引きしめる。

「うかつに学校で話しかけたりなんて、絶対にしないから。いくらいとこ同士でもね」

「頑張って、というか、みんなで頑張らなきゃ」

「うん。——じゃあこれ、借りるよ。シャンプーはあとで返しに」

「あしたでいいから。——おやすみなさい」

「おやすみ」

自分の部屋の前まで戻ったところで、エレヴェーターホールのほうを振り返った。ドアを閉めようとする彼女の影が、ホールの向こうに見えた。

廊下の天井に並んだ照明が、ふいにちりちりと明滅する。すぐにそれはやんだが、続いて、どくん、という低い響きが。〝闇のストロボ〟が焚かれたような、世界の暗転が。それもしかし、直後には忘れてしまうほどの、ほんの一瞬のことで——。

閉められた〈E－1〉のドアに目をやったまま、ぼくは心中、彼女のプロフィールを言葉にして確かめる。学んだ知識の復習をするようにして。

夜見山北中学校、三年三組のクラスメイトであり、今年度の対策係の一人でもある。ぼくの同い年のいとこ——すなわち、このマンションのペントハウスに住む赤沢家の次男・夏彦とその妻・繭子の娘。

彼女の名は泉美(いずみ)。——赤沢、泉美。

Chapter 3

April Ⅲ

1

「あら、想くん。どうしたの」

マンションの自転車置き場から出たとたん、声をかけられた。繭子伯母さん、だった。きりっとした目もとが泉美に似ている。玄関のポーチからこちらを見て、少々いぶかしげな顔をしながら、

「これから学校？　自転車で？」

午前十時半。きょうは入学式で始まるのが遅いとはいえ、さすがにこの時間からの登校では遅すぎる。なおかつ、ぼくが住むこの地域は徒歩通学の圏内で、自転車での通学が認

められていない。繭子さんがいぶかしむのも当然だった。

「泉美はとっくに出かけたはずだけど。どうしたの」

「いえ、あの……」

ぼくは自転車にまたがり、言葉を濁す。

赤沢本家に寄って朝食を済ませたあと、いったん部屋に戻って時間を潰して、学生服から私服に着替えてきたところだった。「これから学校」じゃないのは、だから一目瞭然だろうに。

「きょうはちょっと、その……気分がすぐれなくて。学校のほうには、泉美ちゃんが伝えてくれることに」

「まあ、気分が？」

「はい、ちょっと……あ、でももう大丈夫そうだから、本屋にでも行こうかなって」

「そう」

軽く眉をひそめながらも、繭子さんはそれ以上の質問はせず、

「気をつけて行ってらっしゃい」

と云って、淡い笑顔になった。

「あの……このこと、さゆり伯母さんには内緒にしておいてくれますか」

「うん？　どうして」

「心配かけると悪いから。あっちの家は今、いろいろ大変だし」

同居する祖父・赤沢浩宗の健康状態が、去年の末あたりから思わしくないのだった。その関係もあってこの四月から、使い勝手の良くない古い家のリフォームをする運びになったのだ。ぼくが期間限定で〈フロイデン飛井〉に部屋を移すことになったのも、大ざっぱに云ってしまえばその関係で、だった。

「そんなに気を遣わなくても……」

云いかけた言葉を止めて、繭子さんはマンションの玄関扉をちらと振り返る。

「あのね、想くん」

ぼくのそばまで歩み寄ってきて、彼女はいくぶん声を低くした。

「今度のクラス、泉美と一緒なんでしょ」

「あ、はい」

「何かその、クラスで特別な問題があったりするのかしら」

「えっ」

自転車のハンドルを握った手が、知らぬまに少し汗ばんでいた。

「どうして……そんな」

「何となく……だけど」

たとえ家族でも、むやみにクラスの事情を話してはならない。という例の〈決めごと〉

を、彼女——赤沢泉美は律儀に守っているのだろう。それでも娘の言葉や態度の端々から、何らかの違和感を察知してしまって……と？

　事情を話していないのはしかし、ぼくも同じなのだ。さゆり伯母さんにも、春彦伯父さんにも、〈現象〉や〈災厄〉の件についてはいっさい。ましてや、ぼくがその〈対策〉のため、クラスで〈いないもの〉の役目を果たさなければならないなんて……話せるわけがない。それによってよけいな災いが招かれるのかどうかは措くとしても、実の親でもない二人にそんな話をして、これ以上の心配をかけるわけにはいかない。だから……。

「べつに何もありませんよ」

　努めて平静を装って、ぼくは答えた。

「きのう始業式があったばかりだし」

「そうなの？」

　繭子さんはなおも気がかりな様子で、

「でもね、想くんは知らないかもしれないけれど、夜見北の三年三組って昔から、何だか良くない噂があるみたいで」

　ああ、そうか。そういう「噂」はやはり、耳に入ってきているのか。

「どんな噂、ですか」

　そろりと探りを入れてみた。

「何て云うか、物騒な事故や事件が多いクラスだって。三年前にも確か、いろいろ……」

そこで繭子さんは片方の掌を額に当てて、親指をこめかみに押しつけた。しばらくその姿勢で沈黙したが、やがてゆるゆると首を振って、手を離す。

「……ああ、何かわたし、変ね。ごめんね。気にしないで」

そんなふうに云う彼女の顔にはこのとき、なぜだろうか、ひどく寂しげな、あるいは悲しげな色が滲(にじ)んでいて――。

「さゆり義姉(ねえ)さんにはきょうのこと、黙っててあげるから。――だけど、あまりそんなふうに気を遣いすぎるのもどうかな。想くん自身もしんどいでしょう」

さゆり伯母さんよりもいくつか若い、四十代なかばという年齢にしては白髪が目立つ肩までの髪を撫(な)でて、繭子さんはまた淡い笑顔になった。

「たまにはうちにも、ごはん食べにいらっしゃいね。夏彦さんも……泉美もきっと、喜ぶと思うから。ね」

2

学校へは行かずに自転車で向かった先は、本屋ではなくて図書館だった。紅月町のとなりの呂芽呂町(ろめろちょう)の、〈夜明けの森〉と名づけられた市民公園の敷地内に建つ市立図書館。

緋波町にいたころは〈湖畔の屋敷〉の書庫があったから、読む本にはまったく不自由しなかったのだ。あそこには子供が楽しめる漫画や小説のたぐいも豊富に並んでいたし、晃也さんに教えてもらったり自分で発掘したりして、小学生には多少むずかしすぎるような本も多く読んだ。こうして形成された趣味の基本は、夜見山に来てからもあまり大きく変わっていない。

市立図書館へはよく足を運ぶ。中学に入った当初はもっぱら学校の図書室を利用していたのだが、だんだん物足りなくなってきて。

この日も、借りていた何冊かを返却して、新たに何冊かを借り出した。

きょうの入学式が終わって、あしたから学校では通常の授業が始まる。学校へ行けばおのずと、〈いないもの〉のぼくは誰とも口をきかずに一人で過ごす時間が多くなるから。未読の本を用意していくのは必須、だろう。

用を済ませると、自転車は図書館の前に駐めておいて、公園を独りぶらぶらした。

きのうよりも春めいた好天で、風もない。陽射しが暖かくて気持ちいい。

平日の午後のひととき。おおむね閑散としている公園の中、ベンチに坐って背を丸めたお年寄りの姿がちらほら。カラフルなベビーカーに赤ん坊を乗せて散歩にきているお母さんたちの姿も、ちらほら……。

ベビーカーのお母さんたちからはつい、目をそらしてしまうぼくだった。

離れて住む自分の母・月穂の顔が、どうしても思い出されてしまうから……だが、必要以上に自分を憐れんだり、感傷的になったりはしない。三年前の夏、彼女は「比良塚」の妻としての現在および未来を守ることを選び、ゆえにそれを脅かす恐れのある息子を遠ざけた。——分かりにくい話じゃない。

ひどい母親だ、とは思っていない。弱い女の人なんだ、と今では思える。だから仕方ない。だから——。

ぼくはべつに傷ついてなんかいない。

〈夜明けの森〉の中の、見事な満開の桜が両手に立ち並んだ遊歩道を抜けると、少し遠くに夕見ヶ丘が見えてくる。街の東の端に位置する山ぎわの高台で、そこには見慣れた建物の影が。——夕見ヶ丘の市立病院だ。

背景に広がる青空とわずかに浮かんだ薄い雲、病院の建物を構成する直線。そのコンビネーションがちょっと面白かった。

両手の親指と人差指で仮想のファインダーを作り、仮想のシャッターを切る。桜の花びらがひとひら、おりしも舞い落ちてきてファインダーを掠めた。

ぼくは目を細め、思いきり伸びをして高い空を振り仰ぐ。こんなふうにして過ごす限り、少しの翳りもなく穏やかな春の日の午後、だ。

いっそこのまま——と、ぼくは思う。

あしたもあさってもしあさっても、学校へは行かない。そうするのがもしかしたら、いちばん確実に〈対策〉を成功させる行動なんじゃないか。

独りぼっちでいるのは大して苦でもない。そのあたりはおそらく、ぼくは同級生の誰よりも経験値が高いから。だからそう、いっそこのまま……。

上着のポケットの中でそのとき、携帯電話が振動しはじめた。

誰だろう。——また矢木沢か？　きょうはもう、学校も終わったころだろうし。

何となくそう予想しつつディスプレイを見てみて、思わず息を止めた。

表示されている発信者の名前は「月穂」、だったのだ。——このタイミングであの人から電話、か。

若干の迷いを感じつつも結局、ぼくは母親からのこのコールを無視したのだったが。

あとで留守録を聞いてみたところ、そんなメッセージが入っていた。

——想ちゃんももう、三年生ね。美礼も小学校三年になります。

——元気にしてるって、さゆりさんからは聞いてます。ええと……あ、クリニックにはちゃんと行ってますか。ええと……お小づかいは大丈夫？　足りないようなら云ってください。おりを見ていずれ、そっちへも……。

一ヵ月か二ヵ月に一度、思い出したように彼女はこういう電話をしてくる。おずおずと語りかける弱々しい声の調子は、いつもの電話と同じで。そして最後には、これもいつもと同じひと言が。

――ごめんね、想ちゃん。

ああ、べつにそんな……あやまってほしくなんかないのに。

ぼくはまだ十四歳の中学生で、世間的にはまだまだ子供なんだろうけれども、彼女を取り巻く〝大人の事情〟はたぶん、正しく承知している。家を出された当時はそれなりに心が軋(きし)みもしたが、あれから二年半以上も時間が経った今、ことさら誰を責めようとも責めたいとも思っていない。――なのに。

「何だかなあ……もう」

携帯をポケットに突っ込みながら、夕見ヶ丘に建つ病院の影にふたたび目をやる。

月穂が云う「クリニック」とは、あの病院内にある診療科の一つだった。正式名称は夜見山市立病院の精神神経科。こちらに来て以来ずっと、定期的に足を運び、カウンセリングを受けている。

そういえば、今週の土曜が次のカウンセリングの予約日だっけ。

担当医の碓氷(うすい)先生は嫌いじゃないし、ある程度の信頼も寄せているけれど……最近はもう、行く必要をあまり感じていないのも事実で。今回は何か理由をつけてサボってしまおうか、とも思う。

3

「あっちの家のリフォームは来週から、本格的に始まるみたい。工事は昼間だろうし、昼間は学校があってぼくは家にはいないんだから、わざわざこの部屋を用意してもらうのも気がひけたんだけど。来年は高校受験だし大事な時期だからって。でもね、何だか申しわけなくて」

「うーん。あまりそんなふうに気にしなくてもいいんじゃないの」

「──なのかな」

「工事の期間中って、何かと家の中がごたごたして落ち着かないのは確かでしょ。あと、おじいちゃんのこともあるし」

「まあ、それは」

「もともと頑固な人だったのが、最近ますます気むずかしくなってきて……って、ママも云ってた。身体のぐあいもああだから、同居してるといろいろ大変だろうって」

「それは……まあ、うん」

「だからね、想くんが当面こっちへ避難していてくれるほうが、さゆり伯母さんとしても気が楽、っていうか、安心なんじゃないかな」

「なのかな」

「どうせこの部屋、空いてたんだし。ママも歓迎みたいだし、ね」

この日の夜の、赤沢泉美との会話――。

夕食のあとマンションに帰って、午後八時を過ぎたころ、彼女がぼくの部屋にやってきたのだった。本日の三年三組の様子を報告してくれるため、だ。

昨夜と同じようなラフないでたちで泉美は、遠慮するふうもなく部屋に上がり込んで、リビングのテーブルを挟んでぼくと向かい合った。缶入りの烏龍茶(ウーロンちゃ)を一本、「差し入れよ」と云ってぼくに押しつけてから、

「まずはこれ」

持ってきた手提げの紙袋を卓上に置いて、椅子に腰を下ろす。

「新しい教科書一式、ね。一学期の時間割表も入ってるから」

このときは「あ……」と不覚の声をもらしてしまった。

新学期の初めだから当然、生徒には新しい教科書が配られる。あしたから授業が始まるのだから当然、時間割もいる。――そういう常識的なあれこれが、すっかり頭から抜け落ちていたのだ。努めて冷静に、隙のないように行動していたつもりが、クラスの特殊状況のほうにばかり気を取られてしまって。

「ありがとう、わざわざ」

素直に礼を云うと、泉美は「うん」と短く応じて、すぐに「報告」を始めた。

「入学式のあとは例年どおりLHR(ロングホームルーム)があって、委員とか係とかが決められて。クラス委員長には、男子は矢木沢くんが、女子は継永(つぐなが)さんが選ばれて」

「矢木沢が委員長？」

何とまた、意外な。

ぼさぼさに伸ばした髪に薄く色の入った円眼鏡、という中学生としてはかなりエキセントリックな見かけからしても、クラス委員長のタイプではまずないだろう。実際、一年のときも二年のときも、あいつを委員長に推す声なんてまったくなかったのに……なぜに？

何だか眩暈(めまい)がしそうな謎だったが、

「矢木沢くんは立候補したの。対立候補も反対意見も出なかったから」

という泉美の説明で、謎の答えはあっさり明かされた。――にしても、なぜにあいつが立候補なんて？　真意を今度、確かめなければ。

「ええと、女子のその、継永さんっていう人は……」

「継永智子(ともこ)さん。同じクラスになるの、初めて？」

「そうだね」

「あたしも初めてなんだけど、真面目ではきはきしてるし、細かいことにも気がまわりそうだし……悪くない人材だと思う。対策係のほうに欲しいくらい」

泉美は自分用に持ってきた烏龍茶のプルトップを開けて、こくっ、とひとくち飲んだ。

「矢木沢くんとは想くん、仲良しなのよね」

「まあね。一年のときからずっと同じクラスだし」

それに……と続けようとして、このときはやめにした。何となく説明するのが億劫、というか、憂鬱だったから。

「教室の雰囲気はやっぱり、緊張でぴりぴりしている感じだったな」

いくらか声のトーンを落として、泉美がそう云った。

「あしたからぼくが登校したら、もっとぴりぴりするんだろうね」

「みんなこんなの、初めての経験だから。何となくまだ信じていない、信じられないでいる、っていう生徒もいるみたいだけど」

「それもまあ、仕方ないのかも」

「でもね、〈対策〉を成功させるためには全員の協力が必要だから」

泉美はきりっ、とまなじりを決して、

「信じる信じないは勝手だとしても、〈決めごと〉はきちんと守ってもらわなきゃ」

「葉住さんは？」

ふと気になって、ぼくは訊いた。

「きょうは彼女、来てた？」

「教室には来てない」

　そう答えてから、泉美はすぐに「でも」と言葉を接いで、

「帰りがけに、校門の外で会ったの」

「葉住さんと？」

「そう。入学式とホームルームはパスして、終わるのを待ってたみたい。教科書もそこで、出てきた友だちから受け取って」

「そっか」

「そのあともその場で、友だちといろいろ喋ってたみたいだけど……門の外だからね、ルール違反ではないし」

「まあ、確かに」

　けれども付随するリスクの可能性を考えると、あまり好ましい行動じゃない——と、ぼくは内心やきもきしてしまう。口ぶりからして、泉美も同じような危うさを感じたんじゃないか、とも思えた。

「あたしも話しかけられたのよ、そのとき」

　と、泉美が云った。

「葉住さんに？　何て？」

「想くんのこと」

「ぼくの？」

「想くんは学校、来てなかったよねって。そんな確認を」

「ふうん」

「あの人とはあたし、言葉を交わすの初めてだったんだけど。わざわざあたしに訊いてきたのは、あたしが想くんと近しい人間だと思ったから、ね」

「――かもしれない」

きのうの葉住の言動を思い出して、ぼくは頷(うなず)いた。

「クラス名簿でぼくの住所が『赤沢方』なのを見て、気がかりな様子だったし」

「ちゃんと説明しておいたから。近くに住んでるいとこ同士なの、って。想くんの教科書についても気にしてるみたいだったから、あたしが届けるから大丈夫よ、って」

そんなふうにして泉美と差し向かいで話しつづけていると、いとこ同士というよりも何だか姉と弟、みたいな気分になった。同い年なのに、圧倒的に泉美のほうが姉、な感じ……って、これはまあ、置かれた環境の違いに加えて、彼女の性格や資質のせいもあるだろう。

男勝り、というのではないが、何て云うか、頭の回転が速くて、その速さにぴったり合わせて言葉も身体も動いている感じで。ぼくはというと、いくら意識的に努力してみても、なかなかそうはいかない。

彼女との会話はこのあと学校方面の問題から離れ、〝赤沢家の諸事情〟方面へと移行していった。それで、ぼくが今月からこっちのマンションに「避難」してきた件を巡っての話になったのだったが――。

「いろいろ気を遣うのは分かるけどね、さゆり伯母さんにも春彦伯父さんにも想くん、もっと甘えちゃっていいと思うよ」

そう云われても、気軽に「うん」と応えられるはずがなかった。ぼくが赤沢家に預けられるに至った経緯・背景のいびつさは、ぼく自身がいちばんよく知っているから。

「伯母さんも伯父さんも基本的に、想くんが来てくれて嬉しかったのよね。ママが、そう云ってた」

――と云われても。

「嬉しかったって、どういう」

「ほら。伯母さんと伯父さんには子供、娘が二人いるけど、二人ともはやばやと育ち上がってお嫁に行っちゃって。しかも、二人ともずいぶん遠くに離れてるし」

その話はもちろん、聞いている。

長女は某有名商社の社員と結婚して、今は確かニューヨーク在住。次女は大学で知り合った海洋生物学者と一緒になって、生活の拠点は沖縄のほうだという。

「だからね」

泉美はまなざしをふっと和らげて、

「想くんが来ることになったときは、自分たちに新しく男の子ができたみたいに思えたんだって。いろんな事情はさておき、だから嬉しかったんだって」

「そう……なのかな」

説明されてもやはり、全部を真に受ける気にはなれなかった。ぼくの心中を知ってか知らずか、泉美は烏龍茶をまたひとくち飲んでから、はぁ、と小さな息をつく。

「この街に残ったり帰ってきたりする率が低いのよね、赤沢家の子供って。あたしにしても、大学へ行くなら東京だろうなって思ってるし」

微妙に嘆かわしげな調子で彼女が云うのを聞いて、そういえば——と、ぼくは思い出した。泉美にはだいぶ年齢の離れた兄が一人いて、そういえば彼も……。

「ドイツだったっけ、お兄さんが行ってるの。もう長いんだよね」

「ん。そう」

頷いた泉美は、心なしか今度は不機嫌そうな表情で。

「大学の途中からドイツに留学して、そのまますっかりあっちに居着いちゃって。ほとんどこっちには帰ってこないの。そんな薄情な息子なのにね、パパにとってもママにとっても、お兄ちゃんは別格みたいで。ほら、このマンションの名前だって」

「マンションの……〈フロイデン飛井〉？」

「ドイツ語でしょ、『フロイデン』って。『歓び』っていう意味」

「お兄さんの命名なの？」

「そういうこと」

「あ、そうだ」

と、ここでやっと思い出して、ぼくはテーブルを離れた。浴室へ行き、ゆうべ借りたシャンプーを取ってくる。

「これ、ありがとう。きょうは忘れずに自分の、持ってきたから」

ところがこのとき、泉美は何か別のものに気を取られていたようで——。

「ああ、うん」

生返事をしながら、すっと右腕を上げて、指先を壁ぎわの書棚に向けたのだ。

「あれは」と云って、棚の中ほどに置いてあったそれを見つめる。素朴な白木の写真立てに収められた、それは一枚の写真だった。

「あの写真は……」

今から十四年前——一九八七年の夏に撮られた、古いカラー写真。

「あそこに写ってるの、ひょっとしてその、例の……賢木晃也さん？」

「そうだよ」

答えて、ぼくは深い呼吸をした。

「三年前の春に死んじゃった、ぼくの母方の叔父さん……だけど」

泉美はどこまで知っているんだろう。

今さらのように自問していた。

そもそもぼくが三年前、比良塚の家を出されて赤沢家に預けられたのはなぜか。その原因となったあの、〈湖畔の屋敷〉での一連の出来事について、彼女はどこまで……？

「賢木さんの話は、ママから聞いてるよ。想くんのお母さんの弟さんで、想くんがとても慕っていた人で……って。三年前に亡くなって、それが想くんにはとてもショックだったっていうことも」

「――うん」

ぼくはゆっくりと書棚に歩み寄り、問題の写真立てを手に取る。

「1987／8／3」という日付の表示が、画面の隅に。

「中学最後の夏休みに」という書き込みが、写真立ての枠に。

撮影場所はたぶん、水無月湖の岸辺。写っているのは五人の男女で、向かって右端に立って笑っているのが、八七年当時まだ十五歳だった晃也さんで……。

三年前のあの出来事のあと、〈湖畔の屋敷〉の晃也さんの書斎から持ち出してきたものの、自分の手もとには置きたくなくて……そこで、彼女――見崎鳴に送りつけてしまった写真だった。ところが、その後しばらくして、鳴はこの写真をぼくに返してくれたのだ。

「やっぱりあなたが持っているべきね」と云って。

「これが晃也さん」

泉美に写真を見せながら、ぼくは右端の一人を示した。

「ほかの四人は晃也さんの友だちで、みんなこの年の、夜見北の三年三組だったんだ」

「この年……一九八七年の？」

返ってきた声の色だけで、相手の驚きが分かった。

「八七年は〈ある年〉で、有効な〈対策〉もまだ見つかっていなくて。それでね、彼らは夏休みのあいだ夜見山から脱出して、緋波町のあの家へ……」

この話を見崎鳴以外の誰かに語るのは、これが初めてなんじゃないか。考えてみればそう、矢木沢にも詳しく語ってはいない。

そう気がついて、写真を覗き込む泉美の横顔を窺った。

唇を引きしめて、眉根を少し寄せて、真剣な、文字どおり喰い入るようなまなざしで見つめている。ポニーテールにした柔らかそうな髪から、かすかに甘酸っぱい香りが漂ってくる。ゆうべ借りたシャンプーと同じ香り、だった。

「『八七年の惨事』っていうの、聞いたことがある」

写真から目を離して、泉美が云った。

「修学旅行のとき三年三組のバスが事故に遭って、何人も犠牲者が出たって。賢木さんたちはそのときの？」

ぼくは無言で頷いてみせ、写真立てをもとの場所に戻す。正直云って、ここでこれ以上の話はしたくなかった。

気持ちを察してくれたんだろうか、泉美は続けて質問を繰り出したりはせず、ぼくのそばから離れた。テーブルに両手をついて、ぐるりとＬＤＫを見まわし、

「この部屋、殺風景すぎない？」

唐突にそんな物云いをつける。

「えっ。そうかな」

「冷蔵庫とテレビくらい、あったほうがいいと思うけど」

「いや、どっちも必要ないし」

ぼくが応えるのをあっさり無視して、

「お兄ちゃんの部屋にミニサイズの冷蔵庫があるから、上階から持ってきたらいい。テレビも確か、お兄ちゃんの部屋に一台、余ってるし」

「いや、だからどっちも……」

「遠慮しなくていいから。ね、想くん」

「うーん」

「それから——」

と、次に泉美が目にとめたのは、テーブルのPCの横に積んであった本だった。きょう図書館で借りてきた何冊かだ。

「ふんふん。想くんは〈夜明けの森〉の図書館を愛用してるのか」

しかつめらしく腕組みをしながら本に顔を寄せ、書名を読み取って。

「この手の小説なら、お兄ちゃんの部屋にいっぱいあるなぁ」

そう云って泉美は、ちょっと愉快そうな微笑を口もとに広げた。

「今度、見にいらっしゃいよ。読みたいのがあれば、図書館で借りるより早いでしょう」

「あ、うん。でも……」

「いいからいいから。どうせお兄ちゃん、めったに帰ってこないんだし。勝手に持ち出してもぜんぜん大丈夫」

4

四月十一日、水曜日。――通常授業の始まりの日の朝。

定時に登校して教室に入るとぼくは、廊下側のいちばん後ろの席についた。もう一人の〈いないもの〉を務める葉住結香は、校庭に面した窓ぎわの列の、やはりいちばん後ろ。

――二人の〈いないもの〉の席として、これはあらかじめ決められていたのだが、加えてこの二つの席の机と椅子には、ひとめ見てそうと分かる特徴があった。ほかとは明らかに型の違う、ひどく古びた机と椅子なのだ。

〈0号館〉と呼ばれる旧校舎の二階の、昔の三年三組の教室から運ばれてきたもの、だった。〈いないもの〉の席には旧教室の机と椅子を——といった〈決めごと〉が、この〈対策〉が始められた当初からあるのだという。それに従って今年は、例年よりも多いふた組の机と椅子が、対策係によって運び込まれていたのだ。

何十年ものあいだいろいろな生徒に使われてきたのが分かる、傷だらけの机。落書きを消した跡があり、消えきらずに残っている落書きもあり……表面はあちこちがでこぼこしていて、テストのときなんかは下敷きがなければ筆記に苦労するだろう。

この席につく前もついてからも当然、ぼくはクラスメイトとはいっさい口をきかず、目も合わせないようにしていた。まだ名前を把握できていない生徒たちはもちろん、一年のときから親しいつきあいを続けてきた矢木沢とも、今朝マンションのエントランスホールで顔を合わせたばかりの泉美とも……誰とも。

——〈いないもの〉になりきるには、まわりの誰にも自分の姿が見えていないんだ、と常に意識してふるまうようにする。

おととい葉住に向かって云った言葉を、みずから心中で反芻しながら。

——云ってみれば、自分が幽霊になったような気持ちで、ね。できるかな。

できる、とぼくは思う。

ぼくにはできる。ちゃんとやりとげてみせる。――けれど。

一抹の不安がよぎる。

彼女は？　葉住はどうだろう。

教師がやってきて、一限目の国語の授業が始まる直前になって、窓ぎわの葉住の席をちらと窺ってみた。彼女はそのとき、机に片肘(かたひじ)をついて教壇のほうを見ていたが、ぼくの視線に気づいたのかどうか、ふいにこちらに顔を向けた。ぼくは静かに目をそらし、手もとの教科書を開いた。

5

午前中の授業は問題なく終わった。

お決まりの「起立」「礼」「着席」はなし。開始前の出欠も、点呼形式ではとらない（つまり〈いないもの〉の名前を呼ばない）。授業中に〈いないもの〉が指名されることもない。そのあたりはどの教師も、ちゃんと心得てくれていて――。

授業の合間の休み時間は、持ってきた本を読んで過ごした。

この日はジョン・ディクスン・カーの『三つの棺(ひつぎ)』を。ずいぶん昔の推理小説(ミステリ)だが、鳴を通じて知り合った榊原恒一の影響でいっとき読んでみたホラー系の小説よりも、ぼくはこちらのほうが好きだった。

ホラー系のあれこれは、基本的に超自然的な恐怖や脅威——悪魔だの怪物だの、それこそ幽霊だの、が物語の中心となる。どうしてもやはり、ぼくにはその種のものに対する抵抗があるようで——。

このことは映画についても同じで、中学に入ったころ、これも榊原恒一の影響でひとしきり有名どころのホラー映画を観てみたりもしたのだが、自分には合わないというか、恒一のようにはそれらを好きになれないのがよく分かった。やはりそう、悪魔だの怪物だの幽霊だのの物語を、いくらフィクションであってもぼくは素直に楽しめないらしい。

その点、ミステリはいい。カーやアガサ・クリスティ、エラリイ・クイーンなんかの古典的な探偵小説は、特に。

作中でどれほど不可解な、悪夢めいた事件が発生したとしても、最終的にはすべての謎が論理的・合理的に解明されるから。悪魔だの怪物だの幽霊だの、そんな超自然的・非科学的なものは決して存在しない、という原則のもとに〝世界〟が成り立っているから。

——これを「いい」と感じるのはきっと、過去から現在、自分が直面してきたいびつな〝世界〟への反発や反動、そして逃避、のようなものなんだろうけれど。

この日の四限目は担任・神林先生の理科の授業だったが、この時間の教室の空気は、ほかの授業よりも数段、高い緊張を含んでいたように思う。たぶん気のせいではない。先生自身が三年三組の「成員」であり、もしものときは〈災厄〉に見舞われるリスクを背負っているのだから――。

神林先生がぼくと葉住を〈いないもの〉として無視する態度は徹底していて、教室に入ってきてから出ていくまで、ただの一度もぼくたちの席に目を向けなかった。終鈴が鳴ったとき、先生の顔にはほっとしたような表情がありありと見て取れた。

昼休み、ぼくは独り教室を出て屋上へ向かった。昼食はクラスメイトのいない場所でとるのが最善だろう。そう考えての行動だったが、殺風景な屋上の一角に落ち着き、さゆり伯母さんが持たせてくれた弁当を開けようとしたところで――。

「あ、いたいた」

思いがけず声が聞こえてきて、はっと手を止めた。声の主は葉住、だった。

「想くん、ここでお弁当？　わたしも一緒に、いい？」

午前中の教室で、気になって彼女の様子を窺ってみるたび、彼女はぼくのほうへ何か云いたげな視線を送ってきていたから……良くないな、とは感じていたのだ。昼休みにこうしてぼくに近づいてくるのも、だから予想しておくべきだったか。

アアアッ……と、おりしもどこかでカラスが鳴いた。

ぼくは上空を振り仰ぎ、そのあと視線を戻したものの葉住のほうへは向けず、黙って首を左右に振った。

「え？　え？」

と、驚いたような葉住の反応。それを無視してぼくは立ち上がり、そそくさと屋上をあとにしたのだ。

「どうして……想くん」

そんな彼女の戸惑いの声が聞こえたが、振り向きもせずに。――ただ。

「五限目は体育だし、サボって外へ出ようかな」

そう云った。あくまでも独り言として、けれども聞こえよがしに。

6

「もっと早くに云っておけば良かったんだけど」

と、このときは相手の視線をまっすぐに受けながら、ぼくは告げた。

「たとえ〈いないもの〉同士でも、学校では普通に話したりしちゃいけないと思うんだ」

五限目の体育の授業中。場所は校外――裏門から出て何分かの、夜見山川のほとりで。云うまでもなく相手は、ぼくの誘導に従って外へ出てきてくれた葉住だった。下校時間の前に校外へ出るのは校則違反だが、〈いないもの〉のぼくたちについては特例扱いで、教師に見つかっても咎められることはない。

「どうしてなの」

と、葉住は不本意そうに訊いた。

「〈いないもの〉同士なんだから、いいんじゃないの？　だって、仲間なんだし。クラスのみんなだって、べつに気にしないんじゃあ」

「というふうにも考えられるけど——」

ぼくは目を細めて、ゆっくりと言葉を選んだ。

「違う考え方もできるよね」

「って？」

「〈いないもの〉という存在の意味をもっと厳密に捉えれば、疑問が、ね。〈いないもの〉を二人にする、っていうのは新しい試みで、三年前がどうだったのかも分からないし……だから、疑問を感じるんだよ」

「…………」

「確かにぼくたちは、同じ役目を担った『仲間』ではあるけれども、だからといってお互いを『いる』と認めて行動してしまってもいいのか。〈いないもの〉は、ほかの〈いないもの〉にとってもやっぱり〈いないもの〉なんじゃないか」

「…………」

葉住は眉をひそめ、首を傾げる。

「云い方がややこしくなるけど、ね、考えてみて。〈いないものA〉にとっての〈いないものB〉も、逆に〈いないものB〉にとっての〈いないものA〉も、〈いないもの〉はあくまでも〈いないもの〉であるべきで、学校ではそのようにふるまうべきなんじゃないか。ぼくはそう思うんだ。だから……」

ぼくの言葉の意味を理解するのに時間がかかったのか、理解した意味に対して反応を示すのに時間がかかったのか。葉住は何秒かの沈黙ののち、

「そんな……」

ぽそりと呟(つぶや)いた。

「せっかく、わたし」

こわばった声、こわばった表情、だった。どうかすると今にも泣きだしてしまいそうな……って、それはちょっと困る。べつに彼女が憎くて云ったわけじゃない。

やっぱりおとといのあのとき、はっきり伝えておくべきだったな——と反省しつつも、ぼくは続けた。

「だからね、校内ではぼくに話しかけたり、一緒に行動したりはしないように。そのほうがいい、というか、安全だと思う」

「…………」

「葉住さんはあくまでも葉住さん一人で、〈いないもの〉を演じつづけなきゃいけないことになる。大変かもしれないけど……いい？」

葉住は何とも答えず、ゆるっと頭を振り動かす。「分かった」なのか「いやだ」なのか、どちらともつかない曖昧な動き。

ぼくは夜見山川の流れに目を移す。対岸に立ち並んだ桜の花の色が、光のかげんでいやに蒼白く見えた。

「ね、想くん」

と、葉住が口を開いた。

「あのね、わたし……」

その言葉の先をさえぎる形で、

「学校に戻るね」

云って、ぼくは踵を返す。

「まだまだ先は長いけれど。始めてしまった以上、後戻りはできないから」

場を離れようとしたところで、ぼくは「ああ、そうだ」と動きを止めて振り返り、携帯電話の番号を交換しておこうと提案した。こわばっていた葉住の表情がこのとき、いくらか緩んだような気がする。

「何か困った問題とかがあったら、お互いに連絡を」

と、ぼくは云ったが、

「ただし、校内ではだめだよ」

そう釘を刺すのも忘れなかった。

7

「森下ときのう、話をしたよ」

眼鏡を外して分厚いレンズの汚れを拭きながら、幸田俊介が云った。

「部活にはしばらく顔、出さないってさ。やめたいわけじゃないらしい。詳しくは聞かなかったが、何やら家の事情があるみたいで」

同じ生物部員として、ぼくも森下とは一年のときからのつきあいだ。しかし考えてみれば、家族構成とか親の職業とか、そういう話題が彼の口から出たことはこれまで一度もない。自分の家の話をしない——したくないのはまあ、ぼくも同じだけれど。

「そんなわけで、三組の一員であるあいつと鉢合わせする心配はないから、想は気軽にここへ来ればいい。クラスで誰とも喋れないぶん、ぼくが話し相手になってやろう」

「べつにいいんだけど、話し相手は」

「まあまあ、そう云うなって」

俊介は眼鏡をかけなおし、

「想があまり来なくなったら、標本がどんどん増えるぞ」

室内を見まわして、にやりと笑う。冗談めかした口ぶりではあったが、ぼくはわざと仏頂面を作って相手をねめつけた。

放課後。生物部の部室にて。

六限目が終わったとき、「部室へ来い」と俊介の携帯から連絡があったのだ。彼がそう云うのだから、少なくともきょうは森下は来ないんだろう——と了解して、呼び出しに応じたのだった。

夜見北の生物部はもともと、〈特別教室棟〉（通称〈T棟〉）にある理科室を週に一度だけ借りて、細々と活動を続けていた弱小団体だった。それが数年前、顧問が今の倉持(くらもち)先生に替わったさい、先生の働きかけでこの部室の獲得に成功したのだという。もっとも、現在も部員は各学年に二、三人しかいないから、「弱小」であることには変わりがない。

部室は0号館の一階にある。

昔の教室が並んだ二階は長年まったく使われておらず、立入禁止になっているこの旧校舎だが、一階は現在なお、部分的に稼働中だった。例の千曳さんが司書を務める第二図書室があって、美術室があって、残りの部屋の何割かが文化系サークルの部室に割り当てられている。

この生物部部室の、今やすっかり〝主〟のような存在。それが幸田俊介だった。

部長になったのはこの四月だが、二年生の初めごろからもう、実質的には彼が活動の中心人物だったのだ。文句を云う先輩は誰もいなかったし、顧問の倉持先生も彼には一目置いているふうに見えた。

細面に分厚いレンズの銀縁眼鏡。小柄だが意外に骨太な身体つき。

一方、三組にいる双子の弟・幸田敬介は眼鏡をかけていなくて、近視はコンタクトレンズで矯正している。部活はそして、テニス部に。双子なのになぜ？ とも思うが、顔立ちはさすがによく似ているので、眼鏡の有無は二人を見分けるうえでありがたい。

「ひょっとしてきょう、学校で誰かと喋るのは初めて？」

問われて、ぼくは頷いた。五限目に校外で葉住と話したのを除けば、だったが。

「それが毎日、続くわけか。ううむ。身体に悪そうだなあ」

「いや、身体にはべつに」

「身体に悪くなくても、精神衛生上よろしくなかろう」

「そうかな」

「ぼくは昼休みもたいていここにいるから、寂しくなったら遊びにくればいい」

「ああ……うん」

「にしてもなあ、敬介からだいたいのところは聞いているが、三組のその問題、いったいどこまでマジなんだい」

「百パーセント、マジ」

「敬介は半信半疑みたいだったが」

「それも仕方ないとは思うけど。でもね、本当なんだよ。『七不思議』みたいな与太話じゃなくて。二十八年前から、そのせいで実際、大勢の〝関係者〟が死んできた。今年も、もしも〈対策〉が成功しなかったら毎月、人が死ぬことに」

「何とも厄介な話だなあ」

俊介は眉根を寄せながら、

「その〈対策〉の要になる役割を、想が引き受けたわけか」

「――うん」

「ううむ。しかしまあ、アレだな、想に万が一のことがあれば、ぼくが骨を拾って標本にしてやるから」

と、いきなりまた冗談めかしたせりふを吐いて、俊介は室内を見まわす。

普通の教室の半分ほどの広さに、大小の水槽やケージがたくさん並んでいる。これは倉持先生の方針でもあるのだが、夜見北生物部の活動の基本は「飼育と観察」。だからここにある水槽やケージでは、現にさまざまな生き物が飼われている。

ミジンコやプラナリアから魚類、両棲類、爬虫類。昆虫のたぐいもいる。哺乳類は現在、ハムスターが二匹。

　これらの管理を、今は俊介がほぼ一人で行なっていると云っていい。給餌などの当番はいちおう決まっているのだが、必ずそこに俊介もやってきて、手伝ったりあれこれ指図をしたりするのだった。そういう意味でも彼は、この部室の〝主〟なのだ。

「ところで、悲しい報告が一つある。それもあって呼び出したんだが」

　俊介が云った。何だろう、とぼくが首をひねると、

「実は、ウーちゃんがお亡くなりになってしまった」

「えっ。そうなの？」

「きょうの午後、だと思う。昼休みにはまだ動いていたから」

「ウー」とは仔豚でも古い特撮ドラマの怪獣でもなく、ここで飼っているメキシコサラマンダー（雌。推定年齢四歳）の名前だった。日本では「ウーパールーパー」の呼び名でいっとき大人気だったというサンショウウオの一種だが、「ウー」なんていう安易な命名はぼくたちの責任じゃない。おとし卒業した生物部の先輩が、自宅で飼っていたのを持ってきて、「置きみやげだ」と云って残していったのだった。この時点からすでに、ウーちゃんの名前はウーちゃんだったのだ。

　そのウーちゃんがきょう、死んだという。春休みに一度、部室を覗きにきたときには、いつもと変わらない様子だったのに。

「ウーパールーパーの寿命は五年から八年くらいだっていうから、ちょっと早いなあ」

　と云って俊介が、ウーちゃんを飼っていた窓ぎわの水槽に目をやる。見ると、中はもう空っぽになっていた。

「原因は？」

「不明。飼育上のミスではないと思う」

「――そっか」

「そこで、だ」

　俊介が云った。

「ウーちゃんのご遺体は、ぼくが透明骨格標本にしようと思っているんだが。どうする？」

　わざわざ呼びつけて、それを訊くか？

「反対」

　と、ぼくは即座に答えた。

「やっぱりそう云うか。しかし、ウーパールーパーの透明標本は珍しいぞ」

「それでも反対」

「だったら、原産地では食用にもなっていたらしいから、空揚げにでもしてみんなで味見を」

「断じて反対」

「やれやれ」

俊介は苦笑して、両手を上げた。

「仕方ない。次は標本だぞ」

「魚なら許す」

ぼくが空っぽの水槽に歩み寄ると、俊介が冷蔵庫からウーちゃんの死体を取り出してきた。ガラスの容器に入れて、ラップをかぶせてある。――そうだ。動物の死体はこうしてやらないと、すぐに腐りはじめるから。

ウーちゃんは体長十二センチほどの、きれいな金色の個体だった。死んでしまっても、まんまるな黒い眼のとぼけた感じは変わらない。俊介は無言で容器をぼくに差し出し、ぼくも無言でそれを受け取った。

決して仲が悪いわけじゃない俊介とぼくなのだが、二人には生物部員として一つ、大きな対立点があった。飼育していて死んだ動物をどうするか、の問題だ。

俊介は、たとえば死んだのがハムスターだったとしても、今はいないがウサギや小鳥だったとしても、死体を標本にしたがる。ぼくはそれがどうしてもいやで（昆虫や魚まで、とは云わないが）、死んだものたちは土に埋めてやりたい。

「生物の研究」という観点に立つならば、俊介の希望は一概に否定されるべきものじゃない。そう分かっているから、いつもいつもぼくが意見を通すわけでもないのだけれど。

この日はしかし、たとえ死んだのが、去年この部室内で発見・捕獲して飼っているトビズムカデだったとしても、俊介に「どうぞ」と云う気にはなれなかっただろう。ポリシーというよりも、おおむねこれは気分の問題だ。〝死〟に近づいてしまったクラスに自分がいる、という現在の特殊な状況ゆえの。

俊介にもつきあわせて中庭へ出て、生物部の部室の窓の外あたりにまわりこんだ。そこが、倉持先生の許可を得たうえでぼくが決めた動物たちの埋葬場で。これまでに埋めた死体の数だけ、十字架形に木切れを組み合わせたささやかな墓標が立っていた。ウーちゃんの死体を土に埋めて、目印に小石をいくつか置いた。あすにでも墓標を作って立ててやろう。

軽く手を合わせて、ウーちゃんの冥福（めいふく）を祈った。

静かに眠れよ。そして——。

間違っても、変な〈現象〉に巻き込まれてこの世に戻ってくるんじゃないよ。

8

結局この日は、幸田俊介と一緒に下校、という流れになった。

第二図書室に立ち寄って千曳さんと話をしたい気持ちもあったのだけれど、入口に鍵が

かかっていて「CLOSED」の掛札が。――のちに知ったことだが、千曳さんは四月いっぱい「一身上の都合」のため休職中で、第二図書室は五月から開室予定なのだという。

校門へ向かう途中、たまたま顧問の倉持先生と出会ったときは、俊介と一緒に挨拶をしたぼくだったが、そのあと続けて神林先生とも遭遇してしまい、このときは俊介だけが挨拶を。担任の彼女にとってぼくは〈いないもの〉だから、校内では挨拶をしてもいけないのだ。

門から外へ出てまもなく、予期していなかった人物がぼくたちに合流した。

「想くん、お疲れさま」

声を聞いてすぐ、赤沢泉美だと分かった。ぼくたちの姿を見かけて、走って追いかけてきたようだった。

「部活の帰り？」

ぼくが訊くと、彼女は呼吸を整えながら、

「そ。演劇部の例会があって」

「きみって演劇部、だったっけ」

「三年になってもう、後進に道を譲る、みたいな感じだけどね」

そういえば葉住も、去年まで演劇部に入っていたと聞いた気がする。

「えっと、そっちの彼は？」

　俊介のほうを見て、泉美が訊いた。

「幸田俊介。クラスは一組で、生物部の部長。じゃっかん変人」

　簡潔に紹介して、それから俊介には泉美を紹介した。

「彼女はぼくのいとこで、赤沢泉美。三年三組のお仲間」

「三組の？」

　俊介は眼鏡の縁に指をかけた。

「なのに、普通に喋っても……ああ、もう校外だからＯＫなのか」

　登下校のときはあまり接触しないほうが好ましいのだが――と考える一方で、相手が泉美なら大丈夫か、という思いもあった。

「幸田くん……三組にも幸田くんっていう男子、いたよね」

　泉美と俊介はこれが初対面。だから、双子の件を彼女は知らないのだった。

　ぼくが事情を説明すると、泉美はちょっと目を丸くして、

「へぇ。――確かにそうね、眼鏡を取れば似てるかも」

「ですから、三組の例の問題についても弟から聞いていて。〈災厄〉のこととか〈対策〉のこととか、だいたいのところはぼくも知っているんです」

　初対面の女子が相手だと妙に硬くなって、言葉づかいもこう、丁寧になるのか。――と、俊介のそんな様子を微笑ましく思いつつ、ぼくは泉美に向かって云った。

「変人って云ったけど、まあ悪いやつじゃないから。道で会っても避けないでやって」

泉美はくすくすと笑い、俊介は少し顔を赤らめてぼくを睨む。——うん。たまにはこういう軽口も悪くないか。

そんなこんなでぼくたちは、三人並んで帰り道を歩きはじめたのだ。時刻は五時半を過ぎていて、西の空がほんのり朱に染まろうとしていた。——ところが。

大通りに出る一つ手前の交差点で。

信号の赤で止まり、赤が青に変わって横断歩道に足を踏み出そうとした。まさにそのとき、だった。

おそらく黄色の信号を「急げ」と読んで、突っ込んできたのだろう。左方向から交差点に進入した一台の小型トラックが、タイヤを鳴かせながら左折しようとして、大きくバランスを崩した。すると瞬間、エンジンやタイヤの音とは異なる、何かがはじけるような激しい音が。

荷台に積まれていた大量の木材。それを固定していたロープが切れるかほどけるかした音、だった。

驚いて足を止めたぼくの横で、泉美が短い悲鳴を上げた。俊介は「うわっ」と叫んだ。

変事に気づいてトラックの運転手は急ブレーキをかけたが、時すでに遅し。車体の横転は免れたが、荷台からは何十本もの木材がごろごろと道路に転がり落ちて……。

ぼくたちが渡ろうとしていた横断歩道にまで、勢いよく転がってきた。信号が変わってすぐに飛び出していたら、無事によけられたかどうか分からない。交差点にほかの車がいたら、もっと重大な事故になっていたかもしれない。

「ちいっ。——まいったな」

車から降りてきた運転手が、途方に暮れたように交差点の惨状を見渡した。それからぼくたちに向かって、

「おまえら、大丈夫かぁ」

ぼくたちがこの現場に居合わせたのはむろん、まったくの偶然だった。一瞬ひやっとはしたものの、巻き添えを喰って誰かが怪我をすることもなかった。——しかし。

これがもしも……という想像をしてしまったのは、ぼくだけではなかったはずだ。泉美にしても、そしてたぶん、事情を知る俊介にしても。

これがもしも、有効な〈対策〉を講じていない状態での出来事だったならば——。

この偶然は、単なる車の荷崩れ事故では済まない〈災厄〉に直結していたかもしれない。ちょっとした確率の変動・偏りが災いして、たとえば落ちてきた積み荷の直撃を受けるとか、運転を誤った車に轢(ひ)かれるとかして、誰かが〝死〟に引き込まれていたかもしれないのだ。

その「誰か」は、三年三組の一員であるぼくだったかもしれないし、泉美だったかもし

れない。あるいはそう、俊介だった可能性も充分にある。三組に敬介という「二親等以内の血縁者」がいる彼は、〈災厄〉が及びうる〝関係者〟の一人なのだから。

「気をつけないとね」

深々と息をつくぼくの顔を見ながら、泉美が云った。

「〈災厄〉が始まらないように。絶対に始まってしまわないように」

その思いつめたようなまなざしを、ぼくはめいっぱい表情を引きしめて受け、「うん」と低く応えた。

「責任重大だね、やっぱりぼくの〝仕事〟は」

Chapter 4

April Ⅳ

1

〈夜見のたそがれの、うつろなる蒼(あお)き瞳(ひとみ)の。〉の館内は、午後のまだ早い時間だというのにいつもの黄昏(たそがれ)めいた仄暗(ほのぐら)さで――。

「いらっしゃい」

いつものように客を迎えた天根のおばあちゃんは、ぼくの顔を認めると「ああ、想くん」と呟(つぶや)いて、

「鳴は地階(した)にいるよ」

くぐもった声でそう告げた。

「お友だちだから、お代はいらないよ」

二階に工房を持つ霧果さんの作品をメインに、館内にはたくさんの人形が並んでいる。壁のところどころには、これも主に霧果さんの描いた絵が掛かっている。

三年前の秋に初めて訪れたとき以来、展示品にある程度の入れ替わりはあっても、基本的な情景は変わらない。目立つのは美しい少女たちの球体関節人形だが、中性的な少年の人形もあれば、ヒトガタ以外の動物や半獣半人の人形もあり……漂う雰囲気は総じて、昏く妖しい。苦手な人もきっといるのだろうけれど、ぼくは当初からこの、現実世界の〝影〟に寄り添ったような空間にとても惹かれている。ここが見崎鳴の家である、ということを抜きにしても。

流れる音楽も変わらない。クラシックの絃楽を中心にしながら、ときにはシャンソンだったり日本語の歌声だったりもするが、基調は静かで薄暗くて……人形たちの秘めやかな集会場にいかにもふさわしい感じ。

ぼく以外に来館者の姿はなかった。

こちらにもどうぞ。

うっかりすると見逃してしまいそうな、小さな貼り紙が、奥の隅の壁に。文字とともに

記された矢印は斜め下を指していて、そこに地階へ向かう階段があって——。

一階よりいくまわりも狭い穴蔵めいた空間が、地階にはある。

ここにもたくさんの人形がいるが、一階よりも雑然としていて、展示室というよりもむしろ倉庫の趣。完成品もあれば未完成に見えるものもあり、頭部だけとか胴体や手足だけとかのさまざまな人形のパーツもそこかしこに置かれていて。そんなフロアの、手前の一角に据えられた黒い円卓のそばに——。

見崎鳴が、いた。

「久しぶり、想くん」

かけていた椅子から立って、鳴が云った。

「このあいだはごめんね」

「体調は、もう?」

「大丈夫」

声はまだ少し掠れている。けれどもこちらに向けられた淡い笑みに、無理をしているような色はなくて。

シンプルなアイボリーのシャツに黒いスカート。首もとを飾ったワンポイントの赤が鮮やかで——。

館内に流れる音楽が、このとき新たな曲に替わった。フォーレの「シシリエンヌ」。短いピアノの前奏があって、主旋律はチェロが奏でる。

ぼくがそろりと室内に踏み込むと、合わせて鳴もこちらへ歩を進めた。一メートルほどの距離をおいて、まもなくぼくたちは向かい合った。

三年前の夏はぼくのほうが背が低かったのが、今はもう逆転している。鳴は三年前と変わらず小柄で華奢で、たぶん身長もあまり伸びていない。

シャギーショートボブの黒い髪。白蠟めいた血の気の薄い肌。──四年前の夏、来海崎の灯台が見える海岸でたまたま出会ったあのときと比べてみても、鳴はまったく変わらないように見える。何だか彼女だけが、独立した時間の中に存在しているかのように……そして。

きょうの鳴は左目を、白い眼帯で隠している。ぼくの記憶に焼きついている彼女の、かつてのイメージそのままに。

これにはちょっと意表をつかれた。鳴が以前のように眼帯をしている姿を、少なくともぼくは、この二年ほどでめっきり見ることがなくなっていたから。

「どうして、目を？」

と、ぼくは訊いてみた。

「──何となく」

表情からすっと笑みを消して、鳴はそう答えた。

2

四月十五日、日曜日の午後二時半。

きのう鳴からメールが来て、この時間にここで会おうか、と提案されたのだった。

——いろいろと気になっているから。

メールにはそうあった。

——会って直接、話を聞くのがいちばんいいでしょ、こういう場合。

もう体調が良いのならもちろん——と、ぼくは即座に返信した。いろいろと気になることがあって話を聞きたいのは、ぼくのほうも同じだったし……。

「想くんはここ——地下のこの部屋、嫌いじゃなかったよね」

眼帯を軽く撫でながら、鳴が云った。ぼくが「はい」と答えると、彼女は淡い笑みをまた浮かべて、

「じゃ、そこにどうぞ」

円卓のそばの、赤い布張りの肘掛け椅子を示した。

濃紺のブックカバーをかけた文庫本が一冊、卓上にはあった。鳴がさっきまで読んでいたんだろう。本の横には白い携帯電話が置いてあって、ぼくの目にはこのときふとそれが、

ここにはいかにもそぐわない異物めいて見えた。

鳴によれば、「人形は虚ろ」なのだという。身体も心もとても虚ろで、空っぽで、それは〝死〟にも通じる虚ろで……彼らは自分たちの空洞を何かで埋めようとしたがるのだ、とか。

だから——と、鳴は云っていた。

この地下室みたいな空間に、こんなふうに人形たちが集まっていると、足を踏み入れた者は往々にして吸い取られていくような気分になるらしい。自分の内側から、いろんなものが。

だから——と、これも鳴が云っていた。

「榊原くんなんかはどうしても、ここが苦手だったみたいね。だいぶ慣れたとは云ってたけれど、やっぱり……ね」

ぼくはしかし、今まで一度もそんなふうに感じたことがない。むしろこの地下室にいると心が安らぐ——というか、たとえばこの建物の三階にある見崎家の住居に招き上げられた場合のほうが、緊張してずっと落ち着かない心地になってしまう。

たぶん——と、ぼくは思う。

ぼくは……ぼく自身がたぶん、人形たちの同類だから。吸い取られるものなんて何もない。ぼく自身も彼らと似たような「虚ろ」なのだ。だからきっと、うまいぐあいにバランスが取れていて……。

「一学期が始まって一週間、だけど」

円卓を挟む形で鳴も椅子に坐り、おもむろに切り出した。

「どう？　クラスの様子」

「ええと……」

即答できず、ぼくは言葉を探した。

「とりあえず、うまくいってるんじゃないかな。みんなその、ぴりぴりしてるっていうか、ぎくしゃくした感じはありますけど……まあ、平穏といえば平穏で」

「〈いないもの〉を引き受けている想くん自身の気分は？」

「気分、って？」

「寂しかったり、いやになったりしない？」

「あ、それはぜんぜん平気です」

この答えに嘘偽りはなかった。

「だけど、ちょっと気がかりな問題はあって。それであの、見崎さんに訊きたいこととかもあって」

「訊きたいこと？」

鳴は右の目を静かに細めた。

「何かな」

「三年前の……一九九八年の三年三組の話。ほんとはね、もっと早くに訊きたかったんです。でも、うまいタイミングがなくて。メールじゃなくて、会って話を聞くほうがやっぱり、いいと思ったし」

三年前——。

見崎鳴は夜見北の三年三組の一員だった。中三の一年間だけ夜見山に来ていた榊原恒一も、だ。彼らはその年、当事者として〈現象〉を経験し、始まってしまった〈災厄〉を目の当たりにした。夏休みに入って鳴が、晃也さんが住む緋波町の〈湖畔の屋敷〉を訪ねてきたのも、一九八七年度の三年三組で同じ〈現象〉を経験した晃也さんから、何か有用な情報を聞き出せないかと考えての行動だったという。

この年の〈対策〉のために〈いないもの〉を引き受けたのが実は、当の鳴で……という話もちらっと耳にしてはいたのだ。——が、ぼくが知っていたのはそこまでで。

それ以上詳しい話を、鳴はぼくに語ろうとしなかった。積極的には語りたくない、というふうにも見えたから、ぼくのほうから問いただせるはずもなくて……。

「……〈いないもの〉を二人にする、か」

今年度の〈対策〉がそのようになった経緯をぼくが説明すると、鳴は卓上に視線を落として呟いた。

「三年前、そういう局面があったのは事実。江藤さんっていう女子も、そういえばクラスにいた気がする」

「見崎さんが〈いないもの〉だったんでしょう？　何か不慮の事態があって〈災厄〉が始まってしまったから、緊急に追加の〈対策〉が……と」

「そう。あの年の〈対策〉は失敗したの。それで、わたしのほかにもう一人、榊原くんが」

「榊原さんが？」

「聞いてなかったんだ、榊原くんから」

「――はい」

三年前の〈現象〉を巡るあれこれについて詳しく語ろうとしなかったのは、彼――榊原恒一も同じだったから。

「そっか」

鳴はゆっくりと一度、瞬(まばた)きをして、

「でもね、結局それでもだめだったの。〈災厄〉は止まらなくて、夏休みの前には担任の先生が、教室でひどい死に方をして……」

小さく吐息して、緩くかぶりを振る。ぼくは少し胸が痛む。彼女にしてみれば当然、進んで思い出したい出来事であるはずもないから。

「だからね、想くん」

鳴はぼくの顔を見すえた。

「〈いないもの〉を二人に増やすっていうその〈対策〉には、あまり意味がないと思う」

そう云ってしまってから、「うーん」とわずかに首を傾げて、

「でも……そうね、一学期の最初から二人の〈いないもの〉を、っていうのは例がないから、断定はできないか」

「三年前は、じゃあどうして〈災厄〉が止まったんですか。八月にクラス合宿があって、そこで大変な事件が起こったっていう話は聞いてますけど……九月以降はもう、誰も死ななかったんですよね」

「ああ、それは」

とだけ云って口をつぐみ、鳴はさっきよりもやや強くかぶりを振った。話したくない、という意思表示？　――これまでにも幾度か、この質問をしてみたことはあったのだ。けれどもそのたび、鳴が示したのは似たような反応で……。

「千曳さんには？　意見を聞いてみたの？　今年の〈対策〉について」

問われて、今度はぼくがかぶりを振った。

「千曳さんはしばらくお休みなんです。第二図書室は五月から開くみたいで」

「そうなの。――千曳さんもきっと、疲れてるのね」

と云って鳴がまた吐息したとき、階段のほうからくぐもった声が聞こえてきた。天根の

おばあちゃんの声、だ。

「お茶をいれたよ。二人とも、上がっておいでなさいな」

3

かけていたCDがひとまわりしたのか、館内に流れる曲はまた「シシリエンヌ」。——一階のソファに移動してぼくたちは、天根のおばあちゃんが出してくれた熱い緑茶を飲んだ。それは存外に美味(おい)しくて、知らないうちに冷えていたらしい身体が、じんわりと温まった。

「『ちょっと気がかりな問題』っていうのは？　さっき云ったよね」

おもむろに鳴が口を開いた。

「葉住さんっていうその、もう一人の〈いないもの〉のこと？」

そのとおり、だった。三年前のあの夏と変わらず、鳴の洞察は鋭い。

「何て云うか、ちょっと彼女、危なっかしい感じで」

「危なっかしい。どんなふうに？」

「ええと……」

とっさに的確な答えを返せなくて、ぼくは話をいったん横へずらした。

「見崎さんが〈いないもの〉をやったときって、どんな感じでしたか」

「って？」

「さっき見崎さんもぼくに訊いたけど、その……寂しかったり、いやだったりしたのかなって」

　すると鳴はきっぱり、「そういうのはなかったよ」と答えた。

「想くんと同じで、わたしは平気だった。平気だろうと思ったから引き受けたんだし」

「ああ……でも」

「もともとわたし、一人でいるのが好きだったから、かえって楽だったかも」

「〈いないもの〉としてふるまわなきゃいけないのは原則として校内でだけ、っていうルールは、見崎さんのときも同じだったんですよね」

「ルールはそうだったみたい」

　鳴は両手で湯呑(ゆの)みを包み込み、お茶をひとくち啜(すす)ってから、

「——なんだけど、わたしは校外でもほとんど〈いないもの〉で通してた。そのほうが分かりやすいっていうか、面倒が少ないでしょ。クラスに仲良しの友だちもいなかったし」

　そう云って、薄く笑った。決して自虐的にというふうではなく。

「榊原さんは？」

　と、思わずぼくは訊いた。

「彼とは仲が良かったんじゃあ」

「榊原くんは……そう。ちょっとその、特別な事情があってね」

と、ふたたび薄く笑う鳴。「特別な」という言葉に一瞬、形を掴みきれない胸の疼きを感じながらも、ぼくは黙って頷いてみせた。

「想くんは？」

と、鳴が訊いた。

「校内と校外で、きちんと切り替えているわけ？」

「切り替え……そうですね。何とかうまくやろうとしてるんだけど、確かに面倒というか……どうかすると混乱して、うかつな行動を取ってしまいかねない気がして。だから、校外でもあまりクラスメイトと接触しないように心がけてはいて」

「クラスに仲良しの友だち、いるの？」

「見崎さんとは違います」

と、これはわざとそんなふうに答えた。冗談めかして、のつもりで。

「ん。そっか」

鳴は軽く腕組みをしながら、しげしげとぼくの顔を見つめた。

「想くん、すっかり成長したのねぇ。夜見山に来てからの二年半で」

「あ……いえ、そんな」

成長？　――したんだろうか、ぼくは。

昔と違って、学校へ行くこともそこで複数の他人とかかわることも、さほど苦痛ではなくなった。友だちもそれなりにいるし、赤沢家の人たちともまあ、うまくやっている。

――けれども、これを「成長」と云うんだろうか。

芯にあるものは大して変わってもいない気が、自分ではする。特にそう、こうして鳴と会ったり話したりするとよけい、そのように感じてしまう。

この三年で、見かけ上の背の高さは逆転したけれど、内面的には昔のまま……鳴はぼくよりも背が高くて、ぼくよりも冷静なまなざしで、ぼくよりも遠いところを見ている。この関係に変わりはない。だからきっと、ぼくは……。

「〈二人めのいないもの〉――葉住さんのことは、あまり心配する必要ないと思う」

ぼくの内心を知ってか知らずか、鳴はやがてそう云った。

「たとえば、もしもその子が将来〈いないもの〉を続けるのがいやになって、役割を放棄するような事態になったとしても」

「――としても？」

「大丈夫、と思う」

「大丈夫、なんですか」

「想くんさえ〈いないもの〉の役割をまっとうすれば、ね」

鳴は口もとを引きしめ、左手の中指で眼帯を斜めに撫でた。

「〈死者〉が一人まじって増えてしまったクラスの人数を、〈いないもの〉を一人作ることによって本来の数に戻す。そうやって崩れたバランスを正す。っていうのがそもそも、このおまじない――〈対策〉の意味だから。だからね、想くん一人がちゃんとやりさえすれば、〈災厄〉の始まりを防ぐ効果は変わらないはず」

「――はい」

　ぼくは神妙に頷いた。

　鳴が「大丈夫」と云うのならば。

　だったらそれは、きっと大丈夫なのだ。三年前のあの夏の日、出口の見えない混沌（こんとん）からぼくを救い出してくれた鳴。彼女の云うことはいつも正しい。正しかった。だからそう、きっと今も……。

「ただし」

　と、鳴は続けた。

「もしもそうなってしまった場合、役割を放棄した葉住さんは〈いるもの〉に戻るわけね。そうなったら想くんは、彼女に対してもちゃんと〈いないもの〉を演じなきゃならない。これは気をつけるべきかも」

「――はい」

たとえ〈いないもの〉同士であっても校内では接触しないほうがいい、と決めたぼくの方針は、そこまで考えればあながち的外れでもない、ということか。

館内に流れる音楽とは異なる調べがこのとき、とつぜん鳴りはじめた。「あ……」と鳴の声がもれた。珍しく慌てたそぶりで、テーブルの端に文庫本と重ねて置いてあった携帯電話に手を伸ばす。

着信メロディ、か。

「ごめんね、ちょっと……」

ディスプレイにちらりと目をやると、鳴はそう云ってソファから立ち、携帯を耳に当てて「はい」と応じた。そのままテーブルを離れ、足速に建物の外へ出ていってしまう。

そんな彼女の姿を見送るぼくに、

「お茶のお代わりはいるかい？」

天根のおばあちゃんが云った。

「あ、けっこうです。ごちそうさまでした」

電話の相手は誰だろう。

高校の友だち？　それとも霧果さん？

考えてみれば、中学を卒業したあと県立高校の普通科へ進んだ鳴の学校生活について、ぼくはほとんど何も知らない。高校でもまた美術部に入っている、ということ以外は。どんな友だちがいるのかも、誰か「特別な」ボーイフレンドがいたりするのかも……何も。
二、三分で外から戻ってくると、鳴はまた「ごめんね」と云って、もとのソファに坐った。ぼくはそっと彼女の表情を窺ったが、さっきまでと違うところはべつにないように見えた。
「想くんは今、独り暮らしなのね」

携帯をもとどおり文庫本の上に重ねて置いて、鳴が云った。

「ああ、はい」

ぼくはちょっとどぎまぎしつつ、

「といっても、赤沢家はすぐ近くで、食事や洗濯はこれまでどおり、伯母さんのお世話になってるし」

「住んでる部屋も、赤沢さんの？」

「夏彦……二番めの伯父さんがオーナーのマンションで、ちょうど部屋が空いてたから」

「ふうん」

鳴は「赤沢さん、か」と小声で呟き、額を指先でとんと叩いて首を傾げたが、すぐにぼくの顔を見直して、こう云った。

「そのうち一度、想くんの部屋、遊びにいってもいい？」

「えっ」

と、ぼくはいよいよどぎまぎして、

「ええと、あの……」

「賢木さんが持っていたあの人形、あるんでしょう」

「あ、はい」

「それも見たいし。ね？」

「はい」とも「いいえ」とも、はっきり答えられないでいるうちに――。

「きょうはもう、そろそろ」

云って、鳴が立ち上がった。

「何かあったら、メールで知らせて。急ぎのときは電話でも」

「はい。――あの、見崎さん」

と、ここでぼくはつい、確かめてみたくなったのだ。

「なに？」

「相変わらず、携帯電話は嫌いなんですか」

「――うん」

テーブルの上のそれにちらっと視線を落としてから、鳴は答えた。

「基本的にはね、やっぱりいやな機械だと思ってる」

このあとの帰りぎわ――。

扉を開けて独り外へ出ようとして……ぼくは一度、後ろを振り返った。黄昏めいて仄暗い館内の、さっきまで坐っていたソファのそばに立って、鳴がぼくを見送っていた。ところが、そこで。

彼女がやおら、左目を隠していた眼帯を外したのだ。外された眼帯の下にこのとき、どんな色の目があったのか。それはしかし、光のかげんでぼくには見て取れなかった。

4

「やあ、想」

よく見知った顔の男の口から、よく聞き知った声が飛んできた。

「なかなかつかまってくれないから、押しかけてきたぞ」

矢木沢暢之、だった。

ぼくより頭一つぶん上背のある、ひょろりとした体軀（たいく）。色落ちの激しいジーンズに真っ赤なパーカを着て、髪は相変わらずぼさぼさで、薄く色の入った円眼鏡がいかにも怪しげ。一般的な感覚で云えばやはり、かなり胡散（うさん）くさい風体の中学生だ。

本人的には何かこだわりがあるらしいけれど、説明されてもぼくにはあまりぴんとこない。むしろ、普通に髪を整えて円眼鏡はやめにして、顎（あご）にひょろひょろと伸ばしている鬚（ひげ）

をきれいに剃ってしまえば、実はけっこう汎用性のある美男子になるのになあ、と思うのだが。

　ぼくは御先町のギャラリーを出たあと、少し本屋に立ち寄ってから〈フロイデン飛井〉まで帰ってきたところ、だった。自転車置き場に自転車を戻して、マンションのエントランスホールに入ったとき――。

「わざわざ訪ねてきたの？」

「まあな」

　矢木沢の家からここまで、バスに乗ってもだいぶかかる。日曜日のこの時間にわざわざ、予告もなしにやってきて、もしもぼくが不在だったらどうするつもりだったんだろう。

「はぁい。どうぞ」

　という声が、オートロックの中扉の手前に設置されたインターフォンから聞こえてきた。

　んん？　この声は……。

「赤沢に頼んだのさ」

　と、矢木沢が云った。

「彼女に電話して、『想はいるか』と。そしたらおまえの部屋を見にいってくれて……出かけてるようだが、おれが来た時点でまだ帰ってきてなかったら、そんなに遅くにはならないだろうから待ってればいい。待つ場所は提供するから、ってさ」

「待つ場所は提供……」って、それは泉美の部屋のつもりだったんだろうか。彼女と矢木沢は、はて、そんなに打ち解けた仲だったっけ。——まあ、ぼくが関知する話でもないか。

「ちょうど今、想が帰ってきたよ」

インターフォンに向かって、矢木沢が告げた。泉美が応じて、

「あ、それじゃあ……」

と、ぼくが先を受けた。

「それじゃあ」

「とにかくまあ、せっかく来たんだから上がっていく？」

「おう」

と答えて矢木沢は、まばらな顎鬚を撫でながら邪気のない笑みを広げた。

5

「こんな部屋に独り暮らし、いいよなあ」

ぼくが勧めたテーブルの椅子に腰かけると、がらんとしたLDKを見まわしながら矢木沢は云った。

「赤沢の親父さんがこのマンションのオーナーなんだって？」

「うん。世話になっている赤沢の本家が、四月からリフォーム中で。期間限定でここに住ませてもらうことに」

「いいよなあ」

　矢木沢はしみじみとそう繰り返し、

「おれんち、姉弟は多いし家はボロいしで。ちょっと音量を上げてＣＤかけたりギター弾いたりしたら、すぐに母親や姉貴から文句が来るし、静かに本でも読もうとしたら弟たちがどたばた騒々しいし、ビデオを借りてきて観ようとしてもテレビがなかなか空かないし……で、快適な居場所がなくてなあ」

「にぎやかでいい、と思うけど」

　そう応じたのは、なかば本音だった。一つ屋根の下で普通に両親がいて姉や弟たちがいて、という家庭環境が、ぼくにしてみればやはり、少しうらやましい気がしたから。

　きのう赤沢・兄の部屋から運び下ろしたばかりの小型冷蔵庫を開けて、缶ジュースを二本、取り出す。一本を矢木沢に渡して自分も椅子にかけて、

「で？」

　と、ぼくは相手の顔を見すえた。

「どうしてまた、急に」

「学校が始まってから、まともに話をしてないだろう。おまえの考えは分かるが、ちょっと水くさい」

「――かな」

「水くさいさ。お仲間なのに、な」

矢木沢が云う「お仲間」の意味を、ぼくはもちろん正しく理解している。単に「三年三組のクラスメイト」というだけじゃない、その意味を。――けれど。

「まあ、そうではあるけれど、事態が事態だからね」

ぼくは努めて穏やかに応えた。

「たとえ校外であっても、これまでと同じように気安くコンタクトを取るべきじゃないと思うんだ。一年の長丁場だからね。気を緩めたら、うっかり校内でも話しかけてしまったり……って、そんなリスクをなくすため」

「前にも聞いたよ、おまえのそのポリシーは」

「じゃあ、水くさいなんて云わないでよ」

ぼくは真顔で訴えた。

「今年が〈ある年〉だと分かった以上、ぼくたちは最善の努力をしなきゃならない。――だろう？」

「ああ……ま、確かにな」

「ところで」

と、今度はぼくのほうが切りかかった。

「きみがクラス委員長に立候補したのは、いったいなぜ？」

「変か。おれが立候補したら」

「ありえない、と思ったけど。その話を聞いたとき」

「うーん。そうかもなあ」

矢木沢は長髪をがりがりと掻いた。

「おれとしては、今年は〈ない年〉だろうと楽観していたんだが、蓋を開けてみたら〈ある年〉だったわけだ。そうなるとだな、おのずと心構えも変わってくる」

「というと？」

「小学生のときからずっと、一度もクラス委員長ってやつをやったことがなかったから、ここは一度やっておこうか、と思ったのさ。ひょっとしたら最悪、今年が生涯最後の学校生活になるかもしれないんだから」

「いきなり悲観論に振れるんだねえ」

ぼくは内心、複雑な気分で応じる。

「まだ〈対策〉が失敗して〈災厄〉が始まると決まったわけじゃない。たとえ始まったとしても、きみが死ぬとは限らないだろう」

「まあな、それはそうなんだが」

ちょうどこのタイミングで、〈E－9〉のドアをノックする音が響いた。「はい」と返事をするやいなや、鍵をかけていなかったドアが開いて――。

「お邪魔していい？」

入ってきたのは赤沢泉美、だった。

「それとも、男の子同士の秘密会議中？」

「いやいや、どうぞどうぞ」

と、自分の部屋でもないのに矢木沢が、椅子から腰を浮かせて彼女を招いた。

「これ、上階（うえ）にあったから持ってきちゃった」

そう云って、泉美が白い紙袋をテーブルに置く。

「差し入れね」

袋の中身は人数ぶんの大きなシュークリームで。

「お。遠慮なくいただきます」

さっそく手を伸ばす矢木沢だったが、半分ほど食べたところでふいに動きを止めて、

「クラス委員長は……」

と呟いた。

「十四年前の三年三組でさ、クラス委員長だったんだよな」

話の流れが見えない泉美が、「えっ」と首を傾げる。そのかたわらで、

「十四年前。そうか」

　ぼくはすぐに理解した。

「八七年の三年三組の、女子のクラス委員長。それが矢木沢の叔母さんだった？」

「ああ」

　矢木沢はこうべを垂れるように頷いた。

「だから、ここはおれも、ってさ。こんなの、理屈にも何にもなってないんだが」

「どういうこと？」

　泉美が、ぼくたちの顔を交互に見ながら訊いた。

「矢木沢くんの叔母(おば)さんって、十四年前に夜見北の三年三組だったの？　じゃあ、もしかして想くんの……賢木晃也さんと？」

「うん」

　ぼくが答えた。

「八七年の、三組の同級生だったんだよ。晃也さんと矢木沢の叔母さんは」

　一年生のときクラスで矢木沢と知り合ってまもなく、ぼくは彼と自分のそんな共通点に気づいたのだった。ぼくたちそれぞれの叔父(おじ)と叔母がかつて、この学校の三年三組で〈現象〉および〈災厄〉に直面した「お仲間」同士であった、という。

ぼくの母方の叔父・晃也さんは、「八七年の惨事」で大怪我をしたものの命は助かり、夏休み前には夜見山市外へ転居して中学も転校して、〈災厄〉から逃げた。一方、晃也さんの同級生だった矢木沢の父方の叔母さんは、二学期の途中で突発的な病に倒れ、亡くなってしまったのだという。

この事実を確かめ合って以来、矢木沢とぼくのあいだにはある種の仲間意識が生まれたわけだった。

自分たちがもしも三年生で三組になったら……なんていう話を、彼とは一年のときから軽口まじりにしたものだったけれど、それがこうして現実になるとは。あのころはまだ、たぶんぼくも、充分にリアルな想像ができていなかったように思う。

「きれいな人だったんだよな、理佐(りさ)さん」

と、矢木沢が云った。「矢木沢理佐」というのが彼女のフルネームだったらしい。

「十四年前だから、おれは生まれたばっかりで、記憶には当然まったくないんだが。残ってる写真を見るとさ、どれもほんとにきれいな……」

泉美が、壁ぎわの書棚のほうをちらりと見やった。そこに置いてある例の写真を気にしているふうで——。

彼女の視線を追って、矢木沢も書棚のほうを振り返る。そうしておのずと彼も、問題の写真に目をとめたのだ。見られて、気づかれてもいいか——と、このときもう、ぼくは腹をくっていた。

「これって……」

椅子から離れて写真に顔を寄せ、矢木沢が云った。

「おい想、この写真は？」

一九八七年の夏休み、緋波町の〈湖畔の屋敷〉へ一時的に「避難」してきた、当時の三年三組の生徒たち。晃也さん以外に写っている四人のうち、いちばん右側に立って、長い髪が風になびくのを押さえている女子の苗字が「矢木沢」であることを、ぼくは以前から知っていた。

「この話、今まで何となくしそびれていたけど……」

と、そしてぼくは矢木沢に語ったのだ。

十四年前の夏休み。

〈災厄〉の及ぶ〝圏外〟——すなわち夜見山市外にある〈湖畔の屋敷〉へ、晃也さんが友人たちを招いたこと。そこで彼らが、〈災厄〉に見舞われる恐れのない平和なひとときを過ごしたこと。そのとき全員で撮った写真が、ここにあるそれであること。……

「何でだよ」

ちょっと拗ねたように眉を寄せて、矢木沢が云った。

「何で今まで、その話をしてくれなかったんだよ」

「それは……」

　ぼくは矢木沢の視線から目をそらし、

「そのあと結局、晃也さんは夜見山から逃げたおかげで無事に生き延びた。ほかのみんなは夏休みが終わると夜見山へ戻って、結果として、きみの叔母さんは命を落とした。晃也さんはおそらく、三年前にあの人自身が死ぬ直前まで、自分だけが逃げて助かったのを気に病んで、自分を責めつづけていた——ように思うんだ。だから」

「云いにくかった、ってか」

「——うん」

　ぼくは小さく頷いた。

「——ごめん」

「想くんがあやまる必要はなし」

　と、ここで割り込んできたのは泉美の、きっぱりした裁定だった。

「想くんは想くんで、大好きだった晃也さんが亡くなって悲しい想いをしていて……あまり思い出したくなかったんでしょ？　三年前の出来事を。この写真について説明しようとしたら、どうしても思い出しちゃうものね」

　ぼくが何とも答えられずにいると、ややあって矢木沢が、

「まあ、そうだよなあ」

からりと笑って云った。

「夏休みのあいだだけでも、のんびり過ごせて良かったよな。楽しそうな顔してるし、この写真の理佐さん。――な、想」

「ああ、うん」

「いつかおれも行ってみたいな、その〈湖畔の屋敷〉って家に」

「ああ……」

そこまでは声にしたものの、矢木沢のこの言葉に対しては、どうしても「うん」とは応じられなかった。

6

「矢木沢くん。改めて、よろしくね」

場に生まれた微妙な沈黙を払うように、泉美がそう云った。

「あたしは対策係として、あなたはクラス委員長として。今年の〈対策〉がうまくいって、みんなが無事に卒業できるよう、頑張りましょ」

「お、おう」

矢木沢はじゃっかん気圧(けお)されたように、

「そうだよな。どう頑張ればいいのか、よく分からないけどさ」

「あたしたちにできるのは、とにかくまず細心の注意を払って、想くんと葉住さんに〈いないもの〉を続けさせる、ということ」

「それは分かってる。充分に気をつけるさ」

「想くんはね、大丈夫だと思うの。問題があるとすれば、やっぱり葉住さん」

「そう。それだ」

頷いて矢木沢は、眼鏡のブリッジに指先を当てた。

「おれも少しその、気にかかってるんだよな。——なあ、想」

と、ぼくのほうを見て、

「おまえさ、ちょっと葉住に冷たくしすぎなんじゃないか」

「そうかな」

「自覚してないのか」

「特に冷たくしているつもりはないけど」

「いやいや。おれが見る限り、あまり親しくしてるふうでもないし。〈いないもの〉同士なんだからさ、おまえたち二人は。たとえ校内でも、たとえば休み時間とか、もっと一緒にいてもいいんじゃないのか」

それは——実はそれも、ぼくとしては避ける方針なのだという考えを説明すると、矢木

沢は腕組みをして「うーむ」と唸り、

「理屈は分かるがなあ。大丈夫なのか、葉住のほうは。思うにだな、あいつはたぶん、おまえを……」

「大丈夫」

矢木沢の言葉の続きを断ち切るように、ぼくは必要以上にきっぱりと云ったのだ。〈夜見のたそがれの……。〉での、きょうの見崎鳴とのやりとりを思い出しながら。

「大丈夫だよ。彼女がどうあれ、きっとうまくいくから。——成功させるから」

Chapter 5

April V

1

四月の三週め――新学期が始まって二週め――の日々は、大きな問題もなく過ぎた。少なくともぼくにはそう感じられた。

クラスメイトや教師たちの協力のもと、ぼくは引き受けた〈いないもの〉の役割を粛々(しゅくしゅく)と続ける。ぼくの意見に従って葉住結香も、〈いないもの〉同士でありながら、校内ではちゃんとぼくを無視するようにしてくれている。この点はまず、ひと安心だった。

たとえ校外でも、〈いないもの〉はなるべくクラスメイトと接触しないほうが安全だろう、というぼくの考えも、葉住は分かってくれているはず。――だったのだが、登下校のさい、彼女が三組の女子たちと一緒にいて、ごく普通に喋っているのをときどき見かけた。校外でまで〈いないもの〉に徹するのはやはり、現実問題としてはむずかしいのか。

葉住からは幾度か、携帯に電話があった。そのたびにぼくは「頑張って〈対策〉を成功させよう」的な励ましの言葉をかけたが、それ以上はもう云わなかった。あれもだめ、これもだめ――と、そんなプレッシャーばかりを与えるのは、長い目で見ると逆効果かもしれない、という気がしたから。

始業式の日とは少し違うタイミングで、登校前の朝にまた葉住と出会ったのが金曜日――二十日のことだ。夜見山川の川沿いの道から、このときは河川敷に降りて、遊歩道をしばらく二人で歩いた。

葉住はそこで、ぽつぽつと彼女自身についての話をした。

両親の仕事の関係で、ふだん学校から帰っても家には誰もいないことが多いのだという。特に仲が悪いわけではないが、親たちは基本、娘については放任主義。

「悪く云えば放置、なんだけどね、まあそれはそれで気楽だし」

そう云って葉住は屈託のない笑みを見せたが、本当のところはどうなんだろうか、とも思えた。これがもしも見崎鳴のせりふだったならば、きっと何の疑問も抱かなかったに違いないのだけれど。

五つ年上のお兄さんがいるのだという。

去年、高校を卒業して東京の某大学法学部に入学し、夜見山を離れた。将来は司法試験を受けて法律家に、という志を持ったしっかり者らしい。彼女いわく、何でもぼくはそのお兄さんにどことなく雰囲気が似ているそうで……。

「想くんは、兄弟は？」

訊かれて、ぼくはことさらに淡々と答えた。

「小学生の妹が一人。緋波町の実家のほうに」

自分とは父親が違う、すなわち母親と再婚相手のあいだに生まれた子で——という話まではわざわざしなかった。

「名前は？」

「——ん？」

「妹さんの名前」

「ああ……美礼」

「可愛い？」

「——べつに」

考えてみれば……いや、考えるまでもなくか、さきおととしの夏以来ぼくは、一度も美礼の顔を見ていない。母・月穂はこの二年半余りのあいだに、ぼくが知る限りでは三度、夜見山に来ているが、美礼を連れてくることはなかったし。

「想くんって今、赤沢さんと同じマンションに住んでるのね」

唐突にそう訊かれたのも、金曜日のこのときだった。

「事情があって、期間限定で」

ぼくはさらりと答えた。

「夏までには、もともと世話になっている伯父さんち（おじ）へ戻る予定」

「でも、今は同じマンションなんでしょ。同じ階の部屋に、って聞いたけど、ほんとに？」

「ああ、うん」

誰から聞いたんだろう。彼女が校外で親しいつきあいを続けている友だちの誰かから、か。あるいは……いや、べつにどうだっていい。とりたてて隠さなければならないような情報でもないし。

「だったら想くん、赤沢さんとは毎日、お話をしてるわけ？」

「ああ……まあ。毎日っていうわけでもないけど」

「校外でもクラスメイトとはなるべく接触を持たないほうがいい、のに？」

問いを重ねる葉住の口ぶりに一瞬、小さな棘（とげ）のようなものを感じて。

「赤沢は、いとこだから」

答えて、並んで歩いていた葉住の横顔を見る。彼女はまっすぐ前方へ目を向けたまま、だった。わざと作ったような冷ややかな声で「ふうん」と応じ、続けて——。

「特別な気持ちとか、あったりする？」

そう訊いたのだ。

「はあ？」

ぼくは驚いて、ふたたび葉住の横顔を見た。

「どういう意味、それ」

「だから……その」

彼女は胸もとに垂れた髪を、カバンを持っていないほうの手で撫でながら、

「好きとか、嫌いとか」

「ええと……そんなふうに訊かれたら、『好き』っていう答えになると思うけど」

こういう質問をストレートに投げかけてくる相手の心中を、さすがにこのときは推し測ろうとしてみた。正直、経験値があまりにも低くて苦手な分野だった。そして正直、今のぼくにしてみれば「それどころじゃない」というのが本音であって、だから早々にみずから思考を停止して。

「でもほら、『好き』っていっても、赤沢はいとこだからね。だからその、変な意味じゃなくて」

そう補足して、話を終わらせようとしたのだ。ところが葉住のほうは、それでは終わらせてくれず――。

「いとこ同士でも結婚、できるしね」

と云った。相変わらず前方に目を向けたまま、気のせいかやはり、小さな棘を含んだような口ぶりで。

ああもう……と、ぼくは声にも顔にも出さず嘆いた。

苦手だ。かなり、いや、大いに苦手なのだ、女の子とのこういうやりとりは。

こんなとき、普通の中学三年生男子はどんな対応をするんだろう。たとえば矢木沢なら。たとえば（あまり参考にはなりそうにないが）幸田俊介なら。たとえばそう、三年前の榊原恒一だったら……。

などと考えるうち、結果として何秒かの不自然な沈黙が流れた。すると葉住は、ちょっと慌てたように「あ、あ……」と声をもらして足を止め、こちらを見た。

頰がほんのりと赤らみ、何だか目つきがおろおろしている。大人っぽいきれいな顔立ちなのに、どこかバランスを崩したその表情は途方に暮れた幼い子供みたいで。——よし。

このままこの話題はフェイドアウト……と、思ったのも束の間。

「あのね、想くん」

睫毛の長い黒眼がちの目で、葉住はぼくを見つめた。

表情が一変して、悪戯っぽい微笑を浮かべている。悪戯っぽい、けれども今度はどこか、大人っぽい顔立ちにお似合いな感じの。

「わたしね、想くんが〈いないもの〉を買って出たあのとき……」

「あっ、カワセミ！」

と、このときぼくが声を発し、葉住は言葉を止めた。ぼくは川のほうを指さし、岸に向かって一歩二歩、足を踏み出して、

「ほら、あそこ。ホバリングしてる」

川の中央よりも少しこちら寄り。水面から三メートルほど離れた空中に、忙しく羽を動かしている鳥の姿があった。

鮮やかな瑠璃色の翼と橙色の腹部。小柄なわりに長いくちばし。——うん、間違いなくカワセミだ。ああやって、水中にいる獲物を狙っているのだ。

名前に「翡翠」という漢字を当てるこの美しい鳥は、全国各地に留鳥として棲息するが、夜見山のこの川でこんなふうにホバリングしている光景を目にするのは初めてだった。ぼくは思わず、両手の親指と人差指を組み合わせて仮想のファインダーを作った。静かに歩を進めながら、何度も仮想のシャッターを切る。

「あーあ。もう……」という葉住の声が、背後で聞こえた。

まもなく水中に突入したカワセミが、見事に獲物の魚を捕えて飛び出してくる。仮想のシャッターをさらに切りながら、ぼくはひそかに、彼（——たぶん。黒いくちばしの色からして）に感謝の念を送っていた。

2

翌二十一日、土曜日の昼前。

学校には休みの届けを出して、ぼくは市立病院の「クリニック」を訪れた。先週の予約はけっきょく取り消して、きょうまで一週間、延ばしてもらったのだった。

夕見ヶ丘の一画に広々とした敷地を持つ総合病院だ。昨年から大がかりな改築工事が進行中の診療棟が正面にあって、隣接して入院病棟が並び、まとめて〈本館〉とも呼ばれている。その裏手にちょっと離れて建つ、いかにも古びた小ぶりな建物が〈別館〉。ぼくが通う診療科はそこにあった。

現在の科名は「精神神経科」だが、十年ほど前までは単に「精神科」だったらしい。これをあまり目立つところには置きたくないという意図が過去、あったのだろう。精神病一般に対する、世間の漠然とした偏見ゆえに。今でもおそらくそれは根強く残っていて、だから月穂は、ここを「クリニック」と呼びたがるんじゃないか。「病院の精神神経科」よりも「メンタルクリニック」のほうが、言葉の響きが無難だから。

月穂は昔、最初の夫——すなわちぼくの父親——を自殺で失っている。「精神を病んだ果ての死」だったと聞く。加えてそう、三年前の晃也さんの件もある。だからなおさら……という心理も想像できた。両者と血縁関係のあるぼく自身は、さほども気にしていないのだけれど。——ただ。

別館のこの建物の前に立つとぼくも、往々にして少しどんよりとした気分になってしまう。

飾りけのない鉄筋コンクリートの四階建て。その、二階より上の階に並んだ部屋の小さな窓には、どれも鉄格子が入っている。薄汚れた壁面にはところどころ蔦(つた)が這(は)っていて、見るからに陰気な、不気味といえば不気味な風情で。

聞くところによるとしかし、別館の病室は現在、精神神経科の患者用としてはもう使われていないらしい。理由の第一は施設の老朽化。拘束的な入院措置が必要な重症患者については、別の土地に用意された新たな専用病棟のほうへ移送済みなのだとか。近い将来にはこの建物自体、取り壊される見通しだという。

「こんにちは、想くん。もう三年生になったのですね」

診察室に入って対面するなり、担当医の碓氷先生はいつもどおりの丁寧な言葉づかいで云った。

「前回が二月の初旬、か」

と、デスクのカルテに目をやりながら、

「どうですか。この二ヵ月余りで何か、変わりはありましたか」

夜見山に来て以来、診てもらっている精神科医だ。

　年齢は四十前だろう。柔道選手のような体格に四角い大きな顔。口のまわりにも頬にも顎にも、黒々と髭を伸ばしている。一見いかつい風貌だが、こちらを見すえる小さな目はいつも、穏やかで優しげな光を宿していて——。

「特に変わりはありません。何も問題はないと思います」

　と、ぼくは答えた。

「夜はちゃんと眠れていますか」

「はい」

「入眠剤の必要もなく？」

「はい。基本、飲まなくても大丈夫です」

「いやな夢を見ることは？」

「それは……ときどき」

「しかし以前に比べたら、回数は減っているのですね」

「はい」

　そもそもは夜見山の赤沢家に預けられてまもなく、月穂の夫——すなわちぼくの継父である比良塚修司の紹介で、この医師の診察を受けるようになったのだった。三年前のあの出来事のショックが原因で、あのころのぼくはやはり、相応に不安定な精神状態だったから。

頭ではもう平気だと思っていても、実際にはさまざまな不調に悩まされた。――不眠。悪夢。覚醒時であってもときおり襲いかかる不安や恐怖、混乱、無力感。それらに伴う動悸や発汗、息苦しさ。

心的外傷後ストレス障害。

あまりこの名称でくくりたくないのだが、と断わりを入れながらも、碓氷先生はそう診断を下した。ただし、云うほど深刻な病状ではないから、過剰な心配はいらない。

「何より想くんはもう、自力でしっかり立ち直ろうとしていますから」

と、そんなふうに云われたのを今でもよく憶えている。

「私はほんの少し、そのお手伝いをするだけですよ」

比良塚の継父の紹介で、というのがひっかかって当初、碓氷先生に対しては少なからず警戒心を抱いていたように思う。けれどもだんだん、「この人は信頼できる」と思える関係が築かれていって……結果、一年も経ったころにはずいぶん症状も改善していた。当初は何種類か処方されていた薬も、今ではほとんど飲まなくて済むようになっている。

「お母さんからは最近、連絡は？」

と、医師が訊いた。毎回される質問だったが、そのたびに自分が示す反応が決してポジティヴなものではないことを、ぼくは重々自覚していた。

「たまに。――今月に入って一度」

「電話で？」

「はい」

「ちゃんと話をしましたか」

「――いえ。留守番電話を聞いただけで」

「想くんのほうから電話は？」

「――していません」

「話したくないのですか」

「そう……ですね。あまり……」

「会いたいとも思わない？」

「…………」

「本当は会いたかったりする？」

「…………」

「本音を打ち明けていいんですよ」

「――分かりません」

「そうですか。――うん」

医師は小さな目をしばたたいて、「うんうん」と繰り返し、

「比良塚さんの家の特殊な事情はおおむね、私も承知しています。今の想くんの立場を考えれば、お母さんに対して、ひどく引き裂かれた感情を持つのも仕方ない話ですから。そのこと自体を気に病んだりはしないように。いいですね」

云われて、ぼくは素直に「はい」と頷いた。

3

ぼくはこの日の、碓氷先生の最後の患者だったらしい。診察室を出ると、待合のスペースにほかの患者の姿はなくて――。

「はい、これ」

顔見知りの菊地さんというナースが、会計窓口に出すための書類を手渡してくれた。するとそのとき、ぼくの横をすりぬけるようにして、診察室のドアに向かって駆けていく小さな人影が。

おや、と驚いて見直してみると、それはまだ年端もいかない子供だった。小学校の、たぶん低学年。おかっぱの髪と服装、背負ったランドセルの色からして女の子。――と思うまに。

くるんとこちらを振り返り、小声で「こんにちは」と云ってから、女の子は診察室のドアをノックもせずに開けた。そうして中へ駆け込んでいったのだ。

「碓氷先生の娘さん、ですよ」

首を傾げるぼくに向かって、菊地さんが云った。ふふっ、と短く笑い声をもらして、

「土曜日の学校帰りには、このところしょっちゅう。一緒にお昼を食べて、先生はあの子にひっぱられてお帰りになるの。——想くんは会うの、初めて？」

「あ、はい」

碓氷先生のあの髭面が、娘が入ってきたとたんくしゃりとほころぶ様子を想像しながら、ぼくは答えた。

「仲良しのお父さんと娘さん、なんですね」

「お母さんが早くに亡くなっていて」

と、菊地さんはやや声をひそめて、

「以来、男手一つで、っていう話だから。可愛くてたまらないみたいね、先生。実際、賢くて可愛らしい子だし……」

のちに知ったところでは、女の子の名前は希羽（きは）。この近くの公立小学校に通う二年生だという。

4

この日は朝からの曇天で、ぼくが別館から出たときにはけっこうな強さで雨が降りだしていた。会計窓口のある診療棟一階のロビーへ向かうのに、普段は外から正面玄関までまわりこむのだが、このときは雨を避けて、渡り廊下（というか、屋根と壁を備えた連絡通路）を通って裏から本館に入った。本館と別館は三階部分でも、同様の通路でつながっている。

これまでに幾度も増改築が行なわれてきたせいだろう、何やら迷路じみて複雑に入り組んだ廊下をそろそろと歩きながら、そういえば——と、ぼくは思い出す。

三年前の今ごろ、榊原恒一はここに入院していたんだな。

東京からこっちに越してきてまもなくのタイミングだった、と聞いている。翌日から転校生として夜見北に登校——という夜になって、自然気胸を発症して急遽、入院。そんな憂き目に遭ったらしい。

ぼくが知り合ったときにはすっかり元気そうだったけれども、肺に孔があいてパンクしてしまうなんて。そのときの苦しさや痛みをつい、想像してしまう。

この病院の、どのあたりの病室に彼は……と、薄暗い廊下を進みながらぼくは、何となく周囲を見まわした。――とたん。

どくん、という低い響きとともに一瞬、世界が暗転する。しかしそれは本当に、ほんの一瞬のことで。

「入院」といえば――と、そこからのつながりでこのとき、記憶から迫り出してきた事実があった。

今月の初めから、病気が理由で学校を休みつづけている生徒が一人、そういえば三組にはいる。詳しい事情は分からないが、しばらくは入院が必要で登校はむずかしいらしい――という話を、いつだったかそう、泉美がしていたっけ。その生徒――彼女の名は確か、牧野だったか牧瀬だったか……。

ようやく診療棟のロビーに辿り着いたところで、上着のポケットの中の携帯電話に着信があった。

きのう会ったときのやりとりが気になっていたのかもしれない、とっさに浮かんだのは葉住の顔だった。次に浮かんだのは矢木沢。その次が、たぶんないとは思うが見崎鳴……だったのだけれど。

ディスプレイを見てみて、思わず溜息をついてしまった。着信は月穂から、だったのだ。

さっきの碓氷先生との会話がおのずと思い出されて、いくらか迷ったものの今回は応答ボタンを押した。

「あ……想ちゃん？」

久しぶりにリアルタイムで聞く母の声。彼女が言葉を続ける前に、

「元気にしてるから」

と、ぼくは云った。

「クリニックにもちゃんと行ってるから」

「――ごめんね、想ちゃん」

「あやまらないで。もういいから」

「ほんとはね、わたしは想ちゃんを……」

「赤沢の伯父さんも伯母さんも、とても良くしてくれてるよ。ぼくはこれでいいから」

「あ……でも」

「心配しないで」

「…………」

「じゃあね。もう切るよ」

そうして本当に電話を切ろうとしたぼくだったが、するとそれを引き止めるように、

「来月には会いにいくね」

と、月穂が云ったのだ。

「長く想ちゃんの顔、見てないし、さゆりさんたちにもご挨拶しなきゃあ……だからね、

来月きっと」

べつにいい、来なくても。

とっさにそう突っぱねてしまいそうになったのを、ひと呼吸おいて思いとどまった。さっきの碓氷先生の言葉が、

――お母さんに対して、ひどく引き裂かれた感情を持つのも仕方ない話ですから。

ここでもまた思い出されて。

「うん」

もう一度ひと呼吸おいてから、ぼくは短く応えた。

「分かった。――じゃあ」

このあとロビーの会計窓口で支払いを済ませると、ぼくはどうにも薄暗い、もやもやした気分を振り払えないまま病院を出たのだ。ところが、玄関の自動ドアを抜け、降りつづく雨を見上げて「さて」と立ち止まったとき。

半透明のビニール傘を閉じながら、緩慢な足どりで病院内へ向かう中年女性の姿が、ふと目にとまった。あっ、と思ってその顔を見直そうとしたが、振り返ってみてもすでに後ろ姿しか見えなくて。――しかし。

向こうはぼくに気づかなかったようだが、今の女性は……。

……霧果さん？

「霧果」は人形作家としての雅号で、本名は由貴代というらしい。見崎由貴代。――鳴のお母さん、だ。

どこかぐあいが悪くて、病院に来たんだろうか。見えたのは一瞬だったけれど、何となく顔色が良くなかったようにも……。

気にはなったが、追いかけて確かめるほど近しい間柄でもない。

日曜日に〈夜見のたそがれの……。〉を訪れて、二ヵ月ぶりに会った見崎鳴。あのときの彼女の、かつてのように左目を眼帯で隠していた姿が、なぜかしら心によみがえってきた。なぜかしらそして、正体の分からない胸騒ぎがじわじわと広がってきて……。

降りやまぬ雨の中へ、ぼくは独り足を踏み出した。

5

〈フロイデン飛井〉の〈E－9〉で寝起きをするようになって、ほぼ二週間――。

登校前には赤沢本家に立ち寄って朝食を、という動線は既定化していて、さゆり伯母さんは当初と変わらず、「一人で心細かったりしない？」と気を遣ってくれる。昼食用の弁当も毎日、持たせてくれる。下校後はたいてい、まずマンションの部屋に帰ってから、夕食どきに合わせて赤沢家へ向かう。このとき、洗濯物も持っていく。こういう生活をもって「独り暮らし」とは、やはりあまり大きな声では云えないなと思う。

　赤沢本家ではリフォーム工事が始まっていた。予定よりも進行が遅れているらしいが、それでも古い木造家屋の一部分がすでに取り壊され、ブルーシートがかけられていたりする。マンションへ移る前にぼくが使っていた部屋は、工事に邪魔な家具などの仮置き場の一つと化していた。

　工事で騒がしいのは基本、平日の昼間だから、わざわざぼくがマンションへ「避難」する必要はないんじゃないか。――話を聞いたときはそう思ったものだったけれど、こうして工事が始まってみるとなるほど、どうしても家全体が落ち着かない空気になる。高校進学を来年に控えて大事な時期だから、と伯母さんたちが配慮してくれたことには、やはり感謝しなきゃいけないなと思う。

　四月も四週めの終わりが近づいてきて一度、この赤沢本家のほうで泉美と遭遇した。母親の繭子さんと一緒に、祖父・赤沢浩宗を見舞うためにやってきたらしい。そのときたまたま、ぼくも家にいたのだった。

　去年の末あたりから、祖父は健康状態が思わしくない。

　七十八歳の高齢にしては矍鑠（かくしゃく）とした風情だったのだが、ある日うっかり階段で転倒してしまい、命に別状はなかったものの、右足と腰を骨折した。一ヵ月余りの入院ののち、本人がリハビリ病院への転院を頑固に拒んで自宅療養を選んだ。とにかく病院という場所がいやでたまらず、リハビリに取り組む気力も持てなかったらしい。

結果、骨折した足と腰、特に腰のほうの回復がはかばかしくなくて……自由に起きて歩きまわれなくて、ほとんど寝たきりで。そんな状態が今なお続いているのだ。このままだと今後の生活にはずっと車椅子が必要になるだろう、という医師の宣告も受けていた。そこで――。

要はこれを機に、段差が多かったり、ところによって間口が狭かったりもする古い家をリフォームしてしまおうか、という話が持ち上がったわけだった。

「おじいちゃん、やっぱりご機嫌よろしくない感じね」

と、泉美がぼくに耳打ちした。

祖父がいる奥の座敷から、さゆり伯母さんと繭子さんを残して独り先に出てきて、表の居間にいたぼくを見つけて……という流れだった。

「久しぶりに会った孫の顔を見て、『何でおまえがここにいるのか』なんて。ひどいと思わない？」

「まあ……うん」

「昔から苦手なのよね、おじいちゃん」

心なしかちょっと寂しげな気色を滲ませつつ、泉美は唇をへの字に曲げた。

「お兄ちゃんのことはいつだって気にかけてるのに、あたしには冷たいっていうか、関心がないっていうか」

「女の子の扱いがもともと不得手なんじゃないかな」

　おずおずとぼくがフォローしてみても、泉美は唇を曲げたまま何とも応えない。はあぁ、と息をついて、テーブルに出ていたペットボトルのお茶をくいくいと飲んだ。

　確かにまあ、祖父は気むずかしい人かもしれない。骨折して以降、気むずかしさに拍車がかかったようにも思えるし、ひょっとして少し頭がぼけてきたのか、と疑いたくなるような場面もある。さゆり伯母さんは愚痴一つこぼさずに世話をしているが、繭子さんのほうは、近くに住んでいながらあまりこちらの家に顔を出すこともない。泉美と同じで、基本的に苦手だからなんだろう。

　ぼくはどうかというと、そんな祖父に対してさほど悪い印象を持ってはいなかった。それはたぶん、二年半前この家に引き取られて、初めて彼と対面したとき――。

「想……冬彦の子か」

　しみじみとそう云ってぼくの顔を見すえたまなざしが、とても哀しげで、同時にとても優しげに感じられたからだ。

　そのときもその後も、祖父の口から多くが語られることはなかったが、自分よりも早くに若くして逝ってしまった三男への愛惜と哀惜が、きっと彼の心中にはまだ残っているんだろう。ぼくの顔を見ると、その感情がおのずと溢れ出してきて……なんて、勝手な想像をしてみたりして。――いずれにせよ、ぼくにしてみれば物心ついて以来あまり経験した憶えのない、それは〝まなざし〟だったから。

黒猫のクロスケが居間に入ってきて、泉美の膝に跳び乗った。ぼく相手にそんなまねはめったにしないのに。――泉美はまんざらでもなさそうにクロスケの背を撫でながら、

「あのね、想くん」

いくぶん声をひそめて云った。

「あとでちょっと、話があるんだけど」

「何か……クラスの件？」

「うん」

「何か……問題が？」

「ちょっとね。――葉住さんとは最近、話をしてる？」

「ああ……まあ」

と、ぼくは曖昧な答え方をした。

「彼女の様子はどう？　想くんの目から見て」

「ええと……それは」

言葉に詰まったところで伯母さんたちが居間に入ってきて、この会話は中断となった。

泉美はテーブルに身を乗り出して、

「とにかくじゃあ、あとで」

ぼくの耳もとに顔を寄せ、そう囁いた。

四月二十七日、金曜日。——翌二十八日は第四土曜日で学校は休み。二十九日、三十日と合わせて三連休が始まる、その前夜の出来事。

6

たまにはこっちに来ない？

十時ごろにでも。


夕食のあと〈フロイデン飛井〉に帰ると、部屋のドアにそんなメモが貼り付けてあった。泉美の字、だった。

同じ五階の〈E－1〉に自室を持っている泉美だが、確かにこれまで、彼女がぼくの部屋へ来ることはあっても、その逆は一度もなかった。いとことはいってもやっぱり女の子だし……いいのかなあ、と若干のためらいを覚えながらも——。

指定された時刻を待って、〈E－1〉のチャイムを鳴らしたぼくだったのだ。

「はぁい」と応じて出てきた泉美は、シャワーか入浴のあとだったんだろう、まだ髪が湿りけを帯びていて、引っ越してきて二日めの夜に借りたシャンプーと同じ香りが仄かにした。服もトレーナーとジャージに着替えている。

「どうぞ、想くん。入って」

〈E－9〉よりも広い、2LDKの間取りだった。

キッチンとリビングのあいだに造り付けられたカウンターの上で、コーヒーメイカーがことことと音を立てている。シャンプーの香りが、漂うコーヒーの香りに溶けて消える。

リビングに通されてソファを勧められ、やがて出されたコーヒーを、

「ありがとう。いただきます」

律儀にそう云って、砂糖とミルクを入れて飲んだ。泉美はブラックのままひとくち啜って、「ふんふん」と満足げに頷く。

「なかなかいい豆でしょう」

「コーヒー、詳しいの？」

「お兄ちゃんの影響で、少しね」

と答えて、泉美はキッチンのほうへ目をやり、

「お気に入りのブレンドがあったんだけど、だいぶ古くなっちゃってて。これはきのう仕入れてきたハワイコナ。けっこう高級品なのよ」

コーヒーに限らず、飲みものや食べものの味には概して無頓着なぼくは、「へぇぇ」と適当に応じながら室内に視線を巡らせた。

何となく想像していた「中三女子の部屋」よりも地味で、愛想のない感じ。いかにも女の子の、というような調度や装飾はあまり見当たらない。

床に敷かれたラグは無地の白。窓にはカーテンではなく、クリーム色のブラインドが。窓の横にはガラス扉付きの飾り棚があって、中身の一部が目に入った。恐竜のフィギュアらしきものが、けっこうたくさん並んでいる。——ふうん。こんな趣味があるのか。

「あっちの奥はピアノ室なの」

と、泉美が云った。

「防音室になってるから、夜中に弾いても大丈夫」

「すごい。本格的なんだね」

「小さいときから習わされて、ま、そこそこは。——という口実もあって、ここにピアノ室を作ってもらって自分の部屋にしちゃった、ってわけ」

ううむ。何とも贅沢な話だ。

親たちにとって「お兄ちゃんは別格」なんだと嘆いていた泉美だけれども、自分だってしっかり大事にされてるじゃないか。「パパもママも、あたしのわがままはたいてい聞いてくれる」とも云っていたけれど、それがかえって不満だとかストレスだとか、そういう

複雑な胸中なんだろうか。――などと考えてみたりもしたが、もちろん口には出さず、

「将来はピアニストをめざしているとか、あるの？」

訊くと、泉美は苦笑めいた表情で「ないない」と答えた。

「最近はピアノ、あんまり弾かなくなって。このあいだ久しぶりに弾いてみたら、何だか調律が狂っちゃってるし」

「はあ……」

「結局その部屋、演劇部の個人練習に使うことのほうが多いかな、みたいな」

「う、うん」

たじたじと相槌を打って、ぼくはコーヒーを飲み干す。泉美が「もう一杯、飲む？」と訊いて、ぼくがそれを遠慮して、彼女のほうはポットから二杯めをカップに注いで。そこでようやく――。

「さっきの話だけどね」

と、本題が切り出されたのだ。

「葉住さんの最近の様子、どんな感じ？　想くんの目から見て」

7

「それは……」

　と、このときもぼくは思わず言葉に詰まってしまった。

　先週の、夜見山川の河川敷での一件以来、あんなふうに二人で会って話をする機会はなくて……いや、なるべくそういう機会が生まれないようにぼくのほうが動いている、というのが実際のところか。電話では二回ほど喋ったけれども、当たりさわりのない言葉を短い時間、交わしただけで。

「特に変わりはないというか。まあ、大丈夫なんじゃないかな」

　詳しい状況説明は抜きにして、ぼくはそう答えた。

　少なくとも教室で見る葉住は、定められた〈いないもの〉の役割を無難に続けている。校内では、ぼくに近づいてきたり電話をかけてきたりもしないし……だから。

「問題ない、と思うけど」

　泉美はしかし、何だか浮かない声で「そっか」と呟いて、二杯めのコーヒーを啜る。それから、きりっと目を上げて云った。

「対策係としてあたし、毎日クラスの様子を観察してきて……四月は基本的にうまくいったと思うの。あと三日あるけど、学校は休みだしね。想くんと葉住さんのふるまいも、クラスのみんなや先生たちの対応も」

　そう。〈対策〉はうまくいっているはず、だった。その証拠に、今月も終わりが迫った現時点で、〈災厄〉は一つも発生していないのだ。

「だけど――」

と、泉美が続けた。

「きょうになって、ちょっと気がかりな話を耳にしたの。それで、想くんにも知らせておいたほうがいいかなって」

何だろう。

流れからして、何か葉住が関係する「話」だと察しはつくが。

「葉住さんとはあたし、三年生になるまでは知り合いじゃなかったし、彼女がどんな性格の子かもよく分かってないのよね。だから、これがどのくらい気にするべきことなのか、まだ判断がつかないんだけど」

「彼女を巡って、何か」

ぼくの見えていないところで、何か問題が起きているんだろうか。

「仲良しの子たちが何人かいるでしょう、葉住さん。校内ではちゃんと〈いないもの〉を演じてくれているけど、校外だと……登校や下校のときなんかも、その子たちと普通にお喋りしていて」

「ああ、それは……うん。気をつけて、とは云えても、絶対にだめ、とまではどうしても云えないし」

「そうよね」

泉美は頷き、「でもね」と言葉を接いだ。

「そのこと自体が問題じゃないの。クラスでずっと〈いないもの〉でいるのって、やっぱりとても大変だろうから、学校の外では友だちとこれまでどおりのつきあいを続けたい。そう思うのは普通だし、責められる筋合いもないし。ところがね、これはきょう、継永さんから聞いて知ったんだけど」

継永……クラス委員長のあの子、か。いったい何を、彼女が。

「今週の月曜日にまず、島村さんが怪我をしたらしいの」

島村というのは、葉住と仲良くしているクラスの女子の一人だった。

「下校途中の道で、そのときは葉住さんともう一人、日下部さんが一緒だった。三人で歩道を歩いてたら、後ろから自転車が突っ込んできて、島村さんにぶつかっちゃったんだって」

「それで怪我を？　大きな怪我だったの」

「膝と腕をすりむいた程度だったんだけど、転んだときに鼻を打って、ひどい鼻血が。しばらく出血が止まらなくて、大騒ぎだったって」

「自転車に乗っていたのは？」

「中年の男の人だったらしい。あやまりもせずに、そのまま走り去っていったって」

「悪質な当て逃げだなあ」

「島村さんの件はまあ、それで済んだんだけどね」

ひと呼吸おいて、泉美は続けた。

「次の日に、今度は日下部さんが」

「彼女も怪我をした、とか？」

思わず先まわりをして訊いてしまったのだが、泉美は首を横に振った。

「今度はそうじゃなくて……」

火曜日——二十四日の夜、日下部というその女子に葉住から電話がかかってきたらしい。

二人はそして、いつものように他愛(たあい)のない長話をしていた。ところが——。

この電話の最中、日下部の家で不慮の事態が発生した。同居している彼女の曾(そう)祖母が急な体調不良を訴えて倒れ、病院へ救急搬送される騒ぎになったというのだ。

「それって……」

説明を聞いて、ぼくは思いきり眉根(まゆね)を寄せた。

「もしかして、死んじゃったの？　日下部さんのひいおばあさん」

恐る恐る問うと、

「無事だったそうよ」

と、泉美は答えた。

「すんなり回復して入院の必要もなかった、っていう話。——でも」

泉美はソファにもたれこむと、物憂げに前髪を掻き上げて額に手を当てた。発熱の有無を自分で確かめるときのように。

「継永さんが云うには、立て続けにそんなことがあったものだから、島村さんや日下部さんが怯えてるそうなの」

「怯えてる？」

「どっちも葉住さんが関係してるから。島村さんのときは一緒にいたし、日下部さんのときは電話中だったし……」

……だから、どうだというのか。

考えて、うすうす想像がついた。つまり……ああ、しかしそんな……。

「つまりね、彼女たちの〝怯え〟の対象は葉住さん」

想像どおりの答えを、泉美が示した。

「たとえ校外でも、〈いないもの〉である彼女と親しく接するのは良くないんじゃないか、って。島村さんの怪我も、日下部さんのひいおばあさんが倒れたのも、もしかしたらそのせいで……もしかしたらこれは〈災厄〉の前兆なんじゃないか、っていうふうに」

8

「そんな、根も葉もない」

苛立(いらだ)たしい気持ち半分、やりきれない気持ち半分で、ぼくは呟いた。

「〈災厄〉の前兆だなんて、そんな話は聞いたことがないし」

島村は単に、運悪く自転車がぶつかってきて怪我をしただけ。日下部のほうは、彼女と彼女の曾祖母は三親等の関係だ。〈災厄〉に見舞われる恐れがあるのは「二親等以内の血縁者」だから、曾祖母はその範囲外になる。仮に搬送先で亡くなっていたとしても、それは〈災厄〉とは無関係な、偶然の不幸であると見なすべき、なのだ。

こういった〈災厄〉の法則については、対策係である泉美も当然、正しく把握しているはずだった。ぼくがここで、改めて説明するまでもなく。

「あたしも、だからそう云ったのよ。どっちも〈災厄〉とは関係ないって」

額にまた手を当てながら、泉美は自分の言葉を続けた。

「継永さんは、あの子はあの子で、この件に関しては人一倍神経質になってるから、云い聞かせるのにひと苦労だったんだけどね。でも、ひとまず納得はしてくれたみたい。気がかりなのは当の島村さんと日下部さんで」

「というと？」

「継永さんによれば、二人ともそれ以来、葉住さんを避けてるらしいの。校外でも彼女には近づかないほうがいい、電話もしないほうがいい、親しくしたら危ない……みたいな感じで。葉住さんが気づいてるかどうかは分からないけど、知ったらショックだと思う」

「ああ……」

「これでもしも、彼女が変なぐあいに孤立する事態になったらまずいでしょ。想くんみたいに強くはないだろうから」

　云われて、思わず——。

「強い？　ぼくが？」

　当惑まじりの問いが、口を衝いて出た。自分が「強い」だなんて、人からそのように評されるのは初めてだったから。

「あたしにはそう見えるけど？」

　何でもないふうに問いを受け流すと、泉美は背筋を伸ばしてぼくの顔を見すえて、「だからね」と続けた。

「とにかくあたし、〝葉住さんと親しくしたら危ない〟的な噂が広まるのを止めなきゃ、と思うわけ。〈災厄〉には法則がある、ルールさえ正しく守れば大丈夫よ、って。対策係の江藤さんと多治見くん、それから矢木沢くんたちにも協力してもらって」

「——うん」

「彼女が本当に孤立しちゃって、もしも〈いないもの〉をやめるなんて云いだしたら、せっかくの〈対策〉が台なしになる。——でしょう？」

泉美の表情や口ぶりは終始、真剣だった。

仮にそうなったとしても、ぼくさえちゃんと〈いないもの〉を続ければ問題はないはず——という見崎鳴の意見を一方で思い出しながら、できればやはり、当初の計画どおり〈対策〉が続けられるに越したことはない。そうも思えた。

「だから、想くんも」

ぼくの顔を見すえたまま、泉美は云った。

「葉住さんがこの件について何か相談してきたら、彼女が苦しんだり自棄(やけ)になったりしないように……」

「うまくなだめるように、と？」

「ん。そういうこと」

「——分かった」

神妙に応じたぼくだったが、若干の後ろめたさをこのとき感じていた。

きのうの夜、携帯電話に葉住から着信があったのだ。なのに、こちらからかけなおしてはいなかった。留守録に何もメッセージが残っていなかったから、という理由はあるのだが。

「ねえ、一ついい？」

どうしたものかと大いに迷ったあげく、ぼくは思いきって泉美に訊いてみた。

「葉住さんって、その……ぼくのこと、どう思ってるのかな」

「はい？」と泉美は首を傾げたが、すぐに意味が呑み込めたらしく、

「ああ、それね」

取り澄ました顔で頷いた。

「まあ、そうねぇ。あたしは最初から怪しいなって感じてたけど」

「怪しい？」

「このあいだ矢木沢くんも云いかけてたじゃない。ま、普通そう見えるわよね。あの子は想くんのこと、好きなんだなって」

と、そんなにあっさり云いきられても——。

困るなあ、としか、ぼくには思えなかった。彼女が嫌いとかうっとうしいとか、そういった気持ちは特にない——と思うのだが、何と云うかやはり、「それどころじゃない」というのが正直なところで。

「ひょっとして、告白されたとか？」

と、このときはずいぶん砕けた面持ちになって、泉美が訊いた。

「あ、いや、そういうわけじゃなくて」

答えながら、こちらを見すえる相手の目からはつい視線をそらしていた。泉美は「ふーん」と腕組みをして、

「想くんのほうは？」

「えっ」

「葉住さん、きれいな子だし……ね、まんざらでもないのかなって」

「――べつに」

と答えた、これはぼくの本心だった。

「じゃあ、嫌いなの？　彼女のこと」

「――べつに」

「どうでもいい、っていう意味？」

「まあ、そうかな」

身近な女の子を好きになったり嫌いになったりという、いわゆる恋愛的な感情のありようについて、ぼくはいまだにリアルな関心を持てない。持ちたい、という想いもおそらく人並みより希薄なんだろう。そのあたりの機微については当然、まるで疎い中三男子だから……。

自分で云いだしておいて、しどろもどろになるばかりのぼくの様子に目を細めながら、

泉美は「ふんふん」と頷いた。それからソファに両足を上げて胡坐(あぐら)をかくと、長い髪を両手でまとめて肩の後ろへ流して、

「だったら、あんまり気にしなくていいんじゃない？」

きっぱりとそう云った。

「状況が状況ではあるけどね、たとえばここで無理に気持ちを彼女に合わせてみても、たぶん何もいいこと、ないと思うし」

9

四月の残り三日は何ごともなく過ぎた。少なくとも、ぼくの知りうる範囲内では。

この間、ぼくは一度〈夜明けの森〉の図書館へ足を運んだだけで、あとの時間は〈フロイデン飛井〉と赤沢本家の往復以外、ほとんど外出せずに過ごした。当然ながら、同じマンションに住む泉美を除いて、クラスメイトの誰とも会うことなく。

そうやってなかば引きこもって、独り本を読んでばかりいるとつい、このままずっと学校が休みであればいいのに、という想いにも囚(とら)われた。夜見山に来てからだいぶ改善されたとはいえ、基本的にはやはり、ぼくは多くの他人とバランス良くつきあっていくのが得意じゃないから……だからそう、心の底を探ればたぶん、何もかも放り出して逃げてしま

いたいという気持ちが、本音としてひそんでいるような気もして。

ゴールデンウィークを機にもう、ここから逃げ出してしまおうか。

そんな考えさえ、ちらりと頭をよぎったのだ。逃げ出したあとの行き先や居場所など、自分にはどこにもないというのに。

会うことはなかったが、電話では一度、矢木沢と話をした。

「やあ想、元気か。元気だよな」

と、矢木沢はいつもと変わらないあっけらかんとした口ぶりで。

「四月ももう終わりだが、来月からもまあ、この調子で頑張ろう」

「ああ、まあね」

ぼくがそう応じると、矢木沢はすかさず、

「〈いないもの〉の孤独がつらくなったらいつでも、どんとおれの胸に飛び込んでこい。校外だったら問題ないだろ。何だったら、一緒にバンドでもやるか」

「はあぁ？」

「何か楽器はできるか、想は。できないんだったら、そうだな、パーカッションでも練習したらどうだ。タンバリンかカスタネットから始めて」

「——遠慮しておきます」

「そうかぁ？　閉じこもって本ばかり読んでるよりも精神衛生上、いいと思うがなあ」

日々の教室では淡々と、いっけん何のストレスもなさそうに〈いないもの〉を続けているぼくの心中を、矢木沢は矢木沢なりに心配してくれているんだろう。それをありがたいと思う一方で、よけいなお世話だと感じてしまう自分もいて……そういうとき、ぼくは少しうんざりした気分になる。

葉住からの電話はこの間、一度もなかった。泉美から聞いた話が気になってはいたのだが、ぼくのほうから連絡してみることも結局なくて——。

そして、三十日。四月最後の日の夜。

午後十時を過ぎて、リビングのテーブルでノートPCを立ち上げてみると、三通のメールが届いていた。

一通は幸田俊介から。例によって生物部関係の報告が、いくつか。

先週になって、入部希望の一年生が三人やってきたこと。男子が二人と女子が一人。生物部の未来を担う大切な人材だから、部室で会う機会があれば、優しく丁寧に接するように……って、わざわざぼくにそんな指導をするか？

先ごろ死んでしまったウーちゃんの後釜として、新たに一匹、今度は雄のメキシコサラマンダーを部室で飼いはじめたこと。新入部員の一人が持ち込んだものらしいが、すでにつけられていたその名前が、よりによってまたしても「ウーちゃん」なんだという。

ゴールデンウィークの期間中も、俊介は毎日、部室に通う予定であるとのこと。「気が向いたら、想も遊びにこいよな」というお誘いの一文で、メールは終わっていた。

二通めは見崎鳴から、だった。

彼女からメールが来るのは始業式の前日以来、か。〈Mei M〉という送信者名に気づいて、ちょっとどきどきしながらメールを開いてみて——。


無事に四月が終わりそうね。

来月以降もうまくいくといいね。


相変わらずの短くてそっけない文面だったが、このときもぼくはやはり、ささやかな安堵を覚えた気がする。

ふっ、と息をついて閉じた瞼の裏に、昔と同じように眼帯をした鳴の姿が浮かんだ。そういえば、二週間前に〈夜見のたそがれの……。〉で彼女と会ったとき、

——そのうち一度、想くんの部屋、遊びにいってもいい？

そんなふうに云われたが。あれは本気だったんだろうか。ちょっと思いついて云ってみただけ、だったのかもしれない。

三通めは、例の『夜見山タウン通信』なるメールマガジン。月に二回の配信で、四月の二号めが先週来たばかりだったのだが、きょうのこれには『GW増刊号』という副題が添

えられていて――。

　といっても、内容はいつもと同じようなものだった。

郷土史研究が趣味だという記者による、ちょっとした最近の「発見」の報告。五月五日の端午の節句にちなんで、「節句」にまつわる雑学が綴られたコラム。加えて、ゴールデンウィークの期間中、夜見山市内各所で開催される種々のイベントのお知らせが。〈夜明けの森〉公園でのチャリティバザールや市役所前広場での古本市、某所での「市民の触れ合い音楽会」などなど……。

　ざっと目を通しはしたものの、特に興味を引かれるような記事はなくて。

　ただ――。

最後に「編集部便り」と題して置かれた小文の、さらにそのあとにこんな付記があった。何気なしにそれを読んで、読んだときには思わず「うん？」と声をもらしたぼくだったのだ。このときにはしかし、それ以上は気にとめることもなかった。

> この増刊号の配信直前、飛び込んできた急な訃報がありました。
> 仲川貴之くんのご冥福を、心よりお祈りします。

Interlude I

何だかヤバい感じよね、あの子──葉住さん。

そうなの？

みんな云ってるよ。あの子に近づいたらヤバい、危ない、って。

危ないって、どんなふうに？

良くないことが起こる、って。だから、あまり近づかないほうがいい、って。

だけどね、ほら、葉住さんって〈いないもの〉の一人だし。教室で話しかけたりする人なんて、もともといないし。そういう決まりだし……。

違うの。これってね、教室じゃなくて、学校の外での話で。

近づいちゃだめなの？　校外でも。

葉住さんとよく一緒に帰ってた子たち、いるでしょ。

ああ、島村さんと日下部さん。

島村さんはこのあいだ、帰り道に怪我したっていうし。

自転車にぶつかって、って聞いたけど。でも、大した怪我じゃなかったんでしょ。

日下部さんのひいおばあさんか誰かが倒れて、救急車で運ばれた話は？

それは知らない。

ちょうど葉住さんと電話でお喋(しゃべ)りしてたとき、だったんだって。そんな偶然って、あると思う？

ひいおばあさんだったら、もうすごくお年寄りなんでしょ。だったら……。

でもね、島村さんも日下部さんも、何だか怖くなっちゃって、葉住さんとはもう一緒に帰りたくないって。

うーん。

どう思う？　やっぱりこれって、ヤバいんじゃない？

どうかなぁ。あたしには何とも……。

＊

ねえねえ。やっぱりね、危ないみたいよ、葉住さん。

また何か。

三十日の事故の話、聞いてない？

事故？　さあ……。

ヨミイチの生徒が、バイクの事故で死んじゃったんだって。

ヨミイチって、高校の？

夜見山第一高校、略して夜見一ね。死んだのは二年生の男子で……。

＊

……死んだの、仲川っていう高二だったそうなんだが。

無免許運転だった、とか。

いや。誰かのバイクの後ろに乗っていたところが、交差点で右折車が突っ込んできて、という話さ。バイクの運転者は怪我だけで済んだが、仲川は転倒のとき放り出されて、後続の車に轢かれて、ぐしゃん。

うう、痛そう。暴走族なんて入るもんじゃないな。

いやいや。今どき暴走族もないだろう。

――にしても、運が悪いよな。

まったく。

んで？　その仲川って高校生が葉住の知り合いだった、ってか。

そうそう。だからさ、どうもあいつ、危ないんじゃないかって……。

＊

……でね、葉住さん、バイクで死んだ高校生のお通夜にも行ったたって。

ほんとに知り合いだったんだ。

前々からそうだったみたい。何でも、お兄さんの親友の弟さん、だとかで。

葉住さんのお兄さんって……。

大学生らしいけど。

その親友の弟、か。へえ。

ね。やっぱりこれって、単なる偶然じゃないよね。

なのかなぁ。

怪我したり、家族が倒れたり、事故で死んじゃったり。それがこんな立て続けに、だもの。

葉住さんが〈いないもの〉だから、っていうのが関係あったりする？

あるのかも。

だけど、〈いないもの〉はこのクラスだけの〈決めごと〉だし。死んだ人、クラスの誰かの家族でもないんだし。

だからね、もしかしたらっていう話があるの。

もしかしたら……なに？

もしかしたらね、葉住さんは〈死者〉なんじゃないかって。

〈死者〉って、四月からクラスにまぎれこんでる〈もう一人〉のこと？

うん、そう。

そんな……。

実は彼女がそれなんじゃないか、って。だから、彼女のまわりでは次々に良くないことが起こるの。

ほんとに？

ほんとかどうかは分からない。赤沢さんたちは「違う」って云ってるけど。

……

でも、誰が〈もう一人〉なのかっていうことは、いくら調べても確かめようがないらしいから。葉住さんがそうじゃないっていう断言だって、できないわけでしょ。

…………

とにかくやっぱり、あの子には近づかないほうがいいよ。学校の外でも、〈いないもの〉として無視したほうが……。

Chapter 6

May I

1

『夜見山タウン通信』の「編集部便り」で名前を目にとめた「仲川貴之」が、夜見山第一高校の二年生で、実は葉住結香の知り合いで……という事実をぼくが知ったのは、五月二日の夜になってからだった。クラスでそんな情報が飛び交いはじめている、という話を、泉美が部屋に来て教えてくれたのだ。

「葉住さんのお兄さんが親しくしている友だちの弟さん、っていうつながりらしいんだけど。どう考えてもこれ、〈災厄〉とは関係ない事故でしょう」

憮然と腕組みをしながら、泉美はそう云った。

「でも、心配なのよね。良くない噂が、これのせいで勢いづくかもしれない。──何か葉住さんから、この件についての報告とか相談とか、あった？」

「今のところ、何も」

「そっか……」

のちに伝わってきた情報だが、仲川というその高校生は『夜見山タウン通信』の発行人である某氏の縁者でもあって、ときどき取材の手伝いをしたり、ちょっとした記事を任されたりもしていたという。

「高校生がバイクで事故死」──それだけの報だと、素行の悪い生徒が無謀な運転をしたあげくの事故かと思われがちだけれど、実際は逆で、仲川貴之はたいへん真面目で人望もある生徒だった。事故のとき乗っていたのは『タウン通信』の関係者（三十五歳。男性）のバイクのタンデムシートで、責任の大半は突っ込んできた右折車のほうにあったのだとか。

大型連休の切れ目の、少なくともきのうの時点では、葉住にとりたてて変わった様子は見られなかった。きょうになってしかし、何だかずっと浮かない顔をしていたような気もする。何かぼくに云いたげなそぶりも窺えたので、帰り道に少し話を、とも考えたのだったが──。

終業のチャイムが鳴るやいなや、葉住はさっさと独り教室を出ていってしまったのだ。

あとで知ったことだが、彼女はこの日、仲川の通夜に参列するために帰りを急いでいたらしい。

「あしたからまた連休、かぁ」

泉美が腕組みをしたまま、溜息まじりに呟いた。

「休みのあいだに、変なふうに噂が膨らんだり広まったり、しなきゃいいんだけど」

このあと、夜も遅くになって——。

ぼくは迷った末、見崎鳴にメールを出すことにした。

死んだ仲川貴之が在学する夜見山第一高校（通称「夜見一」）は、鳴が通っているのと同じ高校なのだ。学年は一年違うから、鳴が彼を知っている可能性は低いと思うが、いちおうやはり、この件は報告しておくほうがいいだろう。そう考えたのだった。

〈災厄〉を防ぐための〈対策〉は今のところ成功しているけれども、葉住結香のまわりで思わぬ出来事が相次いで、クラスにどうも不穏な空気が生まれつつある。そのことへの懸念も伝えて、鳴の考えを聞きたいとも考えた。だから……。

返信は翌日の午後、届いた。

仲川くんっていう二年生、わたしは面識がなかったので……。
葉住さんが心配？

> でも、前にも云ったけれど、たとえ彼女に何があっても、
> 想くんさえ〈いないもの〉の役割をまっとうしたら、きっと大丈夫。

2

「あのね想くん、わたし」

と、そこまで云って葉住は言葉を切り、逡巡（しゅんじゅん）の色をあらわにした。ぼくは先を促すことはせず、変わらない歩調で川沿いの道を進んだ。

「あのね、想くん」

ふたたび云って、葉住は足を止める。合わせて、ぼくも止まった。鈍（にび）色の雲が垂れ込めた空の下、彼女はやや強い川風で髪が乱れるのを押さえながら、

「わたし、何だかね、みんなに避けられてるみたいで」

おそらくそういう話なのだろう、という予想はしていたのだ。三十分ほど前に彼女が、

「近くまで来てるの。会ってくれる？」と電話してきたときから。

「避けられてる？」

ぼくは努めて静かな声で応じた。

「『みんなに』っていうのは、誰に。どんなふうに？」

「——クラスの子たち」

葉住は目を伏せ、答えた。

「島村ちゃんと日下部ちゃん、電話してもぜんぜん出てくれないし。学校の外でも、わたしの姿なんて見えてない、みたいな顔で、知らんふりで。どうしたのって声かけても、そっぽ向いちゃうし」

ああ、そこまで露骨に、なのか。

「あの二人だけじゃないの。ほかの女の子たちも、それから男子もね、みんな同じような感じで……」

「校外でも〈いないもの〉として無視されてしまう？　そう感じるの？」

「——うん」

葉住は小声で答えてから、

「ねえ想くん、どうしてこんな」

やおら目を上げて、ぼくに訴えた。

「どうしてみんな、こんな……」

五月六日、日曜日。ゴールデンウィーク最終日の午後、だった。時刻はまだ五時前なのに、曇天のせいで風景は日没直前のように昏い。

三日も四日も五日も、ぼくはGW前半と同様、基本的には部屋に独り閉じこもって、本ばかり読んで時間を過ごした。矢木沢や幸田俊介から「ちょっと出てこいよ」的なお誘いもあったのだけれど、何となく気が乗らなくて、どの誘いも断わって。

この間もしかし、葉住がどうしているか気にかかってはいたのだ。

見崎鳴からのメールには、ぼくさえ〈いないもの〉の役割をまっとうしたら大丈夫、とあった。以前から鳴はそのように云っていたし、ぼくの彼女に対する信頼は揺るぎない。

——のだが、だから葉住のことはまったく気にしなくていい、という話にはならなくて。できれば当初の計画どおりに今年度の〈対策〉が進んで成功してほしい、という気持ちがやはり、ぼくにはあったからだと思う。

「先週、仲川さんっていう高校生がバイクの事故で亡くなったんだよね」

ぼくは思いきって、その件を切り出した。

「葉住さんの知り合いだったって？　その人」

「ああ、それは」

葉住はふたたび目を伏せた。

「うん。突然の知らせだったから、わたしもすごくショックで」

「お兄さんの親友の弟さん、だとか」

「そうなの。仲川のおにいちゃんには昔から良くしてもらってて、貴之さんともお喋りしたりすること、あったんだけどね、まさかあんな事故で……」

淡いピンクのカットソーにふわりとしたベージュのスカート。制服姿じゃない葉住を見るのは、少なくとも三年生になってからはこれが初めて、だった。

彼女は悲しげに唇を噛み、はあぁ、と息を落とす。無理もないよなあ、とその心中をおもんぱかりつつも——。

「その事故の話を聞いて、みんな冷静じゃなくなってるんだろうね」

当たりさわりのない言葉でなだめたり、ごまかしたりするわけにはいかない。そう思って、ぼくは考えを述べた。

「島村さんの怪我と日下部さんの家族の騒ぎについては、ぼくも聞いてるよ。どっちも〈災厄〉とは無関係な偶然の出来事だったはずなんだけれども、日をおかずに今度は、きみの知り合いが死んでしまった。これも、普通に考えれば〈災厄〉とは無関係な事故だけど、でもクラスのみんなは冷静に受け止められない。どうしても〈災厄〉と結びつけて捉えてしまって……だから」

「…………」

「怯えてるんだね、みんな」

「怯えて……って、わたしを？」

「うん。だから避けてるんじゃないかな。〈いないもの〉の葉住さんとは、たとえ学校の外でも接触すると危ない、というふうに思って」

「そ、そんな」

「根拠がない、というか、〈現象〉や〈災厄〉に関する法則を無視した妄想、だと思うよ、ぼくは。対策係の赤沢も、こういう事態になるのを心配していたし」

「そんな……わたし、何も悪いこと、してないのに」

　葉住の声はうわずっていた。表情はこわばり、唇がかすかに震えている。

「云われたとおり、ちゃんと学校では〈いないもの〉としてふるまってるのに。なのに、どうしてそんな……」

　ぼくはすぐには何とも応じられず、川のほうへ一歩二歩、動いた。水のにおいを含んだ向かい風を受けながら大きく呼吸をし、それから葉住を振り返って、

「大丈夫だよ」

　と云った。

「みんながどう思おうと、今のところ今年の〈対策〉は成功していて、〈災厄〉は起こっていない。間違った噂はきっと、赤沢たちが打ち消していってくれるし。だからめげないで、これまでどおり……ね」

　葉住の表情は緩まない。しかし数秒ののち、少し涙のたまった目尻に指を当てて、すがるようにぼくを見て……こくん、と小さく頷（うなず）いた。

「想くんが、いるから」

かろうじて作ったような微笑とともに、彼女は云った。

「想くんが一緒だから。だったら、わたし……ね？」

「あ……ああ、うん」

かろうじてそう答えはしたものの、葉住からのこの種のアプローチにはどうしても戸惑ってしまうぼくだった。それ以上の反応は保留して、川沿いの道をまた歩きはじめる。慌てたように葉住が追ってくる。

そのまましばらく歩きつづけるうち、イザナ橋と呼ばれる例の歩行者専用橋のたもとまで来た。「じゃあ、またね」というつもりで片手を挙げ、ぼくは橋に向かって歩を進めたのだけれど、きょうは葉住もそれについてくる。もっと話をしたい、ということか。——ううむ。どうしたらいい？

木造の橋脚に木造の欄干。手すりは鉄製だが、塗装が剥げてあちこち錆が出ている。そんな古びた橋を、ちょうど半分くらいまで渡ったあたりで——。

「あのね、想くん」

先を行くぼくを、葉住が呼び止めた。

「あのね……」

「なに？」

「三月の末に招集がかかって、今年の〈いないもの〉を決めたときのこと……前にちょっと話したよね。想くんが〈いないもの〉を引き受けるって申し出て、だけどそのあと、〈対策〉はこれだけでいいのかっていう声が上がって」

「うん。その話は、した」

　今年は〈いないもの〉を二人にしてみようという提案が承認されて、それから……最終的にはそう、〈二人め〉を選ぶのにトランプを使った籤引きが行なわれて。

　——どうして〈いないもの〉を引き受けるなんてこと、したのかな。決して愉快な役まわりじゃないと思うけど。

　始業式の日の帰り道で、葉住にそう訊いたのを憶えている。

　——それはほら、ジョーカーを引いちゃったから。

　と、あのとき彼女は答えた。

　——どうしてもいやだったら、あそこで頑強に断わる手もあったと思うけど？

　ぼくはそう云ったように思う。急な動議だったから、仮に断わったとしても誰も彼女を強く非難はしなかっただろうし。

「あのときね、トランプで〈二人め〉を決めたとき、わたし——」

　手すりに片手を置いて川の下流のほうへ身を向けながら、葉住が云った。

「わたしね、わざとジョーカーを引いたの」

「えっ」

思わず声をもらしたぼくの顔を横目で見て、

「憶えてる？　あのときのトランプ」

と、彼女は訊いた。ぼくは答えに詰まった。

「人数ぶんの枚数を使って、中に一枚ジョーカーを入れて……で、何人かの手でそれを切りまぜたんだけど、そのときにたまたま、ジョーカーのカードの角がほんの少しだけ曲がってるのに気づいたの。自分が引く番になったとき、まだそのカードが残っているのが目にとまったから、だからわたし、わざとそれを選んだの」

「何で……」

云いかけて、ぼくは言葉を止めた。葉住と同じように手すりに片手を置いて、暗緑（あんりょく）色の川の流れに目を落とした。

「だって」

葉住は云った。

「クラスで想くんとわたしの二人だけが〈いないもの〉になったら。それって、すごく特別な状態なんだろうなって」

「………」

「一年で同じクラスだったときからわたし、ずっと気になってたの、想くんのこと。想く

ん は気づいてなかったと思うけど」

「あ……う、うん」

「今よりももっと、何て云うのかな、自分のまわりに壁を作って誰も寄せつけない、みたいな雰囲気、あったでしょ。矢木沢くん以外の人と親しくしてるの、見たことなかったし。一人でいるときはいつも、何だか〝今ここじゃないところ〟に心を向けてるみたいな顔で」

「——だったのかな。自分ではよく分からない」

「でもわたし、そんな想くんがとっても気になって……何となくそう、うちのお兄ちゃんに似た雰囲気も感じたし」

どう応(こた)えたものか、ぼくはほとんど途方に暮れる思いだった。

——ひょっとして、告白されたとか？

大型連休前のあの夜、泉美にからかい半分で云われた言葉を思い出す一方で、

——恋をするって、どういうこと？

ふとよみがえってくる、これは今から何年も前——まだ小学生の子供だったころの、自分自身の声。

——人を好きになること？

そのころ足しげく通っていたあの〈湖畔の屋敷〉で、慕っていた晃也さんに向かって投

げかけた無邪気な質問、だった。あのとき晃也さんは、どんな答えをぼくに示したのだったか。

「だからね、想くん」

同じ川の流れを見下ろしながら、葉住はそっとぼくに肩を寄せてくる。

「もっとね、仲良くしてほしいの。校内では〈いないもの〉同士でもだめ、っていうのは分かったから……ね、そうじゃないところでは、もっと。せっかく二人きりの〈いないもの〉なんだし」

「あ、ええと……」

「だったらわたし、いくらみんなに無視されても平気だし。頑張れるから」

「ええとその、もっと仲良くって、べつに今でも、ほら、こうして二人で話したりしてるし、べつにあの……」

「そんなんじゃないの」

葉住はちょっと声高になった。大人びているのに何だか子供っぽい、そんなまなざしでまっすぐにこちらを見つめて、

「そうじゃなくてね、わたしは……」

ぼくはそのまなざしを受け止めきれず、おろおろと視線をさまよわせる。きょうはしかし、川の上でホバリングしているカワセミの姿もなくて——。

3

慣れない、というか、あまりにも経験値不足のこの状況に戸惑いつづけるぼくの脳裡(のうり)を、このときふと、

——葉住さんは〈死者〉なのかも、っていう噂もあるみたいで。

そんな言葉がよぎった。

——この〈死者〉っていうのはつまり、四月からクラスにまぎれこんでいる〈もう一人〉のことね。葉住さん自身が実は〈死者〉だから、まわりで次々に良くないことが起こるんじゃないか、って。

これは昨夜、泉美がまた部屋に来て知らせてくれた情報だった。ここ数日で、そういう噂も徐々に広まっているらしいのだ。

莫迦(ばか)な——と、聞いたときには思った。

〈ある年〉にまぎれこむ〈もう一人〉は確かに〈死者〉だという話だけれど、〈災厄〉はその〈死者〉の直接の働きかけによって生じるものではない。〈死者〉と密に接触した者に不幸が降りかかる、などという話ではまったくないはず。なのに……。

だいたいそう、葉住が今年の〈死者〉だなんてことがありうるんだろうか。今ここにい

る彼女が、実は過去の〈災厄〉で死んでしまっている人間だなんて、いったいそんなことが。

葉住とは一年生のとき同じクラスだった。当時から彼女はちょっと大人びた雰囲気を持っていて、同級の男子のあいだでは「美人」と評判で。——という記憶が、ぼくにはある。しっかりとある。

三月末のあの〈対策会議〉にも、確かに葉住はいた。〈二人めのいないもの〉を決めたとき、確かに彼女がジョーカーを引いて、その結果を受け入れる意思表明をしたのだ。——あのときの様子を、ぼくは憶えている。しっかりと記憶にある。

〈現象〉が起こってクラスに〈もう一人〉がまぎれこむのは四月から。三月の時点ではまだ、それはこの世に現われていないはずなのだから、〈対策会議〉で〈二人め〉に選ばれた葉住が〈死者〉であるはずはない。——と思えるのだけれども、しかし。

話はそうそう簡単には済まないのだ。

記録の改竄。

記憶の改変。

〈現象〉に伴って発生するという、不可思議としか云いようのないこれらの事態が、さまざまな〝確信〟を無効化してしまうのだ。

葉住とは一年生のとき同じクラスだった。三月の〈対策会議〉のとき、彼女はそこにいた。――という今のこのぼくの記憶自体が、すでに改変された〝偽りの記憶〟だったとしたら？

噂のとおり、今年度の三年三組にまぎれこんだ〈もう一人〉＝〈死者〉はほかならぬ葉住結香で、彼女自身も彼女に近しい者たちも、その事実をまったく自覚していなくて……だとしたら、どうなる？

〈死者〉と接触したからといって、そのせいで〈災厄〉に見舞われるのではない、ということは分かっている。だから、仮に彼女が本当に〈死者〉だったとしても、それで何がどう変わるわけでもない。ぼくたちにはどうしようもない。どうしようもないはず……なのだが。

ふいに風が強さを増して吹き渡り、川沿いに立つ木々や河川敷の草々をざわめかせた。眼下の河面（かわも）も波立った。

風で大きく乱れそうになったスカートを両手で押さえた拍子に、葉住がよろりと体勢を崩してしまう。ぼくはとっさに両手を伸ばして、その肩を支えてやった。カットソーの生地を通して、彼女の体温が伝わってきた。〈死者〉のイメージとはおよそかけはなれた、たぶんぼくよりもずっと〈生者〉らしい熱さを感じた。

「あっ」

葉住がびっくりしたような声を上げたので、ぼくはすぐに手を離した。

「あ、ありがとう、想くん」

「いや……べつに」

ぼくは彼女に背を向け、そのまま橋の上を進みはじめる。風は吹きつづけ、ともにまわりの風景がいよいよ薄暗く、黄昏(たそがれ)めいてきていた。

「あ……待って、想くん」

云って、葉住が追ってくる。

「もう少しわたし、想くんと……」

追いつかれまい、と思って、ぼくは足を速める。この場でこれ以上、こんなふうにして彼女と話を続けるのは、何だかそう、あまり良くないことのような気がしたから。ぼく自身にとっても、そしてたぶん、彼女にとっても。——ところが。

そうして橋を渡りきるまであと何メートルかというとき、だった。川の対岸に沿って延びる道に、ぼくがその人影を見つけたのは。

まったく予期していなかった偶然だったので一瞬、目を疑った。けれど……ああ、あれは。あそこに見える、あの人影は……。

……見崎、鳴。

間違いない。

だいぶ距離があって、なおかつあたりは黄昏めいた薄暗さで……それでも、ぼくには分かった。高校の制服姿ではないし、着ているのは上下ともに季節にはそぐわない真っ黒な服だが、べつにそれが彼女の定番衣装というわけじゃない。それでも——。

風に散るショートボブの髪。小ぶりな顔と小柄で華奢な身体のバランス。その全体をひとめ見て、ぼくには鳴その人だと分かったのだ。

彼女は向かって右手——川の下流の方向から道をゆっくり歩いてきて、イザナ橋の手前で足を止めた。そして、ちょっと首を傾げるようにしてこちらを見た。

「見崎、さん」

ぼくは思わず声を発した。

「見崎さん」

そばにいる葉住のことはすっかり忘れてしまって、残り何メートルかを全力で駆けた。

「——想くん」

見崎鳴は薄く笑んで、ぼくを迎える。風がまた、ひときわ強く吹き渡り、木々や草々をざわめかせた。

「奇遇ね。こんなところで会うなんて」

このとき鳴は、先月〈夜見のたそがれの、うつろなる蒼き瞳の。〉で会ったときとは違って、左目に眼帯をしていなかった。幼いころに病で眼球を失ったという左の眼窩には、義眼が入っている。しかしそれは、かつてのような蒼い瞳の〈人形の目〉ではなくて——。

茶色がかった黒い瞳の、以前とは別の〈目〉だった。二年ほど前から、鳴が普段の生活で装着するようになった新たな義眼、なのだ。以来、基本的に彼女は、以前のように左目を眼帯で隠すことをしなくなっていた。

「見崎さん……」

鳴と向かい合って立ったとき、ぼくの心臓は自分で鼓動が聞こえるほどに高鳴っていた。全力で駆けたせいもあるが、距離はさほどでもない。原因はそれだけではない気もした。

「いいの？」

と、鳴が云った。

「えっ」

と、ぼくは小首を傾げた。鳴は橋のほうへ視線を投げて、

「あの子と話してたんでしょう」

「あ……でも、もう話は済んだから」

「そうなの？」

「――うん」

「ふうん」

鳴は右の目をすっと細めながら、

「大丈夫なのかな。――彼女、こっちを睨んでるけど」

「ええと……いえ、べつにそれは……」

もやもやした気分でそう答えながら、そろりと振り返ってみる。このとき、葉住はもうこちらに背を向け、対岸へと引き返しはじめていた。だから、本当に彼女が「こっちを睨んで」いたのかどうか、ぼくには分からない。

「ええと……あの、このあいだはメール、ありがとう」

ぼくが云うと、鳴はまた薄く笑んで、

「いろいろあるみたいだけれど、ちゃんとやっていけそう?」

「うん……はい、まあ」

「さっきの女の子って、もしかして例の、〈二人めのいないもの〉を引き受けた子?」

「あ、はい。そうなんですけど」

「葉住さん、だっけ」

「——はい」

「美人さんね。ひょっとして想くん、あの子と今、つきあっていたり?」

いきなり訊かれて、ぼくは大慌てで「まさか」と否定した。

「ないです。ないです、そんなこと。〈いないもの〉同士だからまあ、いろいろ相談に乗ったりはします。でも、それだけで」

「ふうん」

　鳴はまた右の目を細めて、ぼくの顔を見すえた。

「想くんさえしっかりしていれば大丈夫、とは思うんだけれど……確かにそうね、何となくあの子、ちょっと危ういっていうか、ほっとけない感じかも」

「ほっとけない、ですか」

「何て云うか、崖の上の細道をふらふら歩いているみたいな。なのに本人は、そこが崖の上とは気づいていない、気づこうとしていない、みたいな」

　鳴のその言葉を聞くうち、みぞおちのあたりに重く冷たいかたまりが膨らんでくるような感覚が生まれた。どう応じたらいいのか分からず、それでもそこにいる鳴の、さらに何か言葉が出てきそうな口もとから目を離せずにいると――。

　吹きつづける風の音にまじって、かすかに電子音が聞こえた。鳴の携帯電話の、着信メロディか。――これはそう、先月〈夜見のたそがれの……。〉で彼女と会ったあのとき、耳にしたのと同じ。

　鳴は上着のポケットから携帯を探り出し、ぼくの目からそれを隠すように身を横に向けた。

「はい。……あ、はい」

　応答する声が、途切れ途切れにではあるが聞き取れた。

「わたしは……でも……はい。じゃあ……」

相手は誰なんだろう。――と、先月のあのときと同じように思ううち、

「……え？　うん、大丈夫。……話してないし。安心して」

そんなふうに云って、鳴は電話を切ったのだ。

相手は誰だったのか。――正直、気になって仕方なかったのだが、結局ぼくは何も訊くことができなかった。

4

翌、五月七日。ゴールデンウィーク明けの月曜日の朝。

ぼくはいつもより少し早くに登校して0号館へ向かい、まず生物部の部室を覗いてみた。

案の定、部屋にはもう幸田俊介がいて、飼育している動物たちの様子をチェックしていた。

ぼくが来たのに気づくと、

「お、久しぶり」

俊介は銀縁眼鏡のブリッジを押し上げて、真顔でこう云った。

「ぶじ五月を迎えられて何より、だね」

「まあ、何とか」

「連休中にシマドジョウが一匹とヤマトヌマエビが一匹、お亡くなりになった。わざわざ

報告はしなかったけれども、透明標本を目下、作製中」

と、これは真顔というより仏頂面で。ぼくも仏頂面で応えた。

「魚は許す」

「甲殻類も？」

「魚類に準じて許す」

「ところで——」

と、そこで俊介がまた真顔になって云いだしたのだ。

「このあいだメールで、今年の新入部員の件は知らせたよね」

「ああ、うん。男子が二人に女子が一人？」

「そうそう。ところでその男子の二人のうちの一人が、タカナシっていうやつなんだが」

聞いてすぐに「ん？」と思った。聞き憶えも見憶えもある苗字だったからだ。

「そのタカナシって、『小鳥が遊ぶ』って書く小鳥遊？」

俊介は真顔のまま頷いて、

「たぶん想がいま想像している、そのとおりだよ。新入部員の小鳥遊くんには二つ年上の姉がいて、名前は純。そして、クラスは三組なんだとさ」

三年三組には確かに、小鳥遊純という女子がいる。——よりによって生物部に〝関係者〟の一人が入部、とは。

「気になるからちょいと探りを入れてみたんだが、三組の特殊事情については何も知らされていないみたいだった。みだりに他言しちゃいけない、という〈決めごと〉を守ってるんだな、小鳥遊・姉は」

「そういうことだね」

何だか気分が重くなってきて、ぼくは吐息する。そうしながら目をやった先に、白いメキシコサラマンダーのいる水槽があった。二代目のウーちゃんか、あれが。

「敬介からちらっと聞いたんだが」

俊介が云った。

「クラスで何やら不穏な出来事が続いてるんだって？」

葉住結香を巡っての良からぬ噂が耳に入ってきた、か。

「それは……」

ぼくはきのうの葉住の様子を、複雑な気持ちで思い出しながら、

「どんなふうに聞いたのか知らないけど、それはほとんどデマみたいなものだよ。夜見一の高校生が交通事故で死んだけど、彼は〝関係者〟じゃないし。〈災厄〉のせいで起こった事故ではないんだ。だからね、心配いらない。〈災厄〉は始まっていない」

「そうなのか？」

「ああ」

「うーん。まあ、想が断言するのなら、よけいな心配はしないが」

予鈴の時刻まであと数分、というころあいになって、ぼくは俊介を残して部室を出た。教室へ行く前に一つ、確かめておきたいことがあったからだ。

向かったのは同じ0号館の一階にある第二図書室、だった。

司書の千曳さんが休職中で、四月はずっと「CLOSED」の掛札が出ていたあの部屋。千曳さんの休みは四月いっぱいという話だったが、五月に入っても一日と二日はまだ閉まっていた。連休明けのきょうは、さて、どうだろうか。

赤レンガ造りの古い校舎の、日中でもあまり光が射さない廊下で——。

目的の部屋に辿り着く寸前、背後から「比良塚くん」と呼びかけられた。少し掠れ気味だけれども、低くて響きのいい声……これは。

振り返るとそこに、黒いシャツに黒いジャケット、黒いズボンという黒ずくめの男がいた。——千曳さんだ。

「あ、おはようございます」

ぼくは丁寧に挨拶をした。

「きょうから出てこられたんですか」

「ああ。まあね」

答える千曳さんの、野暮ったい黒縁眼鏡をかけた顔は、去年の末ごろ最後に会ったときと比べて、だいぶやつれているように見えた。もともと白髪まじりだった頭髪が、全体的に前より白くなっているようにも見える。「一身上の都合」という休職の理由は、もしかしたら何か健康上の問題だったのかもしれない。

「神林先生から事情は聞いている」

立ち止まったぼくに歩み寄りながら、黒衣の図書室司書は云った。

「今年は〈ある年〉だったってね。それできみが、〈対策〉のために〈いないもの〉を引き受けている、と？」

「はい」

ぼくは神妙に頷いてから、

「それとあの、今年はもう一人……」

「その話も聞いているよ。三月の会議で追加が決まった〈対策〉だね。〈いないもの〉を二人にしてみよう、という」

「はい。そうなんです」

このとき0号館の古いスピーカーから、若干ひびわれた予鈴の音が流れはじめた。本鈴まであと五分、という時刻だ。

「一限目の授業は出るのかな。〈いないもの〉だから、場合によってはサボタージュもありだろう？」

千曳さんに訊かれて、

「いえ。いちおう、やっぱり」

と、ぼくは答えた。月曜日の一限目、授業の科目は数学だった。むやみにサボると、さっぱりついていけなくなるから。

「体育とか音楽だったら、パスしちゃってもいいんですけど」

「ふん。じゃあ――」

千曳さんは尖った顎の先を撫でながら、

「昼休みにでも一度、来るかね。本日より第二図書室はオープンだから」

「あ、はい」

ぼくはすかさず答えた。

「そうします」

「何か私に相談がある？」

「ええ……まあ」

「私のほうからも、きみに訊いておきたいことや話しておきたいことがあるからね」

千曳さんはそう云って、白髪の目立つぼさぼさの髪を大ざっぱに搔き上げた。

「待っているよ」

5

一限目の数学。――思えばこのときから、葉住の様子が変だという気はしていたのだ。

SHR(ショートホームルーム)の時間にはまだ、彼女は教室に来ていなかった。毎朝のSHRも週一回あるLHR(ロングホームルーム)も、〈いないもの〉は無理に出る必要はない、という暗黙の了解があるから、これはべつに変なことではない。その後、一限目の授業にも五分ほど遅れてやってきた葉住だったが、教師はむろん事情を心得ていて、ひと言のお咎(とが)めもなし。彼女のほうもむろん黙したまま、校庭に面した窓ぎわの列の、いちばん後ろの席について……。

授業中、廊下側のいちばん後ろの席からぼくは、幾度かそろりと彼女のほうを窺ってみていた。教科書を出してはいたが、ノートは開かず鉛筆も持たず、ずっと片頬(かたほお)に手を当ててうつむきっぱなしで。眠いのか、やる気がないのか。単にぼんやりしているだけなのか、もしかして気分が悪かったりするんだろうか。

二限目は国語の授業。このときも、葉住の様子は同じような感じだった。一限目と二限目のあいだの休憩時間も、席についたまま机に両肘(りょうひじ)をつき、両手で頬を包み込むようにしてじっとうつむいていた。ぼくのほうを一瞥(いちべつ)することさえなく。

変だな、と気にはなったが、場所は校内で、しかも三組の教室だ。「どうしたの」と声をかけるわけにも、もちろんいかず……。

二限目が終わって三限目の前、葉住は席を離れて独り教室を出ていった。そのときふと目にとまった彼女の顔は、見るからに蒼ざめていて。それでもやはり声をかけるわけにはいかず、ぼくは席を立ち、何となく窓ぎわの葉住の机のほうへ足を向けたのだが。

「これって……」

と、そんな声が聞こえた。ぼくよりも先にその机のそばに来ていた赤沢泉美の口からもれた声、だった。泉美の横にはクラス委員長の継永がいる。

二人は葉住の机を覗き込んで、顔を見合わせて、それから泉美が、ぼくのほうを一瞬だけ見た。鋭く眉根(まゆね)を寄せた険しい表情で、ほんのかすかに首を振った。

ああ、何だろう。

二人が離れるのを待って、ぼくは机に歩み寄ってみたのだ。すると——。

〈いないもの〉のために、0号館二階の旧三年三組の教室から運び込まれた古びた机。傷だらけの黒ずんだその表面を見てみると、そこにはこんな落書きが。

いないものはいなくなれ!

あるいは、こんな落書きも。

ハズミは不吉
呪われてます
おまえが〈死者〉か？

油性の（と思われる）黒いインクで、複数の（と思われる）筆跡で。どれも一見して、最近になって新たに記された文字だった。


「ひどい」

思わず呟いていた。

「誰が、こんな」

例の噂を真に受けての、低級ないやがらせか。

教室内を見まわしてみた。当然ながら、〈いないもの〉であるぼくのほうに目を向けようとする者はいない。そんな中――。

「何とかしないと」と云う泉美の声が耳にとまった。

「そうですね」と応える継永の声も。

「こんなことが続いたら……」

「展開として最悪、ですね」

「こんな……とにかくそう、神林先生には伝えないと。放課後にでもあたしが、みんなに注意を……」

対策係としての責任感ゆえか。加えておそらく、素朴な正義感も。——ルールに従って冷静にふるまえない連中に対する苛立ちと怒りが、泉美の口ぶりからは感じ取れた。

6

思えばこの日は、朝からどうも妙な雲行きではあったのだ。

五月の上旬にしてはいやに肌寒くて。風も強くて冷たくて、けれども空の半分くらいは晴れ渡っていた。残りの半分くらいには、刻々と形を変えながら広がる雲があった。

二限目が終わったあたりで外を窺うと、さらに空の様相が変わっていた。少なくともこの教室の窓からは青空がまったく見えない。見えるのは雲だけ、だった。地表から天空の彼方に向けて、白と鉛色が入りまじった巨大なかたまりが盛り上がっている。それが怪しく蠢いているようにも感じられる。

つい何十分か前までは明るかった外の風景が、今は薄暗い。教室の中も、照明がついていなければ授業が成り立たないような暗さになりつつあった。

三限目は理科の授業だった。

チャイムが鳴り、ホームルームのときとは違って白衣を着た神林先生が教室に現われた時点で、葉住はまだ戻ってきていなくて――。

　教卓で出席簿を開き、席についた生徒たちの顔と人数を確かめる神林先生。葉住の不在には当然すぐに気づいただろうが、表情一つ変えずにやりすごす。ぼくのほうにも決して、意識的な視線を向けようとはしない。〈いないもの〉を〈いないもの〉として扱うこの辺の態度は、教師たちの中でもいちばん徹底している。

　葉住はどうしたんだろう。

　さっき見た机の落書きのせいで、さすがに気が気ではなかった。

　あの落書きにショックを受けて、彼女は一限目も二限目もあんなふうにうつむいていたのか。戻ってこないのは、もうこの教室にいるのがいやだから――耐えられないから、だろうか。

　外はいよいよ暗くなってきていた。吹きすさぶ風の音にまじって、ふいに遠くから、どろどろと雷鳴まで聞こえてきて……。

　葉住の戻りを待つことなく、理科の授業が始まった。

　教科書は第二分野の下巻。「生物の細胞と成長」についてのひとくさり。――神林先生の授業は相変わらず真面目できちんとしているが、型どおりでおもしろみがない。一年のときから生物部に所属している身としては、教わらなくてもすでに知っているような内容ばかりでもあるから、ありていに云って退屈、だった。

開始から十分余りが経過。ぼくが二度めのあくびを嚙み殺したとき――。

教室の後ろの戸が開き、葉住が入ってきたのだった。

何人かの生徒がとっさにそちらを振り返ったが、すぐに目をそらして前に向き直る。教壇の神林先生も、とっさに少し言葉を止めただけで授業を続ける。何ごともなかったかのように。入ってきた葉住にはまったく目を向けずに。

ぼくは何となく……いや、無性にいやな予感に囚われながら、横目で葉住の様子を窺っていた。

着席すると彼女は、教科書やノートを出そうともせずにゆっくりと天井を仰ぎ、それからぼくのほうを見た。そうして、何か云いたげに唇を開いた――ような気がするのだけれど、ぼくはその動きを見届けることなく視線を外した。彼女の目には、慌てて顔をそむけたように見えたかもしれない。だが、立場上そうするしかなかったのだ。

雷鳴がどろどろと響き渡った。開けっぱなしになっていたいくつかの窓から風が吹き込み、中途半端に引かれていた薄手のカーテンをなびかせた。――そのとき。

「無理」

そんな声が、ぼそりと。

「もう、無理」

と、次は最初よりもやや大きく。続いて、さらに大きな声で、

「もう無理、わたし……もういや」

葉住の口からこぼれた声、だった。――ああ、まずい。これは……。

彼女のその様子に気づいた者は、この時点ではクラスの半数に満たなかったと思う。彼女を無視して授業を続ける神林先生もまだ気づいていないようで、黒板に数個のキーワードを書き示してから、

「つまりですね、多細胞生物ではこのようにして細胞分裂が起こり、分裂した細胞が成長してまた分裂が起こる、という繰り返しによって……」

そんな解説を始めたところが――。

雷鳴がまたぞろ響き渡った。天井に整列した吊り下げ型の照明が、不安定に明滅した。

がたっ、と椅子を鳴らして、葉住が立ち上がった。――そして。

「もう、いや！」

今度は教室の隅々にまで届くような大声で訴えたのだ。

「無理です、わたし。もう……」

教壇の神林先生は驚き、呆気にとられたような顔をした。生徒たちの大半も同様の反応で、ぼくにしても完全に例外だったとは云えない。しかし――。

「では次、教科書の三十六ページを」

先生はやはり葉住には目を向けず、聞こえたはずの訴えも無視して、授業を続けようと

するのだった。それに合わせて教科書のページをめくる生徒もいれば、立ち上がった葉住のほうを振り返ったり、ちらちらと目をやったりする生徒もいて……誰が何を喋っているわけでもないのに、教室には不自然なざわめきが広がっていった。

「もう、無視しないで」

と、さらに葉住が訴えた。感情の昂りを抑えきれない、ほとんどまくしたてるような声で。

「〈いないもの〉はもう、いや！」

ざわめきが瞬間、凪いだ。葉住は涙声で訴えを続けた。

「わたしは、いるの。わたしは〈死者〉なんかじゃないの。わたしはちゃんと生きていて、ここにいるの！」

彼女のその言葉が終わるか終わらないかのタイミングで、だった。何かしら耳慣れない音が突然、激しく空気を震わせはじめたのは。

ぱたぱたっ、ばらっ、ばらばらばらっ……というふうな、擬音語で表わすとしたらそんな異音が。

窓のほうから、だった。

ぱたぱたぱたっ、ばらっ、ばらばらばらばらっ……と。

校庭に面したすべての窓から、いや、実際には窓を含むこの校舎全体から。さらには校舎の外の至るところから。

一瞬、何が起こったのか分からなかった。

雨が降りだしたのかと思った者もいただろう。しかし違った。雨ではない。雨の音ではなくて、もっと粗い、荒々しい響きの……。

雹だ、これは。

何年も前だが、緋波町の〈湖畔の屋敷〉で経験した憶えがある。あのときもこんなふうに雷が鳴って、突然こんな音が家を包みはじめて……何ごとかときょろきょろするぼくに、一緒にいた晃也さんが、

――雹、だね。

そう教えてくれたのだった。

――積乱雲の中で育った氷の粒が、まとまって落ちてくるんだよ。直径五ミリ以上だと雹、五ミリ未満だと霰。この音の感じだと、降りだしたのは雹のようだね。

きゃっ、と女子の悲鳴が上がった。窓ぎわの、前のほうの席で。

開いていた窓から吹き込んできた雹に驚いたのだろう、跳び上がるようにして席を離れる。まわりの何人かもうろたえ、椅子から立った。

ぼくの席からでもはっきりと、そのあたりに散らばった白い氷の粒――というより氷のかたまり――が見えた。大きい。ビー玉かウズラの卵か、それくらいはある。

ますます騒然とする教室。追い討ちをかけるようにそこで、雷鳴が轟いた。さっきよりもずっと近い、激しい。天井の照明がまた明滅した。室内のざわめきが、混乱と恐怖を含んで膨れ上がった。

「わたしは――」

そんな状況の急変の中でも、葉住は叫ぶように訴えつづける。

「わたしはね、〈死者〉じゃないの！　わたしはここにいるの！　わたしは……」

ああ……もう、いいから。

と、ぼくは心中で彼女に応える。

もういい。分かったから。もうきみは、やめていいから。〈いないもの〉じゃなくなってもいいから。

……落ち着け。

と、一方でぼくは自分に云い聞かせる。

落ち着け。落ち着け。大丈夫だ。彼女がここで脱落しても、ぼくさえちゃんと〈いないもの〉を続ければ。

――想くんさえしっかりしていれば……。

きのう会った見崎鳴の言葉を呼び出し、反芻しながら。

仮にこれで今年度の〈対策〉の形が崩れてしまっても、まだぼくという〈いないもの〉

がいる。だからまだ〈対策〉は有効で、だから〈災厄〉の始まりは防げるはず、なのだ。

だから、ここは……。

「窓を閉めて」

神林先生が命じ、みずからも窓に向かって駆けた。

「開いてる窓を、全部」

応じて幾人かの生徒が席を立ち、先生の指示に従おうとしたのだが。

ひとしきりの、突風と呼んでもいいような横風に、校庭側のすべての窓が打ち震えた。大粒の雹が弾丸のように降りかかってくる衝撃で、とうとう窓ガラスの一枚が割れた。教室の後ろのほう——葉住の席のそば、だった。

短い悲鳴とともに、葉住が机の横にうずくまる。吹き込んできた強風で、茶色がかった長い髪が逆立つように乱れていた。ガラスの破片がその上に降りかかっていた。

葉住の身を案じて駆け寄ろうとする生徒は、このとき一人もいなかった。

「わたしはいる」という彼女の訴えはあまりにも唐突で、誰もまだそれを受け入れられていなくて、だから彼女は今なお〈いないもの〉なのであって……だから、誰も動こうとしない。動けないのだ。

別の意味で、ぼくも動けなかった。

たとえ葉住が〈いないもの〉をやめたとしても、ぼくのほうは引き続き〈いないもの〉

でありつづけなければならない。〈いないもの〉のぼくが、ここで〈いるもの〉のように行動するわけにはいかないから。

——などと考えることができたのは、ほんの一秒か二秒の時間だった。

降りつづく雹と吹きやまぬ強風。近くでまたしても雷鳴が轟き、ほぼ同時に照明がすべて消えてしまった。落雷による停電か、と思うまもなく。

騒然とした教室をいっそう騒然とさせる事態が発生したのだ。

葉住の席のそばの、ガラスの割れ落ちた窓からいきなり飛び込んできたものが……。

雹が降りだしたときと同じで、ぼくには一瞬、それが何なのか把握できなかった。ただ、何か大きな黒いものが外から飛び込んできた、としか。

一瞬後にはしかし、そのものの正体を悟った。

何か大きな、黒い……鳥だ、これは。

真っ黒な翼、胴体、頭とくちばし、そしてけたたましいその太い鳴き声で、カラスだと分かった。校庭上空を飛んでいたカラスが、降りだした雹に驚いて逃げ込んできたのか。いや、それにしては様子がおかしい。何だか動きが激しすぎる、でたらめすぎる。

真っ黒な翼をはばたかせて、カラスはこちらへ突進してきた。思わず両手で顔をかばった。

カラスはぼくの頭を掠(かす)めて、廊下側の壁に衝突。そこですぐさま方向を変え、今度は前の黒板のほうへ飛んでいく。

顔をかばった手の甲に何か、生温かな感触が。見てみると、赤く汚れている。

血？　自分の手に傷はないようだから、これはカラスの血か。怪我をしているのか、あのカラスは。もしかしたら大粒の雹の直撃をどこかに受けて？　そのせいでパニックを起こして、こんな……。

薄暗い教室の中を、真っ黒な影が奇声を発しながら飛びまわる。翼を広げたら一メートルほどもあるハシブトガラスだ。それがこうして室内で暴れていると、ひとまわりもふたまわりも大きく感じられる。

男子女子を問わず、そこかしこで悲鳴が上がった。でたらめに飛びまわるカラスの襲撃を身に受けてしまった者。よけようとして机や椅子をひっくりかえしてしまう者。逃げ惑ううちにみずからが転倒してしまう者。……中に一人、掃除用具入れから箒をひっぱりだして、竹刀のように構えている男子がいた。対策係の一人、多治見だ。

「みなさん、教室を出て！」

混乱の中で、神林先生が叫んだ。

「落ち着いて。とにかく廊下へ」

出入口付近にいた生徒たちはその指示に従ったが、みんながみんなすぐに避難できたわけではない。床に倒れたりしゃがみこんでしまったり、椅子に坐ったまま動けなかったり、という者も何人かいて。

そんな連中を助け起こそうとしている者もいた。多治見が箒を放り出し、それに加わった。矢木沢もだった。〈いないもの〉のぼくはしかし、このときもやはり〈いないもの〉として、その様子を見守っているしかなくて……。

いくらか勢いを弱めつつも、外ではまだ降雹が続いていた。

カラスはなおも、教室内をでたらめに飛びまわりつづける。壁や窓や天井にぶつかってはひしゃげた声を発し、血まみれの黒い羽根をまきちらし……あげくの果て、照明の一つに激突した。ロングサイズの蛍光灯が二本、派手な音を立てて割れた。

ちょうどその真下に、倒れ伏したまま動けないでいる女子がいた。蛍光灯の破片が降ってきても、彼女は微動だにしない。髪が乱れてあらわになった首の後ろが、赤黒く濡れているようにも見えて……。

……まさか。

心臓が縮み上がるのを感じた。

まさか、あの子は。

死んでいる？　死んでしまった？　突然のこの騒動の中で、倒れたときの打ちどころが悪かったかどうかして。

〈いないもの〉の立場も忘れてぼくは、彼女のもとへ駆けようとしたのだ。ところが、それよりも早くに駆け寄り、「大丈夫？」と問いかけて彼女を抱き起こした者がいた。

「日下部さん？　しっかりして」

抱き起こしたのは赤沢泉美、だった。自身も額に掠り傷を負っている。

動きを止めたぼくのほうをほんの一瞬だけ見て、泉美はかすかに頷いてみせた。

「大丈夫ね。立てるわね」

泉美に助けられながらやがて、倒れていた彼女——日下部はのろりと身を起こした。

「ありがとう」という声が聞こえた。

「わたし、びっくりしちゃって。怖くて、どうしても動けなくて」

「怪我は？」

「大丈夫。ちょっとチクッとするだけ」

ほっと胸を撫で下ろしたい気分で、ぼくはその場を離れる。このときにはもう、カラスが暴れまわる音は消えていた。

教室の後ろの隅までそろそろと退きつつ、停電の続く暗い室内を見渡した。

葉住の姿はどこにも見当たらなかった。

ぼろぼろになったカラスの姿が、掃除用具入れの手前にあった。血にまみれた黒い翼はあちこちが折れたり破れたり……で、片方の眼が潰(つぶ)れている。くちばしを半開きにして、力尽きている。

「——可哀想に」

ぼくは声には出さず、呟いた。

可哀想に。こんな騒ぎを起こしたくて飛び込んできたわけじゃないだろうに。

あとで幸田俊介に連絡しよう、と考えた。

このままゴミ扱いで捨てられてしまうのなら、生物部室の窓の外の、あの埋葬場に埋めてやりたい。俊介が望むなら、今回は標本化も許そう。

7

この日、午前十一時過ぎから降った雹は、同じ夜見山市内でも場所によって降り方にかなりの差異が見られた。具体的には、夜見山北中学を含む半径およそ二キロメートルの地域において特に激しい降雹があり、それ以外ではさほどでもなかったのだ。降雹による家屋や田畑などの被害も、だからほぼこの地域内に限定的なもので済んだという。

夜見北の校舎で窓ガラスが割れる被害が出た教室は、C号棟三階の三年三組以外にもいくつかあった。しかし、割れた窓からカラスが飛び込んできて暴れまわるというような災難に見舞われたのは三組だけ。飛び散ったガラスの破片で切ったり、カラスに襲われたり、逃げ惑ううちに転んだりして負傷する生徒が出たのも三組だけ、だった。ただ、幸い負傷者はいずれも軽傷。当然のことながら死亡者はなし。――だったのだが。

三限目の途中の、あのとき。

〈対策〉のために〈二人めのいないもの〉を引き受けてきた葉住結香が、きょうのあの時点で状況に耐えられなくなって役割を放棄し、みんながいる教室で「わたしはいる」と訴えた。よりによってその直後に発生した一連の異常事、だったから――。

これはやはり、意味のあるつながりとして捉えるべきではないか。

そう考えたくなる一方で、それを否定したい気持ちも強くあった。

もしも葉住のあの行動によって〈対策〉が無効化し、〈災厄〉が始まったのだとすれば、直後のあのパニックの中で誰かが死んでいたはずではないのか。加えてそう、

――想くんさえしっかりしていれば……。

見崎鳴の、あの言葉もある。

葉住が脱落しても、ぼくはまだちゃんと〈いないもの〉を続けている。だからまだ、〈対策〉は有効なはず。〈災厄〉が始まってはいないはず、なんじゃないか。

だが、しかし――。

この日の夜になって、ぼくは知ったのだった。

三年三組の教室が雹とカラスでパニックに陥っていたのと同じころ、夜見山市内の某所で息を引き取った〝関係者〟が一人、いたのだ。癌が末期まで進行し、以前から街外れの

ホスピスに入院中だったという六十代の男性。氏名は神林丈吉。——神林先生の、ずいぶん年齢の離れたお兄さんがその人だった。

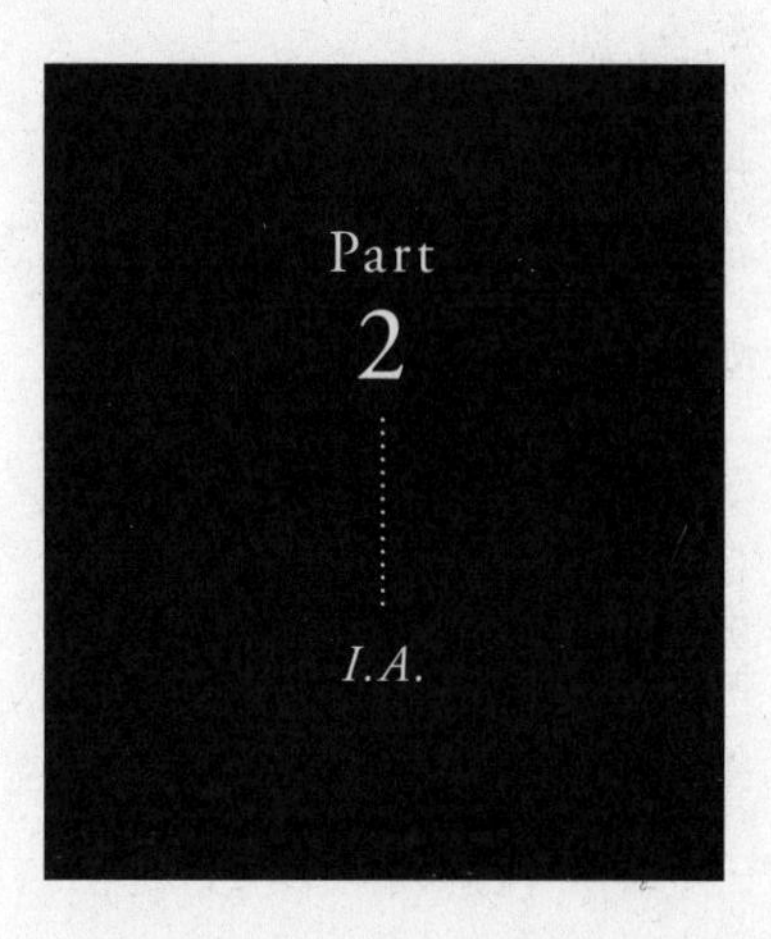
Part
2
I.A.

Chapter 7

May Ⅱ

1

「〈いないもの〉を二人にする、という今回の〈対策〉は……そうだねえ」

0号館の一階。新校舎のA号館に「第一図書室」ができるまでは「第二」の名が付されていなかったという、この学校の古い図書室にて。

「いったいそれが意味のあるものだったのかどうか、私には何とも判断しかねるが」

そう云って千曳さんは、白髪まじりの蓬髪に指を絡めた。

郷土史関係の資料やOBが寄贈した稀覯本など、「第一」の蔵書とは差別化された本がぎっしりと並んだ陰気くさい空間。奥の隅っこにあるカウンターテーブルの向こうに、この部屋の〝主〟と呼ばれる彼は、いつもと同じ黒ずくめの服装で坐っていた。

「もしもその件について事前に相談されていたとしたら私は、積極的には賛成しなかったかもしれないね」

「そうなんですか。ええと……」

内心のもやもやを振り払いつつ、ぼくは訊いた。

「どうして、そんなふうに」

「三年前にああなった経緯を、私はよく知っているから」

黒縁眼鏡の向こうの目をすがめて、千曳さんは答えた。

「神林先生はあの年の三年三組にはかかわっていない。詳しいところは知らないんだろう」

「でも……ええと」

「三年前――一九九八年度の三組でも〈いないもの〉を二人にしてみたことがあった、というのは事実だ。だが結果として、あれが功を奏したとは評価できないから」

三月の〈対策会議〉でも、「この〈追加対策〉が実際、功を奏したかどうかは分からない」とは云われたのだ。あの場ではしかし、「評価できない」とまで云いきる者はいなかった。

「あの年はまず、見崎くんが……これは知っているね？　彼女が〈いないもの〉の役を引き受けたんだが」

「はい。ところが何か不慮の事態があって、〈災厄〉が始まってしまったと。それで緊急処置として、〈追加対策〉が」

「そうだ。五月になって、東京から転校してきた生徒が……ああ、きみは彼とも知り合いだったか」

「榊原さん、ですね。はい。見崎さんに紹介してもらって、少し」

「その榊原くんにあのとき、クラスの特殊事情がちゃんと伝わっていなくてね。彼が、〈いないもの〉だとは知らずに見崎くんと校内で接触してしまって……というのがつまり、『不慮の事態』だったわけだ。そのせいで〈対策〉が無効化されて〈災厄〉が始まってしまったのだろう、と考えられている」

疲れたように額に手を当てながら、千曳さんは語った。これまで漠然としか知らされていなかったが……そうか、そういう話だったのか。

「で、始まった〈災厄〉を何とかする方法はないものかとクラスで相談して、榊原くんを〈二人めのいないもの〉にすることになったんだな。にもかかわらず、その後もあの年の〈災厄〉は続いたから……」

そう。鳴も同じように云っていた。だから、〈いないもの〉を二人に増やすという今年の〈対策〉にはあまり意味がないんじゃないか、とも。

「でも、三年前は途中で〈災厄〉が止まったんですよね」

「止まった……うむ。しかしね、あの年の〈災厄〉が止まったのは、〈いないもの〉による〈対策〉に見切りをつけて中止した、それよりあとのことだったんだよ」

「なぜ、ですか」

ぼくは訊かずにはいられなかった。

「なぜ〈災厄〉は止まったんですか」

「さて。——どうだったかな」

千曳さんは何やらとても悩ましげに、幾度もかぶりを振った。「分からない」と云いたいのか、分かっているけれども答えたくないのか。

「じゃあ——」

ぼくは質問を変えた。

「千曳さんとしてはやっぱり、今年のこの〈対策〉には意味がなかったと?」

「判断しかねる、と云っただろう」

千曳さんはまた髪に指を絡めて、

「三年前はそんな経緯だったわけだが、今回はまた状況が違うのでね。一学期の最初から〈いないもの〉を二人にする、という試みは確かに前例がないから。まったく意味がないのかどうか、意味がなかったのかどうか。——私にはまだ何とも云えない」

2

五月八日、火曜日。

四限目の音楽の授業をサボって、ぼくは独り第二図書室を訪れていた。本当はきのうの昼休みに来るつもりだったのだが、きのうは三限目にあの大騒ぎがあって、それどころじゃなくなってしまったから。

この日、朝のSHR（ショートホームルーム）には神林先生ではなく、体育の宮本（みやもと）先生がやってきた。亡くなったお兄さんの通夜や葬儀などが終わるまで、神林先生は休みだという。

先生のお兄さん——神林丈吉氏の死に関しては昨夜のうちに情報がまわって（ぼくは泉美から知らされた）、だいたいの生徒が知っていた。まだ知らなかった者も何人かいて、宮本先生の報告には驚きの声も上がった。そのあとはただ、居心地の悪い沈黙が……。

……静まり返った教室。

不安げな視線を、ちらちらと交わし合う生徒たち。視線はときどきぼくのほうにも飛んできたが、〈いないもの〉としてぼくは、あくまでもそれを無視しなければならなかった。

きのうの降雹（こうひょう）でガラスが割れた窓は、応急処置として段ボールでふさいである。カラスの激突で割れた蛍光灯については、すでに新品に交換されていた。そして——。

校庭に面した窓ぎわの列のいちばん後ろの席に、葉住結香の姿はなかった。

きのうのあの騒ぎのあと、彼女はもう教室に戻ってこなかった。気になって、夜までのあいだに何度か携帯に電話してみたのだが、一度も出てくれなかったから……だから、彼女がきょう学校へ来ることはたぶんないだろうな、とは予想していたのだ。もしかしたらこのまま、しばらく出てこないかもしれない。――きのうの彼女の言動を思い出すにつけ、それも致し方のない話だろう。

3

千曳さんとは夜見北に入学して以来、この二年と少しのあいだで、すっかり顔なじみになっていた。そもそもは鳴が「〈現象〉の〝観察者〟」としての彼の存在を教えてくれ、「あの人から話を聞いておくのは悪くないと思う」という助言もしてくれたのだった。だから――。

一年生のころから第二図書室には、おりを見ては足を運んでいる。借りたりその場で読んだりする本はあまりなかったが、千曳さんとは訪れるたび、ぽつぽつと言葉を交わした。今から二十九年前、夜見山岬という例の生徒が死んだとき三年三組の担任だったのが、そのころ社会科の教師としてこの学校に勤めていた千曳さんだったことも、やがて本人の口から聞いて知った。〈現象〉や〈災厄〉を巡るあれこれについても、ぼくが質問をするとたいてい答えてくれた。進んで、饒舌に、というふうでは決してなかったけれど。

だから、本当はもっと早くに千曳さんとは会いたかったのだ。自分が三組になると分かった三月下旬のあの時点でも、〈対策会議〉で今回の〈対策〉が決まったあの時点でも。会って、〝観察者〟としての意見を聞きたかった。――のだが。

年末に顔を見たのが最後で、今年に入ってからはずっと、千曳さんは学校に来ていなかったのだった。教職員の名簿で連絡先を調べるのは簡単だったが、いきなりこちらから電話をするのもためらわれたし……。

どんな「一身上の都合」があっての、こんなに長期間の休職だったのか。――という質問をするのも、きょうはためらわれた。以前よりもずいぶんやつれて見える顔や、何となく覇気のない声やそぶりが気になりはしたのだが、それだけによけい……。

「……きのうの一連の出来事、千曳さんはどう思いますか」

と、ぼくは本題を切り出した。この時間、この図書室にはもちろん、ぼくたち二人以外に誰の姿もない。

「教室であんな騒ぎがあって……で、神林先生のお兄さんが亡くなって。〈災厄〉が始まってしまったんだ、と思いますか」

カウンターの向こうで千曳さんは、まばらに髯の生えた頬を撫でながら「ううむ」と低く唸って、

「どのように受け止めるべきか、むずかしいところだが」

慎重な口ぶりで答えた。

「二人の〈いないもの〉のうちの一人……葉住くんという子だね？　彼女がきのうの三限目、みんなの前で声を上げたんだね。自分はここにいる、と。つまりは〈いないもの〉の役割を放棄した」

「そうです」

――〈いないもの〉はもう、いや！

あのときの彼女の、まくしたてるような声が耳によみがえる。

――わたしは、いるの。わたしは〈死者〉なんかじゃないの。わたしは……。

鬱積した感情の爆発、だったのだ。そこに至るまでの彼女の心の動きを、ぼくは容易に想像できる。想像すると、多少なりとも責任を感じて胸が痛みもする。

だが、そんなことよりも大事な問題は現状の把握と今後の見通しであって……と、こう思ってしまうぼくは冷血漢だろうか。たとえば矢木沢なんかの目には、そう映るかもしれない。

「葉住くんが〈いないもの〉をやめた。直後にあの雹が降りはじめた。窓ガラスが割れた

りカラスが飛び込んできて暴れたりして、教室がパニックになった。怪我をした者も複数いた」

「――はい」

「しかしながら、誰もそれで命を落としはしなかったわけだ」

「はい」

「ところが別の場所できのう、神林先生のお兄さん――神林丈吉氏が亡くなったという。二つの出来事の時間関係はどうなんだろうね」

「同じころ、と聞いてます」

「正確な時間は？　丈吉氏の死は葉住くんが教室で声を上げた時刻よりも前だったのか、あとだったのか」

「いえ、そこまでは」

「もしもそれが前だったのならば、丈吉氏の死は〈現象〉とは無関係、という話になるが」

「あとだったのならば、やっぱり関係があると？」

千曳さんは眉間（みけん）に縦じわを刻み、ちょっと首を傾げながら「いや」と答えた。

「そうとも限らない」

「――というと？」

「つまり……」

答えかけたもののいったん口をつぐみ、千曳さんはおもむろに立ち上がる。カウンターの向こうから出てくると、読書用の大机に歩み寄り、椅子を引き出して腰を下ろした。

「きみもまあ、かけたまえ」

云われて、机を挟んで千曳さんと向かい合う恰好で椅子に坐った。

「〈ある年〉には〈死者〉が一人、教室にまぎれこむ。それによってクラスが〝死〟に近づいてしまう。クラスの成員を中心とする〝関係者〟が〝死〟に引き込まれやすくなる。――というのが、二十八年前から夜見北の三年三組で続いている、この忌まわしい〈現象〉だ。なぜそんなことが起こるのか、科学的な説明はむろん、まったくつかない。ある程度の法則性は摑めているが、あくまでも『ある程度』にすぎないわけでね。クラスに〈いないもの〉を作るという〈対策〉が〈災厄〉の始まりを防ぐのに有効であるらしい、とは分かっているが、この〈いないもの〉の定義が実はけっこう曖昧だったりもする。要は――。

いまだにこの〈現象〉や〈災厄〉については、手探りの状態が続いているということだ。われわれにできるのは、事象の観察とそこからの推測、想像……だが、それが核心に届いているのかどうかは心もとない。もしかしたら、すべてが〝真実〟からは程遠いのかもしれない」

　これまでになく神妙な面持ちで語り、千曳さんは深々と息をついた。

「とはいえ、手探りをやめるわけにはいかない。われわれはやはり観察し推測し、想像力を働かせて〈現象〉に向き合わなければならない。さもなければ、すべてを捨ててここから逃げ出すか、だ」

「逃げ出す」というその言葉が、ぼくの心中に暗い波紋を作る。

　十四年前の夏、晃也さんはそれを選択したのだ。この学校から、この街から、家族ぐるみで逃げ出した。そして……。

「ともあれ」

　と、千曳さんは続けた。

「必要なのは、ときどきの状況に応じて冷静に事実を検討し、過去の事例を踏まえながら判断し、可能な対処をすることだろう。これだけ長くこの学校にいて〈現象〉を観察してきた私にしても、云えるのはそんな当たり前のことだけでね。不甲斐ない話だよ」

「…………」

「さて、そこで」

　千曳さんは両手を机の上に置き、背筋を伸ばしてぼくの顔を見た。

「きのうの出来事をどう受け止めるか、だが」

「あ、はい」

「葉住くんというその女子生徒が〈いないもの〉をやめてしまった——といっても、今年の〈いないもの〉はまだもう一人、きみが残っている。〝保険をかける〟的な意味合いもあって採用された今回の試み、だろう？　葉住くんという〈二人め〉がいなくなっても、〈一人め〉のきみがいる。なのに、すぐさま〈災厄〉が始まるのはおかしいんじゃないか。冷静に考えれば、そういう理屈になるね」

たとえ葉住が脱落しても、ぼくが役割を続ければ〈対策〉は有効なはず。そうだ。鳴は当初から一貫してそう云っているし、ぼくもその理屈は正しい気がする。けれど……。

「にもかかわらず、きのうの三限目の時点で〈災厄〉は始まってしまったのだ——と仮定してみようか」

と、千曳さんは続ける。

「さっき確認したように、激しい雹が降り、飛び込んできたカラスが暴れ、教室では怪我人も出た。しかしそこで、人死には出なかった。——どうもね、私にはそれが妙に思えてね」

「…………」

「〈災厄〉が始まると、毎月一人以上の〝関係者〟が死ぬことになる。その死に方はさまざまで、普通は起こりえないような事故に巻き込まれての死だったり、急に容態が悪化しての病死だったり、あるいは自殺だったり他殺だったりもするわけだが……いずれにせよ、こう云えるだろう。〈災厄〉が始まってしまうと〝関係者〟は死にやすくなる。ちょっとしたことで、まさかというような死に方をする確率が高くなる。そんな傾向が見られる。しかるに——」

「きのう教室はあんな騒ぎになったのに、その場では誰も死ななかった」

「そう。本当に〈災厄〉が始まったのなら、パニックの中で誰かが死んでいても不思議ではない。誰も死ななかったほうが不自然なんじゃないか。だから——」

「きのうの騒ぎは単なる偶然の出来事で、〈災厄〉はまだ始まっていない？」

「そういう解釈も成立すると思う」

うん。それはきのう、ぼくも考えてみたことだったのだ。そのように考えて、みずからの動揺を鎮めようとしていた面はあるにせよ。

「問題は神林丈吉氏の死、だが」

乱れのない口調で、千曳さんはさらに続けた。

「丈吉氏の死んだ時刻が、葉住くんの脱落の前だったかあとだったか、というさっきの話はさておくとして。——街外れのホスピスだったんだよね、彼が入院していたのは」

「そう聞きました」

「知ってのとおりホスピスとは、回復の見込みがない重篤な病状の患者を収容する施設だ。死を待つばかりの彼らの、肉体的・精神的な苦痛をなるべく緩和する——いわゆる終末期ケアが目的の。丈吉氏は末期癌に冒されていたという話だね。要するに彼は、いつ亡くなってもおかしくない、そんな容態だったのだろうと考えられる。そしてたまたまそのう、その死期が訪れた。とすれば？」

「ああ……」

ぼくは思わず声をもらした。

「〈災厄〉とは関係なしに彼は、亡くなるべくして亡くなっただけだと」

千曳さんはぞろりと頬を撫でながら、

「そのように解釈する余地は多分にあるだろう。――と、私には思えるんだが」

そう云って頷いてみせるが、どこか心もとなげな面持ちでもある。「これは楽観的すぎるだろうか」と自問しているふうにも見えた。

4

「そういえば、あの……」

ぼくが云いだしたとき、ちょうど四限目の終鈴が鳴りはじめた。

「何かな」

と、千曳さんは仏頂面で黒縁眼鏡を押し上げる。チャイムが鳴りおわるのを待ってから、ぼくは云った。

「きのうの朝、廊下でお会いしたときです。千曳さんのほうからも、ぼくに訊いておきたいこと、話しておきたいことがあるって、確か」

「ああ、うん。そう云ったっけね」

「あれは？」

さほど重い意味を感じ取っていたわけではない。けれども、思い出してしまうとやはり気になって——。

「何だったんでしょうか」

「大したことじゃないよ」

と答えて、千曳さんはまた眼鏡を押し上げた。

「話しておきたいと思ったのはまあ、最初に云ったようなことでね。〈いないもの〉を二人にする今回の〈対策〉には、あまり意味がないかもしれないという。さっき云ったような〝保険〟としては意味があるだろうが」

「ああ、はい」

「訊いておきたいと思ったのは」

と、そこで言葉を切り、千曳さんは椅子から腰を上げる。筋肉の凝りをほぐすように首や肩を軽く動かしながら、

「喉が渇いたな。何か飲むかね」

「あ、いえ。おかまいなく」

「そうか？　遠慮はいらんよ」

　机から離れていったんカウンターの向こうへひっこむと、まもなく千曳さんはペットボトルを二本、持って戻ってきた。冷蔵庫が置かれているのか、あそこに。

　ミネラルウォーターのボトルだった。一本をぼくに渡して、自分はすぐにキャップを開けて一気に半分ほど飲んでしまう。「いただきます」と云って、ぼくもボトルに手を伸ばした。

「今年の〈いないもの〉を、きみはみずから手を挙げて引き受けたらしいね」

　ボトルを机に置いて、千曳さんは云った。ぼくは頷いて、

「前々から、もしも自分が三組になったらそうしようと決めてましたから」

「うむ。それで……四月から一ヵ月、実際に〈いないもの〉をやってみて、どんな状態かなと気にかかったのでね。状態とは、きみの精神状態がだ」

「それは……」

　答えようとしたのをさえぎって、千曳さんは「しかし」と続けた。

「きょうの様子を見ていると、心配はいらないみたいだね」

「そうなんでしょうか」

「いくら頭では分かっていても、いざ自分がクラスで〈いないもの〉として扱われるようになると普通、どうしても心のバランスが崩れてくる。必要以上に孤独を感じてふさぎこんでしまったり、被害妄想的な感情が膨らんできたり、と。過去に何人か、そういった例を見てきたものだから」

孤独……ならば、ぼくは幼いときから慣れているし。

被害妄想的な感情？　そんなものはたぶん、ほとんど自分の中には存在しないと思うし。

「大丈夫です、ぼくは」

きっぱりそう云うと、千曳さんはいくぶん表情を緩めて頷いた。

「そのようだね。——ただ、今後もしも、うまく感情をコントロールできないような状態になることがあれば、そのときはここへ来るように。どこまで有効な助言ができるかは分からないが、一人で抱え込んでいるよりはましだろう。いいね」

「ありがとうございます」

ぼくは素直に礼を述べた。

「でもきっと、そういう面ではぼく、大丈夫ですから」

「ふうん。頼もしい少年だな」

千曳さんはさらにいくぶんか表情を緩め、「ところで」と言葉を接いだ。

「見崎くんとは最近、会ったり話したりしているのかな」

この質問にはちょっと意表をつかれた。ぼくは視線を机上に泳がせながら、

「はい。——たまに」

と答えた。

「高校三年、なんだねえ、彼女も」

「そうですね」

「今回の件について相談したりも？」

「あ、はい。やっぱりその、気にかけてくれてはいるみたいですから」

「ふん。そうか」

千曳さんはそして、薄暗い図書室の天井を斜めに見上げながら、ふっと目を細める。過去を懐かしんでいる、というふうにも見えるそぶりだった。

「見崎鳴。——彼女は何と云うか、不思議な存在感のある生徒だったよ。二年前、彼女の卒業と入れ違いに入学してきたきみが、彼女と何やら縁のある子供だと知ったときも、不思議な気がしたが」

三年前の夏、緋波町の〈湖畔の屋敷〉で経験したあの出来事や、あのとき鳴がぼくにしてくれたあれこれについて、具体的なところは千曳さんに話していない。今後もたぶん、話すことはないだろう。

「見崎くんは……」

続けて千曳さんが云おうとしたとき。

がらっ、と出入口の戸が開いた。そうして入ってきたのは二人の、どちらもぼくがよく知っている生徒で——。

「こんにちは」

「お邪魔しまーす」

三年三組のクラスメイト、だった。赤沢泉美と矢木沢暢之だ。

「おや」

と、千曳さんが反応した。

「珍しいね、こんなにお客さんが来るのは」

先客としてぼくがいることに、二人はすぐさま気づいただろう。瞬間、ある種の緊張が走ったのは云うまでもない。ここは夜見北の校内で、彼らにとってぼくは〈いないもの〉でなければならないのだから。

その辺はしかし、ぼくも心得ている。

彼らは彼らで、千曳さんに何か相談があって来たんだな——と察して、黙って椅子から立った。机を離れ、居場所を奥の窓ぎわに移す。ここで何も喋らずにじっとしているから、二人はぼくを〈いないもの〉として無視すればいい。

——という意図は、すんなりと二人に通じたようだった。千曳さんにも、だ。

「あの、矢木沢です。三年三組のクラス委員長で……」

矢木沢が千曳さんに向かって云った。頷く千曳さんの目が、矢木沢の横に立った泉美の顔を捉えて、

「きみは」

唇がそう動いた。

「きみは……」

「対策係の赤沢です」

と、泉美が云った。その視線はまっすぐ千曳さんだけに向けられていて、ぼくのほうは一瞥もしない。

「赤沢くん、か」

千曳さんは泉美を見すえて、そこで気のせいか若干、戸惑いのような反応を示した。わずかに首を傾げ、眉根を寄せながら、

「んん、きみは……」

どくん、という低い響きを、このとき——。

聴覚の守備領域外のどこかで、かすかに感じた。

これは。この感覚は。これは……そう、この世の外側にいる何者かがひそかにカメラのシャッターを切りでもしたような。そして〝闇のストロボ〟を……という気がしたのは、

ほんの一瞬だけで。

一瞬後にはまったくそんな感覚は忘れてしまい、すると千曳さんの表情からももう、戸惑いの色はすっかり消えていたのだ。

「赤沢泉美くん、だね。そうか。きみが対策係なのか」

「はい。対策係はあたしのほかに二人、江藤さんと多治見くんが」

「なるほど。――で？」

千曳さんは二人に訊いた。

「用件は何かね。本を借りにきたわけじゃないだろう。〈現象〉と〈災厄〉に関しての相談、かな」

5

このあとの千曳さんと泉美と矢木沢――三人の会話を、ぼくは結局、彼らが囲んだ机からは離れた室内の一角で、あくまでも〈いないもの〉としてのふるまいを保ちながら聞いていたのだった。

だいたいの予想はついたことだが、二人の「相談」の内容は、先ほどぼくが千曳さんにしたそれとほぼ同じようなものだった。すなわち、「きのうの一連の出来事をもって、今年の〈災厄〉が始まってしまったと受け止めるべきか否か」という話。そこで千曳さんが二人に示した見解も、先ほどぼくが聞いたのとおおむね同じで……。

「……だからね、〈災厄〉が始まったわけではない、という可能性はまだ多分にあるんじゃないか。今回の場合、葉住くん一人が脱落したからといって、〈対策〉が効力を失ったと判断するのは早計だろう」

千曳さんがそんなふうに結論づけたのに対して、

「神林先生のお兄さんの件は、〈災厄〉とは無関係なんですね」

と、これは矢木沢。今にも「ふうぅ」と安堵(あんど)の吐息が聞こえてきそうだった。

「百パーセント確実に、と云いきれる問題ではないんだが。話を聞く限り、そう考える余地は少なくない」

「微妙な云い方ですね」

と、矢木沢が応じた。

「しかしまあ、そんなふうに考えなきゃあ、やってられない感じだし」

「でも、考え方に間違いはないと思う。だから……」

泉美が云い、同時に視線が、ちらりとだけぼくのほうへ飛んできた。〈いないもの〉のぼくとしては、その視線を受けて頷いたり、こちらから目配せをしたり、という反応はできなかったのだが……。

……続行、だね。やっぱり。

ぼくは彼女の心に向かって、声には出さず呟いた。

きょうこのあとも、あすからも……ぼくはまだ、〈災厄〉を封じるための〈対策〉として〈いないもの〉を続けなければならない。葉住と二人で、ではもうない。ぼく一人で。たった一人で。もちろん——。

そうすることに意味があるのなら、ぼくとしては何の問題もない。

孤独は少しも怖くない。被害妄想なんて抱かない。——ぼくはまだまだ、ちゃんとやれる。

6

翌日も、葉住は学校に来なかった。翌々日も、さらに次の日も——。

神林先生は翌々日、すなわち十日木曜日には出てきて、彼女ももしかしたら千曳さんと話して状況を前向きに捉え直したのかもしれない、その日の朝のＳＨＲで、

「〈災厄〉が始まってしまわないよう、今後も〈対策〉を続けましょう」

そう宣言した。わざと感情を殺したような、能面めいた無表情で教室を見渡しながら。

「月曜日に私の兄が他界したのは、長わずらいの末の、避けようのない死だったのです。

〈災厄〉のせいではない、と思われます。ですから……」

　葉住の欠席については、「仕方ありませんね」というのが先生のコメントだった。これも必要以上に感情を抑えた口ぶりで、

「しばらく学校を休みたくなるのも、葉住さんの気持ちを思えば無理もない話です。当面、そっとしておいてあげるのが良いでしょう」

　校庭側の窓ぎわ、いちばん後ろの席には、〈いないもの〉のための古い机と椅子が置かれたままだった。これは近々、本来の新しい机と椅子に戻されるだろう。

「葉住さんは脱落したけど、今後も想くんを〈いないもの〉にする〈対策〉は続けようって、話がまとまったからね」

　と、火曜日の夜には泉美から報告を受けていた。

　放課後に校外で、対策係＋αが集まって相談して決まった方針を、すでにみんなには伝えたのだという。あとは神林先生の了解を取り付けるだけ、とも云っていた。

　こうして――。

　いっとき激しく混乱したクラスの状況はとりあえず、若干の落ち着きを取り戻したのだ。葉住という「脱落者」を認めたうえでの、不安や恐れを完全に払拭(ふっしょく)できたとは云えない微妙な均衡、ではあったが。

　けれども大丈夫、大丈夫だ――と、ぼくは強く自分に云い聞かせた。

このままぼくが、これまでどおりちゃんと〈いないもの〉を続けさえすれば、大丈夫。〈災厄〉はまだ始まっていない。だったら、まだ阻止できる。阻止しなければならない。

祈るような想いでぼくは、粛々と〈いないもの〉を演じつづけるのだった。

さらに二日が経ち三日が経ち、週が変わり……葉住は依然として欠席だったが、これといってクラスに凶事は起こらず、微妙だった均衡もいくぶん安定してきた。このままずっとこの均衡が続いて、〈災厄〉が始まらないでいてくれれば——と、ぼくは切に願った。

7

見崎鳴と話す機会が一度、あった。

学校帰りに幾度か、〈夜見のたそがれの、うつろなる蒼き瞳の。〉に立ち寄ってみたのだけれど、どの日も鳴は不在で会えなかった。月曜日の出来事や翌日の千曳さんとのやりとりについては要点をまとめてすぐにメールを出したのだが、これを読んでくれたのかどうか、返信もなかなか来なくて——。

土曜日になってやっと、向こうから電話がかかってきたのだった。

「大丈夫だと思う」

と、このときも鳴は云った。

「千曳さんの見立て、間違いじゃないように思うし。葉住さんっていうその子はちょっと可哀想だけど。でも、想くんがしっかりしていれば大丈夫、だから」

「はい」

彼女が云う「大丈夫」はぼくにとって、たぶんこの世で最も励みになる、というか、信ずるに足る言葉なんだな。——今さらながらにそう実感しつつ、ぼくは深呼吸を挟んでもう一度、素直に「はい」と繰り返した。

「あ、それでね」

と、鳴は続けた。

「来週はわたし、修学旅行があって」

「修学旅行……」

「高校の修学旅行って、最近は二年生で行くところが多いそうなんだけど、うちの学校は高三のこの時期なの」

「ええと……行き先はどこ、ですか」

「沖縄だって」

「へぇ」

「正直、あまり気が進まない」

鳴がほかの大勢の生徒たちにまじって沖縄へ団体旅行——という〝絵〟を想像するにつ

け、どうにもしっくりこない感じがした。何だか落ち着かない気分にもなった。のだが、

「気が進まないなら行かなければいいのに」と云うわけにもいかず。

「修学旅行の沖縄なんかパスして、自分が仕事でヨーロッパへ行くのについてくるか、なんて平気な顔で云う父親もいて。それはそれで気が重い話だし」

鳴のお父さん――見崎鴻太郎氏は貿易関係の仕事で年中、海外を飛びまわっているらしい。ぼくも面識があるが、あの人なら軽い調子で云いだしそうだな、と思った。

「帰りは二十日の予定」

云って、鳴は短く吐息した。

「万が一、その間に何か緊急の事態があったら、電話して」

「あ……はい」

「大丈夫」なのであれば「緊急の事態」もないはずなのに。――ふとそう思いつつも、ぼくはやはり素直に頷いたのだ。

しばしの沈黙があって、「そうそう」と鳴が云いだした。

「前にもちらっと云ったけど、そのうち想くんの部屋、行くね」

「えっ。あ、あ……は、はい」

と、このときのぼくの反応はしどろもどろもいいところで。

「でも、来てくれても、何も」

「どんな部屋で独り暮らしをしてるか、わたしとしても気になるでしょ。賢木さんの形見のあの人形も見たいし、ね」

「ああ……はい」

それは箱から出して、寝室のチェストの上に飾ってある。

黒いドレスをまとった美しい少女人形。自分の持ちものの中でも一、二を争って大切な……鳴の云ったとおり、この人形は三年前に他界した晃也さんの形見の品であり、なおかつ、もともとは鳴のお母さん——人形作家の霧果さんが創った作品でもあった。

「じゃあまたね、想くん」

電話を切る前、鳴はなかば独り言のようにこう呟いた。

「きっと大丈夫、だから」

8

「これは何ていうの」

飾り棚に並べられたいくつもの恐竜のフィギュア。そのうちの、あまりなじみのない形状の一体を、持ち主の許可を得たうえで手に取って、ぼくが訊いた。

「ヴェロキラプトル」

カウンターでコーヒーをいれていた泉美が、こちらを見て答えた。

「ヴェロキ……？」

「ラプトル。――知らないの？　想くん。生物部なのに」

「ティラノサウルスとかトリケラトプスとか、ほかのはどれも分かるけど」

「想は観てないのかぁ、『ジュラシック・パーク』」

と、矢木沢が云った。ぼくの手からフィギュアを取り上げ、ためつすがめつしながら、

「このあいだもテレビでやってただろう」

「――観てない」

「タイトルは知ってるよな」

「知ってるけど、観てない。べつに観たいとも思わなくて」

スティーヴン・スピルバーグ監督の大ヒット映画、というくらいの知識はさすがにあった。マイケル・クライトンの原作小説が〈湖畔の屋敷〉の書庫にあったのも憶えているが、それも読んではいなかった。

「男の子は普通、恐竜と怪獣が大好きなものだぞ。自慢じゃないが、おれは好きだぞ」

「怪獣映画なら嫌いじゃないよ。ガメラとか」

「だったら、『ジュラシック・パーク』もＯＫだろう」

「うーん」

かつてこの世界に実在した生物と完全に架空の生物。この違いは、それらが登場して暴れまわる娯楽映画を観る場合、ぼくにしてみれば大きくて……というような話を、ここでする気にはなれずに黙っていると、

「赤沢も好きなんだ。恐竜とか怪獣とか」

リビングのテーブルにフィギュアを置いて、矢木沢が云った。

「怪獣はどうでもいいんだけど」

と、泉美が答えた。

「恐竜は好き。中でもラプトルが好きなの」

「ふうん。何でまた、ラプトル？」

「初めて映画館で観た映画だったし、『ジュラシック・パーク』」

「おれはTレックスだがなあ。でかいし、強いし」

「あの映画の主役はやっぱり、ラプトルでしょ。冷酷で頭が良くて……断然あたし、好みなのよね。可愛いし」

「可愛いって云うかぁ」

矢木沢はぼさぼさの髪を掻き上げて、

「しかし、映画館で観たって……ずいぶん昔だよな、公開されたの」

「お兄ちゃんが観たいって云って、あたしも連れてってくれたの」

「ドイツにいるっていうお兄さん？」

「うん、そう」

「小学生の妹と恐竜映画、か。うーん、おれにはきっと無理」

「んんと……あれって何年生のときだったかなぁ」

「続編の『ロスト・ワールド』が三、四年前だったと思うが」

泉美が三人ぶんのコーヒーをトレイにのせて運んでくる。それからテーブルの上のフィギュアに手を伸ばして、

「これ、映画のあとでお兄ちゃんが買ってくれたのよね」

懐かしそうに目を細めながら云った。

「今年の夏にシリーズの三作めが公開予定なんだって。観にいこっか、みんなで」

「お、おう」

と、矢木沢が応じた。

「想くんも、ね」

と、泉美がぼくのほうを見た。気が向かないと云うわけにもいかず、ぼくは「ああ、うん」と頷いた。

五月十七日、木曜日の夜。〈フロイデン飛井〉の〈E－1〉――赤沢泉美の部屋にて。

午後八時を過ぎたころ、矢木沢がまずぼくの部屋に、「寂しかろう」と云って押しかけ

てきたのだった。そこへ泉美がやってきて、「コーヒーをごちそうしてあげる」という流れになり……。

「どうぞ召し上がれ」

泉美が、いれたてのコーヒーをぼくたちに勧めた。

「川沿いに〈イノヤ〉っていう喫茶店があるでしょ。あそこのブレンド。独特のまろやかさがあってけっこう美味しいの」

「いただきます」

矢木沢がカップの一つを取った。「あ、待って」と泉美が云い、キッチンから紙袋を持ってきて、

「ドーナツがいろいろ。ママから差し入れ」

「お。いっただきまーす、お母さん」

期せずして開かれたささやかな夜のお茶会、だった。泉美がいれてくれたイノヤ・ブレンドのコーヒーで、ぼくたちは軽く乾杯をした。

「どうにかこうにかって感じだが、とりあえず一ヵ月余り、〈災厄〉の始まりを防げていることを祝して……かな」

矢木沢が云った。

「先週の月曜はどうなるかと思ったが、あのあとは何も起こってないし。とにかくまあ、

まだ始まってはいない、ということでほっとしたよ」

「ほんとにね」

泉美が口もとを緩めた。

「想くんが頑張ってくれてるおかげで」

「べつにそんな、頑張ってやってる感じでもないから」

と、ぼくは応(こた)えた。なるべく何でもないふうに。ほんのわずかな溜息(ためいき)だけをまじえて。

「まだまだ先は長いし……ね」

9

「ところで、葉住さんのことなんだけど」

と、云いだしたのは泉美だった。矢木沢がドーナツをかじっていた動きを止め、

「今週もぜんぜん出てきてないよな、葉住。想には連絡、あるのか」

訊かれて、ぼくは「ないよ」とあっさり答えた。

「あれ以来、一度も？」

「うん」

「心配じゃないのか」

「まあ、それなりに」

「って、冷たいなあ、おまえ」

「だから、それなりに心配はしてるさ。でも、どうしようもないし」

「あのなあ、だいたいおまえが……」

「噂が広まるのを止められなかった、あたしの責任でもある」

と、泉美が云った。悔しげにくっと下唇を噛んで、

「机にあんな落書きをされたら、誰だってショックだし。もう耐えられない、って思ったのも無理はない」

「赤沢がそんな責任、感じなくてもいいだろう。あれは落書きをした連中が悪いんだ」

思いきり顔をしかめて、矢木沢はかじりかけのドーナツを口に押し込んだ。それからまたぼくのほうを見て、

「想も少しは責任、感じろよな」

「ああ……うん、まあ」

「おまえが葉住にもっと優しく接していたら……って、今さら仕方ないか」

矢木沢がそう云いたくなるのも、もっともなのかもしれない。ぼくだって、四月の始業式の朝以来の葉住とのあれこれを思い出すにつけ、胸が痛まないでもないのだ。——けれど。

だからといって、彼女からのアプローチにもっと調子のいい対応をすれば良かったのか？　そう自問してみても、そのほうが良かったという答えは出てこない。そんなに器用に自分の感情をコントロールするなんて、ぼくにはとてもできなかったし、仮にできたとしても、それはそれで結局は彼女をもっと傷つけることになったかもしれないし……。

「島村さんと日下部さんがね、心配になってこの前の日曜日、葉住さんの家を訪ねてみたらしいの」

泉美が云った。矢木沢がすぐに「ほう」と反応して、

「そうなんだ。──んで、葉住は？」

「いくら呼んでも、誰も出てこなかったそうよ。留守だったのかもしれないし、もしかしたら居留守だったのかもしれないって。携帯に電話しても出ないっていうし」

「うーむ。親とか、その、家族は？」

「ご両親とも仕事が忙しい人で、あまり家にいないんだって。昔からそうらしい」

基本、放任主義。悪く云えば放置。──と、葉住本人が語っていたのを思い出す。

三年三組の特殊状況はもちろん、娘が先週から学校に行っていないことも、もしかしたら彼女の親たちは知らないんだろう。仮に知っていたとしても、さほど深刻な問題としては受け止めていないんじゃないか。──ぼくにはそう思えた。

「引きこもってるのか外をふらふらしてるのか、分からずじまいってことか」

と云って矢木沢が、ひょろひょろの顎鬚（あごひげ）をしかつめらしく撫でる。

「ところがね、そのあと」

と、赤沢が話を続けた。

「おととい だったかその前の日だったか、外で葉住さんを見かけた子がいて」

「ほほう。誰が」

「継永さん」

「へぇぇ、委員長が。どんな感じだったって？　葉住は」

「それが――」

泉美は飲みかけのコーヒーを口に運び、低く息をついた。

「車の助手席に乗っている葉住さんを、たまたま見かけたそうなの」

「車？」

「運転していたのは大学生風の若い男の人だった、って。継永さんいわく、葉住さんはとても楽しそうにしていたらしいんだけど」

「おやぁ」

「お兄さん、なのかもしれないね」

と、ぼくが口を挟んだ。けれどもすぐに、葉住のお兄さんが行っているのは東京の大学か、と気づいて、

「あるいはお兄さんの友だち、とか」

「まあまあ、いいんじゃないの」

矢木沢がにやにやした。

「想にふられて傷心の乙女、年上の大学生につい、よろりと……」

「矢木沢くん」

ぴしゃりと云って、泉美がねめつける。矢木沢は口をつぐみ、頭を掻いた。

あとで分かったことだが、継永が目撃したというその「大学生風の若い男」の正体は、四月の末にバイク事故で死んだ高校生・仲川貴之の兄、だったのだ。葉住のお兄さんの親友で、彼女は「仲川のおにいちゃん」と呼んでいた。どんな人物なのか、まったく面識がないのでぼくは知らないけれど、葉住は「仲川のおにいちゃんには昔から良くしてもらってて……」と云っていた。

ならば――と、ぼくは思うのだった。

それで葉住が、四月からためこんできたストレスを解消できるのなら。傷ついた心が多少なりとも癒やされるのなら。――だったら当面、彼女が学校に出てこないことを強く心配する必要もないか、と。

10

「来週は中間試験かあ」

ぼくが残したぶんまでドーナツを食べてしまった矢木沢がそう云って、ふわあぁ、とあくびをした。

「特殊状況に免じて三組は試験なし、にしてほしいもんだよな」

「試験が終わったら、進路指導もあるのよね」

「親も呼ばれて三者面談、だよな。――赤沢は？　普通に公立高校、行くのか」

「さあ」

泉美は浮かない顔で少し首を傾げた。奥のピアノ室のドアにちらっと目をやって、

「音楽系の学校へ、っていう選択肢はもはやないしね。パパたちは私立の某名門女子校に行かせたいみたいなんだけど、それも何だかなぁ」

「夜見山にあったっけ、名門女子校なんて」

「県外の、全寮制の学校なの」

「ふえぇ」

矢木沢は大袈裟(おおげさ)に身をのけぞらせた。

「お嬢さま、なのですね、赤沢さんは」

「もおぅ。やめてよ、そんな云い方」

「へえへえ。――想はどうするんだ、高校」

訊かれて、ぼくは「ああ、まあ……」と言葉を濁した。

何と云ってもぼくは、実家を追い出されて赤沢家の世話になっている身だから。高校にも大学にも行けばいい――と、春彦伯父さんもさゆり伯母さんも云ってくれるけれど、そこまで甘えていいのか、というためらいが、どうしてもあって。

「〈いないもの〉を続けつつ高校受験の勉強もって、考えてみれば大変だよな」

「勉強は一人でやるものだから、両立は大して苦労じゃないと思うけど」

と、これはぼくの本音だった。

「でも、まだ実感が湧かないよね。入試があるのは来年だし、今年はまだ七ヵ月もあるし。それよりもやっぱり、〈災厄〉と〈対策〉の問題のほうが……」

「まったくなあ。何だって学校は、こんないびつな事態を長年、放置してるんだか」

「科学的な説明がつかないから、でしょ」

と、泉美が答えた。

「こんなわけの分からない〝呪い〟みたいな〈現象〉を、教育を担う公の組織がかりそめにも認めるわけにはいかない、とか。ね、想くん」

「そういう側面もあると思う。加えて、何て云うのかな、夜見山っていうこの街全体、というか、住んでいる人たち全員の意識・認識にまで、〈現象〉がある種の影響を及ぼしているのかもしれない」

「どういう意味？」

泉美に問われて、ぼくは右のこめかみに親指を押しつけた。

「うまく云えないんだけど……〈現象〉に付随して起こる記録や記憶の改竄や改変、っていう話があるよね。クラスにまぎれこんだ〈死者〉の正体について、卒業式のあとにそれが判明しても、時間が経つにつれてみんなの記憶が曖昧になっていくとか、そういう話も。だからつまり、同じようなことがもしかしたら、この街全体にも」

「うーむ」

矢木沢がしかめっ面で顎鬚を撫でた。

「街全体……って、何だかもう、分かったような分からないような」

「ぼくにもよく分かってない」

「うーむ」

「そういえばね」

と、ここで泉美が云いだした。

「〈ある年〉だった三年前には、一学期の中間試験の二日めにクラスで人死にが出たっていう話、知ってる？」

ああ、それは——と記憶が疼いた。

三年前の五月、夜見山北中学で起こった不幸な事故。確かそれを報じた新聞記事を、ぼくは緋波町の実家で……。

「亡くなったのは当時の、女子のクラス委員長だったらしいの」

泉美が続けた。

「だからね、継永さんがちょっと気にしてるみたいで」

「気にしてるって、自分が女子の委員長だからか」

矢木沢が云うと、泉美は真顔で「そう」と頷いて、

「それこそ非科学的な話だけど。三年前と同じように今回も、中間試験の二日めに女子のクラス委員長が……なんて」

「〈災厄〉は始まってないんだから、そんな心配は無用だろうに」

「そうね。そう……なんだけど」

物憂げに頬に手を当てながら、泉美は溜息をついた。

「あたしにしても、どうかするとつい、悪いふうに考えちゃうことがあるし」

「——とは？」

「たとえば、先週の出来事に対する千曳さんのあの意見。いちおう筋は通ってるけど、悲

観的な見方をすればあれって、あくまでも『〈災厄〉が始まった可能性は低い』っていう話でしょう。もしも、その低い可能性のほうが現実だったなら……って」

「おいおい。そんな、縁起でもない」

「縁起でもない、よね。でも、まったくありえない話でもないよね」

先週の月曜日、葉住が〈いないもの〉を放棄したあの時点で〈対策〉は効力を失い、〈災厄〉は始まってしまった。あの日の神林丈吉氏の死は、末期の病による不可避的な死ではあったが、同時にやはり〈災厄〉がもたらした死でもあった。――という解釈か。

そんなふうに疑いだせば確かに、とも思う。

千曳さんもあのとき、かなり慎重に言葉を選んでいた。どこか心もとなげな面持ちにも見えた。〈災厄〉が始まった可能性を百パーセント否定したわけでもなかった。

「もちろん杞憂であってほしい。想くんはこんなに頑張ってるんだし、理屈的には〈いないもの〉は一人で充分なはずなんだし、ね。――だけど」

言葉を止めた泉美に、「だけど？」と矢木沢が先を促す。いくぶんためらいを見せたのち、泉美は視線をすっと部屋の窓のほうへ向けながら、

「もしもの場合には――」

いくぶん声を低くして云った。

「対策係としてあたし、一つ考えていることがあるから」

11

「来月ね、そっちへ行くの。日取りも決まったから」

そう云って母・月穂から電話がかかってきたのは二十四日、木曜日のこと。この日から一学期の中間試験が始まった、というタイミングの夜だったが、彼女のほうはそんなこちらの事情なんて知らなかったんだろう。

携帯に着信があって、ディスプレイを見て発信者が月穂だと分かったとき、応答に出ようか無視しようか、ぼくはやはり逡巡した。「クリニック」の碓氷先生が云うとおり、今でもぼくは、彼女に対してとても引き裂かれた想いを抱きつづけているから。

三年前に自分を切り捨てた人であるという事実と、それでも自分を産んだ人であることに変わりはないという事実と。頭では仕方ないと割りきっているつもりでも、感情にはどうしても揺らぎや乱れが出てしまうから……。

「……きょうから、中間試験で」

ぼくはぼそりと云った。

「勉強中、だから」

だから電話は早く終わらせてほしい、と伝えたかったのだけれど、だったら最初から出なければ良かったのに――と、みずからをなじってもいた。

「あ……」

月穂はおろおろと応じた。

「お勉強、邪魔しちゃってごめんね」

「べつにいいけど」

「来年もう、卒業なのよね」

「――うん」

「卒業したら、高校は？」

「さゆり伯母さんたちは、行けばいいって」

「ああ……ちゃんと相談、しないとねえ」

物思わしげにそう云ってから、弱々しい声でまた「ごめんね、想ちゃん」とあやまる。

ここであやまられても、ぼくには何とも応えようがない。

「来るの？　来月」

と、こちらから話を戻した。

「いつ来るか、決めたって？」

「あ……ええ。そうなの」

月穂はおずおずと答えた。

「来月、十日の日曜日に」

「——そう」

「美礼も一緒なんだけど」

「そう。——比良塚さんも？」

月穂の再婚相手であり、美礼の父親である比良塚修司氏のことをぼくは、もう何年も「お継父さん」とは呼んでいない。

「あの人は忙しいから……わたしと美礼で。だからね、久しぶりに一緒にお食事でも、と思って。美礼もね、想ちゃんに会いたがってるし」

妹の美礼とは緋波町を離れて以来、一度も会っていなかった。月穂と会ったのも、あれは確か中学に入ってまもないころ、「クリニック」に付き添いで来てくれたのが最後だったと思う。

「ぼくは……」

べつに会いたくないから。そう云おうとして、寸前で言葉が変わった。

「いいよ。じゃあ、近づいたらまた連絡して」

12

二十五日、金曜日。

中間試験二日めのこの日は、朝から雨が降っていた。

さほどの降りではないが傘は必要、という雨だった。ただ、風はけっこう強くて、傘を差していても多少は服が濡れてしまう。

そんな天気だったけれど、朝はいつもより早起きして、何日かぶりに夜見山川沿いの道を歩いてみたのだ。水量は増えていないが川はだいぶ濁っていて、河面にも川の上空にも、ふだん見かけるような野鳥の姿はほとんどない。こういう雨の日でも、鳥たちがいるときはいるものなのに……。

しばらく歩くうち、おのずと思い出されたのは葉住結香のことだった。

初めてこの場所で、彼女に声をかけられたのが四月の初め。あれからまだ一ヵ月半ほどしか経っていないのに、何だかずいぶん前の出来事だったように思えたりもして。

葉住はその後も学校には来ておらず、きのうの試験も欠席だった。

大丈夫なんだろうか、という心配はやはりある。だが、いくらぼくが心配しても詮ないと分かってもいる。

きょうび、全国的に見れば中学生の不登校なんて珍しい話じゃないだろうし、これはもう、先生や学校がどう対処するかの問題だろうし。だいたいそう、自分の小学生時代を思えば、このぼくに「ちゃんと学校には来るべし」なんて云える道理があるはずもない。

いつものように赤沢本家に立ち寄って朝食をとって、それから独り、ぼくは学校へ向かったのだった。

13

一限目は英語の、二限目は理科の試験だった。

自分がいわゆる「できる生徒」だという自覚はあまりないのだけれど、夜見山に来てからは特に、学校の勉強や試験で苦労した記憶もあまりない。授業内容はたいてい授業の時間内にすんなり頭に入ったし、試験もたいてい一夜漬けで何とかなった。三年生になって〈いないもの〉を引き受けてからもこれは変わらなくて、この点についてはわれながら肝が据わっているなあと思う。

そんなわけで、二日間の試験期間中、ぼくの懸念はもっぱら試験以外のところに向いていたのだ。というのも――。

夜見山北中学で事故
女子生徒が死亡

三年前の今ごろ、緋波町の実家でたまたま目にした新聞記事の見出し。日付も憶えている。五月二十七日、だった。報じられた事故が起こったのは二十六日で、その日は夜見北の、中間試験の二日めで……。

あのとき読んだ記事の内容も、記憶から探り出すことができた。

亡くなったのは三年生の女子生徒、桜木(さくらぎ)ゆかり。母親が交通事故に遭ったとの知らせを受けた直後、不運な転倒事故で命を落とした。母親のほうも同じ日、搬送先の病院で息を引き取った。――三年前、すなわち一九九八年度の〈災厄〉の、これが最初の犠牲者だったという。

先週の泉美の話によれば、桜木ゆかりは当時の三年三組の、女子のクラス委員長だった。それで、同じく女子のクラス委員長である継永が「ちょっと気にしてるみたい」という話だったのだが……。

「あの日はそう、前夜からの雨が降りつづいていてね。それがあの事故の一因だったとも云えるだろう」

と、これは今週の初め、第二図書室を訪れて千曳さんから聞き出した情報。

このとき千曳さんは、真っ黒な表紙のファイリングノートをカウンターの上で開きながら語った。――通称「千曳ファイル」。二十九年前の「始まりの年」から今年度まで、三十年ぶんの三年三組の名簿のコピーが綴(と)じ込まれたファイルで、〈ある年〉に〈災厄〉のせいで死んだ〝関係者〟の名前や死因、さらには〈ある年〉にまぎれこんだ〈死者〉の名前なども、のちに判明したものについてはすべて書き込まれているのだという。

「桜木くんは確かに、あの年の女子のクラス委員長だったね。——顔も憶えているよ。眼鏡の似合う、いかにも真面目そうな子でね」

二日めの、最後の試験の最中だったらしい。母親が事故で病院に——という緊急の知らせを聞き、彼女は大慌てで教室を飛び出した。そうして校舎の階段を駆けおりていったところが、足を滑らせて転倒、転落。転倒のはずみで放り出した傘の尖端が、転落時に運悪く喉に突き刺さってしまって……。

「私も見たが、あれは凄惨な現場だった。救急搬送されたものの、失血とショックが激しくて病院までもたなかったそうだ」

「ああ……」

語られる生々しい〝死〟の状況を思い描き、ぼくは暗然と息をついた。同じ話を継永が聞いていたとしたら、いくら非科学的な想像にすぎないとはいえ、気にするなというほうが無理だろう。そうも思えた。

そんな、中間試験二日め。一科目めの英語が無事に終わり、二科目めの理科の試験が始まって……。

終了までまだ十分ほど時間が残っている時点で、ぼくは答案用紙を提出して教室から出た。得意分野の問題だったから、はやばやと全問解けてしまって。

試験監督は神林先生だったが、お咎めの言葉はなかった。もちろんぼくが〈いないもの〉だから、という理由もある。

退出するとき、教室内をざっと見渡してみた。こちらに注目する者は誰一人……いや、泉美と、それから継永がちらっとだけ振り返り、すぐに目を戻した。

教室に並んだ机と椅子のうち、空席はきょうも二つ。一つは葉住の席。──ように見えた。もう一つは、四月からずっと病気療養中だという例の女子の席、か。彼女の名前は……そう、確か牧瀬、いや、牧野だったたか。

廊下に出ると独り、窓を少し開けて外を眺めた。雨は降りつづいていて、風も強い。目を転じ、廊下の床の様子を見てみると、あちこちが濡れていたり泥で汚れていたりする。夜見北は上履き制じゃないから、靴や傘に付着した水や泥が校舎内まで持ち込まれてしまって……三年前もやはり、このような状態だったんだろう。廊下も、そして階段も。だから、桜木は階段の途中で足を滑らせて……。

「……大丈夫」

ぼくは頭を振り、むきになって自分に云い聞かせた。

「今年は大丈夫」

やがて時限の終わりを告げるチャイムが鳴りはじめたのだが、その直後だった。慌ただしい足音が、階段のほうから聞こえてきたのは。

顔は知っているが名前を憶えていない男性教師が、まもなく現われた。窓辺に立つぼくの前を素通りして、三組の教室へ駆け込む。試験が終わったばかりの教室内から、低いざわめきが伝わってきた。

何だろう、と思うまに——。

教室の前の入口から女子生徒が一人、飛び出してきたのだ。あれは……小鳥遊、か。小鳥遊純。一年生の弟が生物部に入部したという、例の。

右手にカバンを抱え、左手で傘立てから自分の傘をひっぱりだした。蒼ざめた顔で、慌てた動きで……と、そのとき。

「廊下を走っちゃだめよ！」

甲高い声が響いた。

「階段も駆けおりないで。落ち着いて、小鳥遊さん。気をつけて！」

声の主は継永だった。小鳥遊を追うように教室から出てきて、今しも廊下を駆けだそうとしている彼女に向かってそう叫んだのだ。

「気をつけて、小鳥遊さん。ね、分かった？」

蒼ざめた顔で、それでも「ありがとう」と応えてぎこちなく微笑む小鳥遊。カバンと傘を持ち直し、大きく肩で呼吸をしてから、階段に向かって歩きだす。

ぼくは何も云えずにただ、その様子を見守っているしかなかった。

歩み去る小鳥遊を見送りながら継永が、深く長い溜息をつく。その顔は小鳥遊に負けず劣らず蒼ざめていた。

14

このとき教室にやってきた教師によってもたらされたのは、小鳥遊純の母親が何かの事故で重傷を負ったという緊急連絡だった。まるで三年前の、桜木ゆかりのケースが少し形を変えて繰り返されたかのような。――だが、小鳥遊はこのあと、同じ知らせを受けた弟と合流して無事、母親が搬送された病院へ向かったという。

試験終了後のホームルームで、神林先生からそんな説明を聞いたあと――。

ぼくはすぐには下校せず、生物部の部室に立ち寄ってみた。部室には当たり前のように幸田俊介がいて、そこでぼくは、さっきの出来事を彼に話した。

「小鳥遊のお母さんの容態、どうなんだろうね」

眼鏡のレンズを拭きながら、俊介が云った。

「小鳥遊たちが無事だったにしても、お母さんにもしものことがあったら、それって〈災厄〉の始まりになるのかな」

何とも答えられず、ぼくは目を伏せた。どんな事故があったのかは知らないが、命にかかわる事態ではないよう祈るしかない。

「久しぶりだね、想が部室に来るの」

「ああ……そうかな」

「このとおり、ゴールデンウィークのあとはここの連中、みんな元気にしてるぞぉ」

と云って俊介は、水槽やケージだらけの室内をぐるりと見まわす。

「二代目のウーちゃんも元気いっぱいだ」

「みんな、標本にはなりたくないんだよ」

「そうだ。ヤマトヌマエビの透明標本、きれいに作れたんだけど、見る？」

「うーん。また今度でいい」

「理科のテスト、楽勝だったよなあ」

「まあね」

「シマドジョウの透明標本は？」

「それもまた今度」

などと……他愛もない会話をひとしきり続けたのち、二人で下校することになった。

「葉住っていう女子が脱落したあとも、想は〈いないもの〉、やってるんだよね」

「ああ、うん」

「それでクラスの平和は維持されてる？」

「まあ、今のところは。小鳥遊のお母さんが無事だったら、だけど」

「無事であってほしいね」

「そりゃあそうだよ」

どうにもすっきりしない、重苦しい気分で、ぼくたちは0号館の廊下を進んだ。途中、第二図書室の前を通ったが、入口には「CLOSED」の札が出ていた。試験期間中は閉室、なのか。それとも千曳さんがまた学校を休んでいるんだろうか。

外は相変わらずの雨、だった。風も相変わらず強くて、古い校舎のそこかしこが軋むような異音を発していた。

0号館から渡り廊下を通って、正面玄関のあるA号館へ。玄関から外に出る。それぞれに傘を差して、正門へ向かう舗道を歩きはじめたところで——。

前を行く幾人かの生徒の姿が見えた。距離にして十メートル足らず先だ。

「あれって、三組の女子？」

指さして、俊介が云った。

「ほら。赤沢さん、いるし」

生徒の数は三人で、三人とも女子だった。そのうちの一人が、云われてみれば確かに泉美のようだ。差している薄紅色の傘にも憶えがある。

あと二人のうち、一人は透明なビニール傘を差している。泉美よりも少し背が高くて髪はショートカットで……あれは江藤、だろうか。そして、もう一人——。

小柄なその生徒はほかの二人と違って、傘を差していなかった。雨合羽（あまがっぱ）——というより、だぶっとしたクリーム色のポンチョを着て、頭にフードを被っていて……そもそも傘を持っていないらしいのだが、彼女は継永か。

ひょっとして——と、このときぼくは想像してみた。

三年前の桜木ゆかりの件を気にするあまり、継永はきょう、雨が降っているにもかかわらずわざと傘を持ってこなかったんじゃないか。それはおそらく、三年前の事故の詳細を彼女が知っていたから。桜木を死に至らしめた凶器は彼女自身が持っていた傘だった、と知っていたから……だから。

理科の試験の終了直後、小鳥遊が教室を飛び出していったときも、だから継永はあんなふうに注意を促したのだろう。もしもここで小鳥遊が、三年前の桜木と同じように大急ぎで階段を駆けおりていったら、桜木と同じような事故が起こってしまうかもしれない。そう恐れて、思わずあんな……。

ふいに激しい音が鳴り渡って、ぼくたちを驚かせた。

ごごごご……どーん！　というような、あれは風の音か。しかも、きょうこれまで吹いていた以上に強い風の。

上空で吹き荒れているのか。あるいはグラウンドのほうで？

きょろきょろと視線を巡らせるうち、あたりに植えられた木々のすべてが、ざざざざーっ、といっせいに震え鳴いた。ぼくと俊介がいる場所にまで強風が吹きつけてきて、傘をさらわれそうになった。

「すごい。何だかいきなり、だな。台風でも来てるみたいな」

と、俊介。降りしきる雨の強さが、それに前後して倍加したようにも思えた。

気を取り直して二歩、三歩と進んだが、するとまたしても、どーん！　と激しい音が鳴り渡った。上空か、あるいはやはりグラウンドのほうでか。

先を行く女子三人のうち二人が、傘を吹き飛ばされないよう苦労しているのが見える。ポンチョを着た継永は継永で、風でさんざん乱れるポンチョを押さえつけるのに悪戦苦闘していて……と思ううち。

がくん、と継永が舗道に膝をついてしまった。フードはとうに頭から外れている。

どうしたんだろう。

継永は立ち上がろうとするが、うまく動けない様子だ。吹きつける強風のせいで……いや、舗道に沿って造られた植え込みと舗道を仕切る柵か何かに、ポンチョの裾がひっかかるかどうかしたのかもしれない。そんなふうにも見受けられたのだが。

吹きすさぶ風と降りしきる雨。その狭間に突然、異様な別の音が響いた――ようにも思う。一瞬後、白く光る雨の線を分断するようにして、斜め上方から何かが。何か灰色の、正体不明の影が……。

短い叫び声が上がった。たぶん継永の口からだ。離れた場所にいるぼくと俊介の耳にまで、はっきりと届いた。

「いやっ！」

と、これは泉美か江藤の声。

「いやあっ！」

「なに？　これ。何なの？」

「継永さん!?」

「た、大変だ！」

かたわらで俊介が叫んだ。傘を放り出して、雨の中を猛然と駆けだす。

慌てて俊介のあとを追いかけるぼくの目にもこのとき、継永の身に生じた明らかな変化が映っていた。

舗道に膝をついたまま、天を仰ぐような姿勢で動きを止めている。その、こちらから見て右側の首筋に、斜め上から喰い込んでいる灰色の何か。——そして。

クリーム色のポンチョを染めはじめた、鮮やかな赤。

雨に洗われ、洗われてもなお新たに流れ落ちてくる、赤い……ああ、あれは血だ。おびただしい真っ赤な血が、彼女の首から……。

駆け寄ってみてやっと、ぼくは状況を理解した。灰色に塗られた金属板だった。トタンの平板か何かだろうか。長細くて、かなりの大きさがある。

いきなり、どこかからこれが飛んできたのだ。そうしてよりにもよって彼女の首に、鋭利な刃物さながらに突き刺さってしまったのだ。

「継永、さん」

俊介やぼくと同様に傘を放り出してしまった泉美が、わなわなと唇を震わせた。江藤は何メートルか離れたところに、呆然と坐り込んでしまっている。

「何で、こんな……」

天を仰いだ姿勢のまま動かない継永の口から、血の泡とともに「くぅぅ」と苦しげな呻き声がもれた。まだ息はあるのだ。

「救急車っ！」

俊介が叫んで、みずから携帯電話を取り出す。

泉美が「あっ」と声を発した。見ると、継永の両手がのろりと上がり、首に喰い込んだ金属板を掴もうとしている。

ああ、いけない。

とっさにそう思い、ぼくは焦った。

いけない。それを今、引き抜いたら……。

そんな焦りはしかし、ただ虚しいだけの結果に終わったのだ。

いったい自分の身に何が起こったのか。きっとそれすら理解できないままに――。

とつぜん襲いかかってきた激痛に耐えかねて、おそらく最後の力を振り絞って継永は、自身の肉体に喰い込んだ異物を取り除いた。とたん、裂けるように開いた傷口から凄まじい勢いで鮮血が噴き出し……。

降りつづく雨を赤く染めながら、継永はぐにゃりとくずおれ、完全に動きを失った。

15

救急車が到着したとき、継永智子は失血のためすでに息絶えていた。――五月二十五日、午前十一時半。

現場から何十メートルか離れた場所に建つ体育館。その屋根の一部が、この日の突発的な強風で剝がれ、吹き飛ばされていたことが判明した。築何十年かになるこの建物は、そもそも全体の劣化が相応に進んでいたというのだが、加えて今月七日の例の降雹でもかなりのダメージを受けたのだろう。――にしても。

そうやって吹き飛ばされ、舞い上がった屋根の切れ端が、よりによってあのときあの舗道で身動きが取れなくなっていた継永めがけて、しかもあんな角度で落下してきたのは、あまりにも不幸な偶然だった。

同じ五月二十五日の深夜、小鳥遊純の母親・志津（しづ）が病院で息を引き取った。

彼女がこの日の午前中に遭ったのは軽自動車との接触事故で、腰の骨を折る重傷ではあったのだが、病院へ運び込まれた当初は命に別状はないだろうと見られていた。急を聞いて子供たちが駆けつけたときにも、意識ははっきりしていたらしい。

ところが、夜になって容態が急変したのだ。搬送後の検査ではなぜか見逃されてしまった頭部の打撲があり、これによる脳内出血がその原因だったという。

こうして――。

三年三組の〝関係者〟が二人、一日のうちに理不尽な死をとげたのだった。

恐れていた〈災厄〉が、とうとう始まってしまった……いや、するとやはり、それは神林丈吉氏が死んだあの時点からすでに始まっていたのかもしれない。――という現実を、ぼくたちはいやでも認めざるをえなかった。

Interlude II

きのう事故があったの、この辺だよな。
事故って……なに？
知らないのかぁ。大騒ぎだったのに……あ、おまえきのう、休んでたっけ。
きのうもおといも、風邪で寝込んでた。来週、一人で中間試験、受けろってさ。
ご愁傷さま。もういいのか。
まあ、何とか。
第二土曜と第四土曜は部活も休みにしてほしいよなあ。練習、きついよなあ。
ほんとはもう一日、寝てたかった。――事故って？

三年の女子が死んだんだよ。三組のクラス委員長だったらしい。

死んだ？　ここで？

きのうの昼ごろ、すごい風だったんだよ。それで体育館の屋根板が吹き飛ばされて、ここまで飛んできて……。

それが当たって？

という話だが……あ、ほらあれ。あそこの路面が汚れてるの、血の痕（あと）じゃないか。

げっ。生々しいな。

板が首に突き刺さったんだってさ。ものすごい勢いだったから、一瞬で首が飛んだらしいっていう説も。

うっ。痛そう。

一瞬だったら痛くなかったかも。

つうか、めちゃくちゃ運が悪いよな。よりによって、そんな……。

ああ。しかしまあ、**三年三組**だからなあ。

何か意味があるのか、三組だと。

あれ。知らないの？　おまえ。

って、何を？

意外に知らないやつもいるんだな。噂によれば、この学校の三年三組っていうのは、昔から呪われていて……。

＊

始まったんだよね。

——そうね。

〈災厄〉が、始まってしまった。

——うん。

〈対策〉は結局、失敗だった？

そういうことになるね。残念だし、悔しいけど。

これってやっぱり、〈二人めのいないもの〉だった葉住さんが脱落したから……。

なのかもしれない。

そうじゃないかもしれない？

分からない。でも、今から彼女を責めても仕方ないし……。

…………

…………

……で？

うん？

これからどうしたらいいのかな。ぼくがこのまま〈いないもの〉を続けても、もう意味がないだろうし。

それは……あのね、ちょっとそれは待ってほしいの。

待つ？

前に云ったでしょ、あたし。もしもの場合には一つ考えていることがある、って。

あ……うん。

その考えが正しいのかどうか、有効なのかどうかは分からないけど。でも、何もしないよりはいいと思う。だからね、まだあきらめないで……想くんはとにかく、これまでどおり〈いないもの〉を。先生やクラスのみんなにも、そう伝えておくから。

どうして……どんな考えが？

それはね……。

＊

始まってしまったんです、〈災厄〉が。

そっか。——試験の日に女子のクラス委員長が、って、三年前と同じね。もちろん単なる偶然だろうけど。

神林先生のお兄さんも数に入れたら、もう三人も死者が。

五月七日の時点で始まっていたのかもしれない、か。
葉住さんが役割を放棄したあの日から、やっぱり……。
そんなはずはない、と思ったんだけれど。
ぼくさえちゃんとやれば大丈夫なはず、だったんですよね。
そう。そのはず、だった。
でも、そうじゃなかった。
そんなはずはない、なかった……のに、どうして。
……………
何かおかしい気が……あ、だけど想くん、ごめんね。
いえ、あの……。
わたしの云うこと、信用してくれてたんでしょう。なのに、ごめんね。
あ。そんな、見崎さんがあやまったりしないで……。
……………
……始まってしまったら、これからもっと人が死ぬんですよね。
……………
毎月、一人以上の〝関係者〟が。
――そう。

それはもう、どうしようもないこと、なんですよね。いったん〈災厄〉が始まってしまったら、もう。

そう。基本的には……。

でもここで、まだもう一つ〈対策〉を講じてみよう、っていう話になりそうで。

え、そうなの？

だから、とにかく当面はそれを。効果があるのかどうか、やってみないと分からないんですけど。

ふうん。今からいったい、どんな〈対策〉を？

それは……。

Chapter 8

June I

1

混乱と失意、悲しみと怯え（おび）のうちに五月の残りの日々が過ぎ……六月が来た。

ぼくは泉美の要請に従って、継永と小鳥遊・母の死後も、学校ではそれまでどおり〈いないもの〉でありつづけた。

この間に泉美たち対策係＋αが話し合いを持ち、そこでの決定がクラスのみんなに提案されて賛同を得て……という動きが進んでいた。神林先生も強く反対はしなかった。新しい女子のクラス委員長には泉美が選ばれ、対策係と兼務することになった。

葉住は依然として、連日の欠席が続いている。とうとう〈災厄〉が始まってしまった、という情報が彼女の耳に届いているとしたらなおさら、まだ当分は学校へ出てくる気になどなれないだろう。――そう察するのは容易だった。

2

「何やら先週、学校でたいへん不幸な事故があったのですね。想くんと同じクラスの生徒さんが亡くなったとか」

碓氷先生に云われて、ぼくは思わず視線を斜め下へ逃がした。同時に軽く下唇を噛んでいた気もする。

「もしかして、亡くなった生徒さんとは親しかったり？」

「――いえ」

ぼくはのろりと首を横に振って、

「ちょっと喋ったことがある、くらいで」

「それにしてもやはり、ショックを受けたでしょう」

「ええ、まあ」

「大丈夫ですか。つまりその、そういった生々しい〝死〟が身近に発生したことで、三年前の例の件が思い出されてつらい、というふうな感覚は？」

「――大丈夫」

ぼくは視線を下げたまま答えた。

「――だと思います」

うまく眠れなかったり、悪夢にうなされたり……という症状がこの一週間、ないわけではない。けれどもそれは、三年前のあの出来事が思い出されて、ではなかったから。

夢に出てくるのは「三年前の」ではなくて、最近の――特にこの一ヵ月足らずの出来事、なのだ。「わたしは、いるの」「ここに、いるの！」と叫ぶ彼女の声や、暴れまわるカラスの真っ黒な影や、どーん！という風の音や風で乱れるクリーム色のポンチョや……そして、噴き出す鮮血。おびただしい血にまみれてくずおれる彼女の、あの……。

人の〝死〟を目の当たりにするのは、これが初めてではなかった。三年前にぼくは、〈湖畔の屋敷〉で晃也さんの〝死〟を目撃している。――のだが。

同じ〝死〟であっても、三年前のそれと先週のそれとは、まるで異質なもののように感じられてしまう。その一因はたぶん、ぼくの心中にある自責の念なのだろう。

〈災厄〉の始まりを阻止できなかった、という悔しさ、無力感。加えて、阻止できなかった原因が仮に葉住の脱落にあったのだとしたら、自分が彼女を引き止められなかったことへの、今さらながらの後悔……つまりはそう、詮方ない自責の念。

碓氷先生があくまでも穏やかに、緩やかなテンポで問いかけるのに対して、この日のぼくはいろいろな点で、本心を隠しながら答えを返していたように思う。先生がそれに気づいていたのかどうかは分からない。

六月二日、土曜日の昼前だった。例によって学校には休みの届けを出し、市立病院の別館にある「クリニック」を訪れて——。

「ちょっとその、妙な噂を耳にしたのですが」

一ヵ月以上ぶりのカウンセリングでの、表面的にはいつもと大きく変わるところのないやりとりのあと、碓氷先生がおもむろにそう切り出した。

「想くんが通っている中学校には、何かその、〝死〟にまつわる奇怪な伝説がある、という噂で……」

奇怪な伝説、か。

そういう言葉を伴って噂が広がるのもまあ、致し方ないだろう。

碓氷先生のことは嫌いじゃないし、信頼もしているのだけれど、三年三組の特殊事情についてはいっさい話していなかった。〈現象〉だの〈災厄〉だの、クラスにまぎれこむ〈死者〉だの、記録や記憶の改竄・改変だの……そんなあれこれをいくら真面目に語ってみたところで、よもや精神科の医師が真に受けてくれるはずもないから。彼自身がこの件の当事者にでもならない限りは。——そう思って。

「どんな伝説か知りませんけど」

と、このときもぼくは、先生の言葉を受け流すことにした。

「いいかげんな噂ですよ、きっと。ぼくは興味、ないです」

3

診察が終わると、きょうは雨が降っているわけでもなかったのだが、何となく前回の帰りと同じように動いた。一階の渡り廊下を通って別館から本館へ移動。そうして複雑に入り組んだ廊下を、前回と同じようにそろそろと歩くうちに——。

思考が、おのずと時間をさかのぼる。先週の、思い出すだにむごたらしいあの事故の二日後——日曜日の夜に泉美がぼくの部屋へやってきて、そのとき交わした一連の言葉が耳によみがえる。

もしもの場合には一つ考えていることがある——と、前に泉美が云っていた件。どんな考えが？　というぼくの問いに答えて、あのとき。

「それはね」

言葉を切って、泉美はぼくの顔をまっすぐに見すえた。それから少し間をおいて、こう云ったのだ。

「三月末の〈対策会議〉のときのこと、憶えてるよね。今年が〈ある年〉だった場合、誰が〈いないもの〉になるかを決めたときの」

「うん。そりゃあ、もちろん」

　この中の誰が〈いないもの〉の役割を担うか、という話になって、ぼくが手を挙げた。ところが直後、江藤から「それだけでいいんでしょうか」という意見が出て、今年は〈二人め〉が決められる運びになって。そしてそのあと、例のトランプを使った籤引きが。

「トランプで籤引きをしたよね。それで、葉住さんがジョーカーを引いて〈二人め〉に決まったんだったけど……ね、ほら、思い出して。その前に」

　泉美は切れ長の目を、遠くを望むように細くした。ぼくもつられて目を細めて、

「その前に？」

　問いかけながら、自身の記憶を探った。泉美が答えた。

「籤引きが始まる前に、『だったら、わたしが』って云いだした人がいたでしょう。控えめな、何だか消え入るような声だったけど、みんなちょっとびっくりしちゃって。どうして急に？　って……」

「……ああ」

　二ヵ月と少し前のあの日の、あのときの場面が、闇から滲み出てくるようにして脳裡に広がった。——そうだ。確かにそう、そんな一幕があった。〈いないもの〉を引き受けようとみずから手を挙げる者が自分以外にもいたことに、あのときぼくもちょっとびっくり

して……。

「……でも、結局それは認められなくて、籤引きが行なわれたんだったね」

「もうトランプは切りまぜられていて、あのときは確か……そう、葉住さんが『今からそんなの、だめ』とか、妙に慌てた感じで云って、すぐに籤引きが始まってしまったの」

「ああ……うん。そうだったっけ」

だとしたら葉住は、その時点で自分が〈二人め〉になる、なりたい、という意志を固めて、きっとすでにジョーカーの目印も把握していたんだろう。だから……。

「あのとき、『だったら、わたしが』って云いだしたのが牧瀬さん、だったのよね」

「牧瀬……」

……そう。そうだった。

彼女の名前は牧瀬。顔立ちはうまく思い出せないけれど、控えめで消え入るようなその声と同様、何だか線が細くて影の薄い女の子で……。

「どこか身体が悪くて牧瀬さん、四月からしばらく入院しなきゃいけないって、そういう話だったでしょう」

云って、泉美はゆっくりと瞬き(まばたき)をした。その瞼(まぶた)の動きに合わせて、ぼくの視界も一瞬、暗転したような気がした。

「だからね、あのときは彼女、そこまでみんなに云わなかったけど、自分はどうせあまり学校には行けないから、だったら自分が〈いないもの〉を引き受けるのがいいんじゃないかって、そんなふうに考えたんだろうと思うのね」

云われてみると、そうか、あれはある意味で理にかなった申し出だったのか、とも思えた。学校を休んで入院していても、三年三組の一員である事実に変わりはない。そんな彼女を〈いないもの〉として無視することは、クラスのみんなにとってもたやすい。物理的にも、心理的にも。ほかの誰が〈いないもの〉になるよりも、ずっと……しかし。

しかし結果としては、彼女の申し出は通らなかったのだった。そうして葉住がジョーカーを引き、〈二人め〉になった。

「もう分かったでしょ」

泉美が云った。

「あたしの考えは、今からでも牧瀬さんにお願いして、葉住さんの代わりに〈二人めのいないもの〉を務めてもらえないか、っていうことで」

「ああ……」

なるほど、とは思った。けれども、どうなんだろう。それで果たして、始まってしまった〈災厄〉を抑え込めるんだろうか。

「この問題ってね、云ってしまえば〝力〟のバランスが重要なのかなって、あたしにはそう思えるの」

「力の、バランス?」

「いるはずのない〈もう一人〉＝〈死者〉がクラスにまぎれこんで、〈災厄〉が招かれる。〈対策〉としてクラスに〈いないもの〉を設定すると、〈災厄〉が喰い止められる。〝死〟を引き寄せる〈死者〉の〝力〟が、〈いないもの〉の〝力〟で相殺されてバランスが保たれる。そんなイメージなんだけど」

「――うん」

「今年の〈対策〉としてあたしたちは、念のために〈いないもの〉を二人、設定した。それで四月は〈災厄〉が始まらなかったんだから、うまくバランスが保たれていたのよね。ところが五月に入って葉住さんが役割を放棄したら、〈災厄〉が始まってしまった。これってつまり、今年はそういう力関係なんだってことでしょ」

「そういう……って、〈いないもの〉が一人だけじゃあ釣り合わないような?」

「釣り合わない、バランスが取れない……そう、そんなイメージ。〈いないもの〉の〝力〟を増やさないと、今年の〈死者〉の〝力〟は打ち消せない。だから……ね」

　葉住が脱落して崩れたバランスを、ふたたび〈いないもの〉を二人にして回復させる。そうすれば〈災厄〉は止まるはずだ、という理屈か。

　この考えが正しいのかどうか、有効なのかどうか。それはやってみないと分からない。けれど、何もしないよりはいいと思う。――繰り返し泉美に云われて、ぼくも納得したのだった。確かにそうかもしれない。このまま何もしない、何もできないでいるよりも、きっとそのほうが……と。

この病院の内科病棟に入院中の牧瀬を、クラスの代表として対策係の泉美と江藤が訪れたのが、その三日後。今週の水曜日——五月三十日のことだった。

牧瀬は事情を呑み込み、「わたしで役に立つのなら」と云って要請を引き受けてくれたという。入院はどうもまだ長びきそうなので、当面の彼女にとって大した問題ではない。いずれ退院して学校へ行けるようになっても、それが〈災厄〉の阻止に有効なのであれば、卒業まで〈いないもの〉を続けてもいい。そうも云ってくれたのだという。

こうして苦肉の策とも云えそうな、新たな〈対策〉の実施が決まってから、きょうが四日め——なのだった。

4

本館の廊下を歩きながらふと、今から牧瀬の病室を探して訪ねてみようか、という衝動にかられた。

学校で顔を合わせる機会は当分ないとはいえ、今月から彼女とぼくは〈いないもの〉同士の……と、そこまで考えて、きょうはやめにしておこうと思いとどまる。いきなりクラスの男子が病室を訪ねるのは無神経な行動のような気がするし、ここで彼女と接触を持ってみたところで、だからどうなるという話でもないし……。

……ただ。

会ったのは〈対策会議〉のあのとき一度だけで、顔立ちもちゃんと思い出せないクラスメイト。――彼女は今、長びく入院生活の中で何を思い、どんな時間を過ごしているんだろう。その不安、その孤独を想像すると、〈災厄〉を巡るあれこれとはまた別の問題として、いたたまれない気持ちになった。いずれ、たとえば泉美に同行してもらって彼女のお見舞いを、という気持ちにもなった。

支払いを済ませて病院をあとにしたのが、正午を三十分ほどまわったころ。この日は自転車じゃなかったので、病院前のバス停でしばらくの時間、何人もの、見る限り全員が自分より年上の人々にまじってバスを待った。

梅雨の始まりを予感させるような、のっぺりとした曇天の下、やがてバスが来た。小銭を用意して、車体中央の乗車口へ向かおうとしたとき――。

車体前部の降車口からバスを降りてくる乗客たち。何気なくそちらへ目を向けると、知っている顔が一つ、見えた。あれは……。

……霧果さん？

一瞬の目撃だったので、あるいは見間違いだったのかもしれない。しかしそう、前回この病院に来た帰りにも、玄関で彼女らしき女性とすれちがった憶えがある。だったらやっぱり、今のは霧果さん……。

この病院に通わなければいけないような、何か身体の不調があるんだろうか。

前回と同じようなことを考えながら、ぼくはバスに乗り込んだ。

5

呂芽呂町の〈夜明けの森〉前でバスを降りて図書館に少し立ち寄ったあと、近くのファストフード店で食事をして……午後三時半という時刻を念頭に置きつつ、ぼくは徒歩で御先町へ向かった。目的地は件(くだん)の人形ギャラリー――〈夜見のたそがれの、うつろなる蒼(あお)き瞳(ひとみ)の。〉。

三時半にそこで会う約束を、見崎鳴としていたのだ。

継永と小鳥遊のお母さん、二人の死によって〈災厄〉の始まりが確実になった――と分かって以来、鳴とはまだ電話でしか話をしていなかった。やはりこのタイミングで一度、会って話したい。切実にそう思ったから。

〈夜見のたそがれの……。〉を訪れて鳴と会うのは、四月のなかば以来だった。

あれから一ヵ月半余り。状況はずいぶん変わってしまったけれど、館内は相変わらず、外界の時間とは切り離されているかのような静けさで。いつものように薄暗い絃楽の調べが流れ、いつものように天根のおばあちゃんが、「いらっしゃい」とぼくを迎えた。

「お友だちだから、お代はいらないよ。——鳴は地階にいるよ」

「ありがとうございます」

四月に訪れたときと同じ円卓の椅子に、鳴は独り坐って頬杖をついていた。この空間のそこかしこにうずくまる薄闇に溶け込みそうな、黒に近い紺色のブラウスを着て。心なしか、とても物憂げに。

「こんにちは、想くん」

鳴は頬杖を外して、ぼくを迎えた。

「ここで会うのは久しぶりね」

「はい。あの……こんにちは」

「坐って」

「はい」

きょうも鳴は眼帯をしていない。左目には例の〈人形の目〉とは異なる、茶色がかった黒い瞳の義眼が。

「——どう?」

向かい合って椅子に坐ったぼくを、黙って何秒か見すえたあと、鳴は口を開いた。

「大丈夫？」

「大丈夫って……クラスが、ですか」

訊き返すと、鳴は小さく首を横に振って、

「想くんが」

「ぼく……？」

「想くんの気持ち、というか心が、ね。こういう展開になってしまって、大丈夫かなって」

「あ……ええと、あの」

「いろいろ頑張ったのに、〈災厄〉が始まってしまった。そのことで、むやみに自分を責めたり心が挫けたり、してない？」

「ぜんぜん挫けてない、って云ったら嘘になりますけど」

この状況で鳴が、そんなふうにぼくの心配をしてくれている。それを内心、気恥ずかしくなるくらいに嬉しく感じつつも、ぼくは努めて静かに答えた。

「でも、ぼくは大丈夫です」

「先週の、継永さんっていう子の事故、想くんの目の前で起こったんでしょう」

「あれは……はい、もちろんすごくショックだったけど、でも……うん、大丈夫です」

「本当に？」

「少なくとも、もうここから逃げ出してしまいたい、とは思ってないから」

「──そっか」

館内に流れる音楽が、聴き憶えのあるメロディになっていた。フォーレの「シシリエンヌ」。四月に訪れたときにも確か、この曲が……という偶然を少しだけ気にとめながら、

「ところで」

と、ぼくは口調を改めた。するとこのとき鳴も、「ところで」と同じ言葉を発したのだ。

ぼくは慌てて口をつぐみ、鳴のほうが先を続けた。

「このあいだ電話で聞いた新たな〈対策〉は……もうそれ、始めているのね」

「あ、はい」

ぼくは背筋を伸ばし、頷(うなず)いた。

「ぼくのほかにもう一人、葉住さんの代わりの〈二人めのいないもの〉を。それで〝力〟のバランスを釣り合わせよう、っていう〈対策〉を……」

先日の電話でもざっと説明した新たな〈対策〉の内容を、ぼくは改めて鳴に話した。

「……で、新しい〈二人め〉を引き受けてくれないかって打診した相手も、納得して承知してくれて。きょうで四日めになります」

「──そっか」

またそう応(こた)えると、鳴はぼくのほうに向けていた右目の視線を脇へそらし、低く吐息する。そうして、さっきぼくがここへ降りてきたときと同じように頬杖をついた。心なしか、

とても物憂げに。

からん、とドアベルの音が、かすかに上階から聞こえてきた。

誰か来館者、だろうか。それとも、たとえばそう、霧果さんが帰ってきて……？

「だけどね、想くん」

鳴がぽそりと云った。

「その新たな〈対策〉が有効かどうかについては、あまり楽観しないほうがいいかも。——わたしがこんなふうに云っても、もう説得力がないかもしれないけれど」

「どうしてそう思うんですか」

「それは……」

鳴はほんの少し口ごもって、

「三年前が、そうだったから」

ぼくは返す言葉に詰まった。鳴は続けて云った。

「前にも話したでしょう。三年前の三年三組で、わたしが〈いないもの〉を引き受けたときのこと。あのときも〈対策〉は失敗して、〈災厄〉が始まってしまって、だからそこで、榊原くんを〈二人め〉にして〈いないもの〉の数を増やしたらいいんじゃないか、っていう成り行きになった。けれども結果として、この〈追加対策〉は功を奏さなくて」

「でも、三年前と今回ではだいぶ事情が違いますよね。今年は最初から〈いないもの〉を二人にして、その一人が役割を放棄して〈災厄〉が始まったんだから、これをまた二人に戻してバランスを取れば……っていう」

「その考え方は分かる。三年前とは、云ってみれば〝初期設定〟が違うわけだし」

と応じながらも、鳴は心もとなげに首を傾げて、

「だけどね、最初にどんな〈対策〉を講じていても、それが失敗して始まってしまった〈災厄〉は、そういうあとづけの策を施してみても止まらない、止められない。――って、わたしは思うの」

ぼくはふたたび返す言葉に詰まる。すると鳴は、今度は緩く首を振りながら、

「ああ……でもそう、こんなふうに判断すること自体が、もしかしたら本当は意味がないのかもしれない」

「――というと？」

「自然現象、だから」

鳴が答えるのを聞いて、千曳さんが好んで使う「超自然的な自然現象」という言葉がおのずと思い出された。

「千曳さんがずっと観察してきたおかげもあって、この〈現象〉に関するある程度の法則（ルール）は分かっている。有効な〈対策〉もあると分かって……でもね、そんなのはたぶん、全体のうちのほんの一部だろうし」

「…………」

「これだけ科学が発達した今も、いろいろな自然現象の発生や変動を確実に予測したり防いだり、なんてできないでしょ。台風とか、地震とか。きょうは雨が降ると分かっていても、傘を持っていけばまったく濡れずに済むかっていうと、そうとは限らない。風が強くて横殴りの雨になったら、いくら大きな傘を差しても服は濡れてしまうし、それこそ雨が雹に変わったら、傘が破れてしまうかもしれない。

ましてや、この〈現象〉は科学では説明がつかない『超自然的な自然現象』だし……だからね、わたしのささやかな経験や推測で語ってみても、あまり意味がないのかもしれない。そうも思えるから」

だから、今回の新たな〈対策〉は必ずしも無駄じゃないかもしれない。——というふうにも受け取れそうな物云い、だった。

「うまくいかないとも断言できない、っていうことですか」

ぼくが確かめると、鳴は右目の瞬きだけで頷きを示して、

「うまくいけば、それに越したことはないよね」

「ねえ、見崎さん」

と、ここでぼくはやはり、訊いてみずにはいられなかった。

「三年前の〈災厄〉は、最初の〈対策〉も〈追加対策〉もうまくいかなくて、何人もの

〝関係者〟が死んじゃって……なのにそのあと、止まったんですよね。なぜだったんですか。どうして止まったんですか」

これまでにも一度ならず、触れようとしてきた問題だった。しかし鳴はそのたび、はっきりとは答えてくれなかった。進んで話したくない何かが、きっとそこにはあるんだろう。そう察して、ぼくも深く追及してこなかったのだが……。

「……それはね」

短い沈黙ののち、鳴の唇が動いた。ぼくは円卓の上で両手の指を組み合わせた。思わず指先に力が入っていた。

「それは……」

答えようとしたが、鳴は悩ましげに小さく首を振って、

「やっぱりこのことは、わたし……」

……そのとき。

背後で音がした。誰かが階段を降りてくる足音が……そして、声が。

「ああ、いた」

毎日のように会って喋って、聞き慣れた彼女の声が。

「想くん？　ここ、よく来るの？」

驚いて振り向くと、そこには制服姿の赤沢泉美がいた。

6

考えてみれば——いや、考えてみるまでもなく、か——ぼくは、自分の友だちに見崎鳴の話をしたことがほとんどない。一年生のときからの〝お仲間〟である矢木沢にだけは、少しだけ鳴の存在について語った憶えがあるけれど、それでも二人を引き合わせたりはしていない。

だからそう、泉美も鳴のことは知らないし、当然ながら二人が顔を合わせるのもこれが初めてのはず、だった。

「赤沢……」

ぼくは椅子から立ち上がり、階段を降りてきた泉美と向き合った。

「どうして、ここに」

「たまたま。まったくの偶然」

真顔でそう答えたあとすぐに、泉美は悪戯(いたずら)っぽい笑みを浮かべて、

「というのは嘘ね」

「ええと……」

「学校帰りにちょっと気が向いて、〈夜明けの森〉の図書館へ行ったの。そしたらね、近

くのお店で想くんを見かけて」

「えっ。そうだったの？」

「気づいても良さそうな距離だったのに、想くんはあたしに気づかないし……でね、何となくそれで」

「あとをつけてきたの？」

「どこへ行くのか、何となく興味が湧いて……ねぇ」

泉美は笑みを広げ、ちろりと舌を出した。

「にしても想くん、意外に鈍感ね。けっこうあからさまに尾行してたのに、ぜんぜん気がつかないし」

「うーん」

そんなやりとりをしているあいだも当然、鳴のことが気になっていた。いきなりこういう展開になって話が途切れてしまって、鼻白んではいないだろうかと。

「想くんのお友だち？」

鳴に訊かれて、ぼくはあたふたと振り向いて——。

「友だちっていうか、その、彼女はぼくのいとこで、同い年で、いま同じクラスで」

「赤沢泉美です。はじめまして」

と、泉美がぼくの肩越しに云った。鳴が「ああ」と声をもらした。

「赤沢さん……想くんがこっちでお世話になっている、伯父(おじ)さんと伯母(おば)さんの？」

「あ、そうです」

と、ぼくが答えた。

「彼女は今年の対策係で、女子のクラス委員長にもなって……」

先走って説明しようとするのを、泉美が「ちょっと、想くん」と制した。そしてぼくの顔を見る。この人は誰？——と、その目は問いかけていた。

「あ、ええと……」

ぼくはちらりと鳴のほうを見てから、

「彼女は見崎さん。見崎、鳴さん」

泉美に向かって答えた。

「ミサキ……ふうん」

二十九年前に不慮の死をとげた例の生徒——夜見山岬の名前と同じ「ミサキ」という音(おん)の並びに案の定、泉美は反応した。警戒するように少し眉(まゆ)の端を上げる。ぼくは続けて、

「もともと比良塚の両親が、見崎さん一家と親交があってね、それでぼくも知り合って、こっちに来てからも親しくしてもらってて。見崎さんは夜見北の、一九九八年度の卒業生で、三年のときは三組だったんだ。その年は〈ある年〉だったから、彼女は〈現象〉も〈災厄〉も経験していて……」

そこまで説明すると、泉美も合点がいったようだった。肩にかけていたカバンを前にまわして両手を添えながら、「なるほどねぇ」と呟いて、

「で、想くんは先輩のアドバイスを？」

「まあ、うん、そんな感じかな」

三年前には鳴が〈いないもの〉を引き受けて……というところまでは、今ここで話す必要もないと思った。さっき鳴が、三日前から始めた新たな〈対策〉に対して述べた意見についても同じ、だ。

「はじめまして、赤沢さん」

と、今度は鳴が泉美に声を投げかけた。

「見崎鳴です」

この時点で、鳴と泉美のあいだにはぼくが立っていて、二人の視線が合うのを妨げる役割を果たしていたことになる。

鳴が椅子から腰を上げて、泉美が一歩、足を踏み出して……そこでぼくは、円卓のそばから部屋の中央のほうへ身を退けた。こうして二人は、何メートルかの距離をおいてまっすぐに向き合ったのだ。お互いに相手の顔をしっかりと見たのも、おそらくこのときだったろうと思う。——流れていた音楽の切れ目の、数秒の静寂。次に流れはじめた曲は、偶然にもまた「シシリエンヌ」で……。

「ミサキ・メイ、さん」

鳴の顔を捉えた泉美の目に、いくばくかの驚き、あるいは戸惑いの色が浮かんだような気がした。

「あなたは……」

云いかけた言葉を止め、泉美は軽く左右に首を振った。カバンに添えていた手の片方を額に当てて、かすかに息をつく。

どうしたんだろう、と思ううち、彼女はさらに一歩、鳴との距離を詰めて、

「想くんがお世話になっています」

妙に改まった調子で云った。

「いとことして、お礼を……」

「ちょっとちょっと」

と、思わずぼくが口を挟んだ。

「そんな、べつに赤沢がお礼なんて」

すると泉美は、ぼくのほうを横目で見て、

「いとこっていっても想くん、何となく弟みたいなものなんだから」

「ちょっと、そんな……」

反論しようとして、やめた。確かにまあ、泉美には当初から姉っぽさを感じているぼく

ではある。だがしかし、何もここで――初対面の鳴の前で、そんなアピールをしなくてもいいのでは。

鳴のほうを窺うと、彼女は「われ関せず」とでもいった様子で。特に表情の変化もなく、静かに泉美の顔を見つめている。

「赤沢……泉美」

低く呟く声が聞こえた。

「赤沢……」

何だろうか。彼女のその声は、単に初対面の相手の氏名を反芻しているというだけじゃなくて。気のせいか、そう、まるで大事な何かを思い出そうとでもしているような……。

どくん

聴覚の守備領域の外で、とつぜん低い響きが。それに先立ってか、ほぼ同時にか、世界がほんの一瞬、真っ暗になったようにも感じて、ぼくは息を止めた。

……これは。

この世の外側にいる何者かが今、カメラのシャッターを切ったような。たとえば〝闇のストロボ〟みたいなものを焚きでもしたような。――脳裡に瞬間、そんな胡乱なイメージが浮かんで、すぐに消える。

ああ、何だろう。

という、その疑問自体も一瞬後には消えてしまって。

「赤沢さん」

と、鳴が云った。さっきのような呟きではなく、相手に向かってはっきりと。

「想くんから、今年の三組の状況は聞いています。どんな〈対策〉が講じられてきたのかも、なのに先月、〈災厄〉が始まってしまったことも。それを受けて、新たな〈対策〉を試してみていることも」

「あ、はい」

泉美は気圧(けお)されるふうもなく、鳴の視線と言葉を受けた。鳴は変わらぬ調子で続けた。

「三年前にあれを経験したといっても、今のわたしは当事者ではないから。だから、あまりあれこれ意見できる立場じゃない。訊かれれば、ある程度のアドバイスはできるけれど」

「あたしたち、頑張ってますから」

泉美が云った。

「何とか事態をこれ以上、悪化させないようにって、あたしたち」

「〈いないもの〉の想くんも対策係の赤沢さんも、とても大変だと思う。頑張ってるのも分かる。——でもね」

と、ここで鳴はぼくの顔を見やり、

「もう無理だとか、もういやだとか、そう思ったら想くん、逃げ出しちゃってもいいんだよ」

「逃げ出しても……って」

ぼくは意表をつかれた気分で、鳴の視線から目をそらした。

「逃げ出すって、晃也さんのように、ですか」

と云ってしまってから、その自分のせりふで胸が苦しくなった。かつて緋波町の〈湖畔の屋敷〉で晃也さんと交わした言葉の数々がよみがえってきて、薄っぺらな胸を突き破って溢れ出しそうになった。

「そんなことはぼく、絶対に……」

「ここ、すごいですね」

と、このとき泉美があっけらかんとした声を上げた。

苦しげなぼくの様子を見かねて、という意図があったのかどうかは分からない。円卓から離れて部屋の奥へ向かい、ゆっくりと周囲を見まわしながら、

「こんなにたくさん、妖しい人形ばっかり。こういうの好きなんですか、見崎さん」

「好きっていうか、ここ、わたしの家だから」

と、鳴が答える。泉美は驚き顔で、

「わ、そうなんだ」

「二階が工房になっていて」

ぼくが説明を添えた。

「見崎さんのお母さんの霧果さんが、そこで人形を創ってるの」

「そういえば想くんの部屋にもあったっけ、こんな感じの人形」

「ああ、うん。あれも霧果さんの人形で……」

「赤沢さんは好き？　こういうの」

血の気の薄い頬に微笑を浮かべて鳴が問うのに、泉美は「んんー」と少し考えて、

「そうだなぁ。あたしはちょっと、何て云うか」

「苦手？」

「苦手っていうよりも――」

泉美は唇をきゅっと尖(とが)らせ、それから鳴と同じように微笑して答えた。

「すごいなとは思うんですけど、うまく波長が合わないっていうか。きれいすぎて、何だか怖くて、じっと向き合っていられない、みたいな……うん。恐竜のフィギュアなんかのほうが、あたしは好きかも」

7

日曜日の午後から雨が降りはじめた。翌、月曜日も雨。火曜日も雨。――で、水曜日に

は正式に梅雨入りが宣言されて、そのままこの週はずっと曇りか雨の天気が続いた。

三年三組の教室には日々、冷たい湿りけを帯びたような緊張が漂っていた。

新たに〈二人めのいないもの〉を設定したうえでの〈対策〉の継続。これがうまくいくかどうかはまだ、誰にも分からない。効果があればいいが、もしも無駄な抵抗にすぎなかったとしたら――。

〈災厄〉は止まらず、今月もまた〝関係者〟の誰かが〝死〟に引き込まれることになる。

三月に〈申し送りの会〉や〈対策会議〉が持たれた時点では、〈現象〉や〈災厄〉なんていうものが本当にあるのかと疑ってかかる生徒たちも当然、いたはずだ。始業式のあの日に今年が〈ある年〉だと分かって、クラスぐるみで〈対策〉を始めてからも依然、懐疑派はいたと思う。しかし先月、クラスの一員である継永があんな死に方をしてしまった以上、彼らも当初の疑いを完全に捨てざるをえなかっただろう。

不安。怯え。恐れ。……教室に漂う緊張の源はむろん、そういった感情だ。

もしも新たな〈対策〉が失敗したら、次は誰の身に〈災厄〉が降りかかるのか。――誰が死ぬのか。

十代なかばの年齢では普通、あまりわが身に引き寄せて意識することのない〝死〟を、いやおうなく意識せざるをえない。どう考えてもいびつな、異常なこの状況を、もはや誰もが〝現実〟として受け入れざるをえないのだったが――。

幸いにも、この週は何ごともなく過ぎた。

ぼくと入院中の牧瀬、二人の〈いないもの〉によって、いったん崩れた〝力〟のバランスが回復したんだろう――と、ぼくはそう信じたかった。ぼくだけじゃない。対策係の泉美たちはもちろん矢木沢も神林先生も、ほかのどの生徒たちも……きっとみんな、同じ気持ちだったに違いない。

8

六月九日、土曜日。

第二土曜日で学校は休みだったが、ぼくはいつもどおり朝早くに目覚めた。

外ではいかにも梅雨らしい雨がじとじとと降りつづいていて、ああきょうも雨か、と思ったとたん、少し憂鬱な気分になった。すぐに起きる気にはなれず、起きてからも赤沢本家まで食事にいく気にはなれず……さゆり伯母さんから「どうしたの?」と電話で訊かれたのだけれど、「朝と昼は適当に何か食べますから」と答えて。そうして午後になっても、ぼくは独り部屋に閉じこもって無為な時間を過ごしていたのだった。

顔を洗って服を着替えたものの、すぐにまたベッドに横になってしまって、力のない溜息を繰り返していた。そんな自分の状態が、このときは無性に情けなくて、腹立たしくもあった。というのも――。

月穂から電話があったのだ。この日の午前中、さゆり伯母さんからの電話のあとに。

「ごめんね、想ちゃん」

いつもの調子で、彼女はそう云った。

「あしたそっちへ行く約束だったけど、美礼がね、ゆうべから急に熱を出しちゃって。一緒に行くのは無理だし、美礼を置いて出かけるわけにもいかないし」

六月十日に二人で夜見山へ行くので、久しぶりに会って食事でも――という前回の電話での話を、ぼくは律儀に憶えていたから。そしてもしかしたら、たとえわずかにせよ、その日を心待ちにしていたようなところが自分の中にあったのかもしれなくて……だから。

「ああ、そう」

そっけなく応える一方で、心のどこかが鈍く軋んでいた。軋みはやがて、胸の奥の一点に集まって重いかたまりを作った。

「ごめんね、想ちゃん」

と、ふたたび月穂は云った。

「だからね、あしたは動けないの。会いにいくのは延期に……今月の下旬にでも、改めて。ごめんね」

「あやまらないでよ」

ぼくはことさらに淡々と応じた。

「仕方ないんでしょ」

「ごめんね。また連絡するね」

「じゃあ」

短く云って、ぼくは通話を切った。切るなり、握っていた携帯をベッドに放り出した。

同時に溜息がこぼれていた。

あす会いにくると云っていた月穂が来られなくなった。――たったそれだけのことで、こんなに感情が乱れるなんて。

頭で考えるより先に出てきてしまったみずからの反応に、ぼくは戸惑った。そういう自分が情けなくて、腹立ちさえ覚えたのだ。

べつにどうでもいい、はずなのに。

べつに会いたくもない、会いにきてほしくなんかない、はずなのに。

なのに……。

……ああもう、勘弁してほしい。気まぐれに連絡してきたりしないで、完全に放っておいてくれればいいものを。

こんなことで鬱々としていたら莫迦みたいだから――と、ようやく気持ちを切り替えて、ベッドを離れたのが午後二時ごろ。微睡んでいたわけでもないのに、目がしょぼしょぼして頭もぼうっとしていた。全身が何だか、だるい感じもあった。まずは顔を洗い直そうと決めて、洗面所へ行こうとした。

ちょうどそんなとき、だったのだ。見崎鳴が訪ねてきたのは。

「いま部屋にいる？」

不意打ちのようにかかってきた電話。聞こえてきた彼女の声――。

「マンションの前まで来てるんだけど、想くんの部屋、何号室？」

9

「近くまで来たから、ちょっと寄ってみようかなと思って」

茶色いチェック柄のスカート、白いブラウスに臙脂(えんじ)色の細いネクタイ。――部屋のドアを開けると、夜見一の制服姿の鳴がいた。きょうも眼帯はしていない。だから左目は、蒼い瞳のあの〈人形の目〉ではなくて。

「とつぜん迷惑だった？」

と、彼女は訊いた。

「いえ、そんな」

「お昼寝中、だった？」

「いえ……」

「入っていい？」

「あ……どうぞ」

制服ということは学校の帰り？　中学と同じで高校も、少なくとも公立校なら第二土曜は休みのはずだが。――少し気になったけれど、まあ何か事情があるんだろう。わざわざ尋ねるほどの問題でもない。

それよりも――と、ぼくは室内にざっと目をやる。

きょう鳴が来るなんてまったく予想していなかったから、ものが少ないなりに部屋はずいぶん散らかっている。分かっていればもっときちんとかたづけて、掃除もしておいたのに。

鳴はしかし、何を気にするふうもなくリビングへ進み、ぼくが勧めるまでもなくテーブルの椅子の一つに腰を下ろした。

「ふうん」

鳴が云った。

「思ってたより生活感がある」

「そ、そうですか。ええと、あの……」

「ほら。〈湖畔のお屋敷〉は全然そういうの、なかったし」

「そ、それは……」

「あのときはもちろん、それで当たり前だったよね」

鳴はぼくのほうを見て、右の目をすっと細めた。

「ちゃんとここで想くん、一人で暮らしてるんだなって。安心した」

「安心、ですか」

鳴は「ん」と軽く頷いて、

「三年前の想くんを知っていたら普通、多少は心配なものでしょ」

鳴にそう云われると、云い返す言葉があるはずもなかった。ぼくは冷蔵庫にかろうじて残っていた缶入りのアップルジュースを二本、取り出してテーブルに置いた。

「あの、よければどうぞ」

「ありがとう」

一本を取ってプルトップを開け、鳴はこくこくとジュースを飲んだ。ぼくも同じように飲もうとしたが、この時点になってもまだひどく緊張してしまっていて、少し口をつけたものの味がよく分からない、といった体たらく。

「この近くに〈イノヤ〉っていう喫茶店があるでしょう」

テーブルを挟んで向かい合ったぼくに、鳴が云った。

「あ、はい」

「さっき、あそこでお茶を飲んできたの」

「へえぇ。よく行くんですか」

「知り合いのお店で……だけど、行ったのは久しぶりだった」

「——はあ」

「でね、そこにたまたま彼女——赤沢さんが来て。先週、紹介してくれた想くんのいとこの。コーヒー豆を買いにきたみたい」

ふう、そんな偶然の遭遇があったのか。ぼくがここに閉じこもって、つまらないことで鬱々としているあいだに。

「彼女がこのマンションの場所、教えてくれたの。それで……ね」

何となくきまりが悪いというか、できればきょうの朝からの時間をもう一度やりなおしたいような気分になった。はぁ、と短く息をついてジュースをまた少し。

「とりあえず一週間、平穏に過ぎたそうね」

「彼女が、そう？」

「うん。でも、まだまだ気は抜けない」

「そう云ってましたか」

「口には出さなかったけれど、ひりひりするくらい気持ちが伝わってきた。正しいと思う」

「まだまだ、ですよね。確かに」

少なくとも今月の、きょうを含めれば残り二十二日。この間に〈災厄〉がなければ、いま行なっている〈対策〉は有効である、という証明になるわけだが。

テーブルに片肘をついて、まだしっかりと覚めきっていない感じの目を手の甲でこすった。急な鳴の来訪で、顔を洗い直す余裕もなかったのだ。そんなぼくの様子を見て、鳴が云った。

「やっぱりお昼寝中、だったんだ」

「いえ、そういうわけじゃあ」

「寝癖、ついてるし」

「えっ……あっ」

ぼくが慌てて髪を撫でつけると、鳴は微笑し、それから真顔になって、

「にしても、きょうは何だか想くん、元気ないね。何かあったの」

と訊いたのだ。「何もないです」と答えようとしたが、すぐに言葉が出なくて……出る前に鳴のほうが、こう言葉を重ねた。

「ひょっとして、緋波町のおうちが恋しくなった、とか」

「そんな」

と、この言葉はほとんど反射のように口を衝いて出た。

「そんなことは、全然」

「ふうん」

鳴は両の掌を頰に当てながら、ぼくの顔をやや上目づかいに見すえる。二秒、三秒……と沈黙があって、「そうね」と呟いた。

心中をすべて見透かされてしまったような気が、このときした。

「いろいろあったにしても、向こうにいるのは実のお母さんだものね」

「べつに、そんな……」

ぼくは唇を曲げて首を横に振ったが、鳴はそれ以上その件については触れようとせず、やおら椅子から腰を上げる。そのままぐるりと室内を見まわし、

「賢木さんの形見の、あの人形は？」

いくぶん声を軽くして、そう訊いた。

「あっち……寝室のほうに」

答えて、ぼくも椅子から腰を上げた。

「持ってきます」

10

晃也さんが祖阿比町（そあびちょう）の人形展示会で見て、とても気に入って購入したという、霧果さん

作の少女人形。ぼくが比良塚の家を追い出されたとき、〈湖畔の屋敷〉の書斎から持ち出してきたもの、だった。

寝室のチェストの上に置いてあったのをリビングのテーブルに移して、PCのかたわらに、鳴のほうへ顔を向けて坐らせた。鳴は、何だか懐かしそうなまなざしで人形を見つめて、

「この子はわたし、嫌いじゃない」

そう呟いた。呟きに合わせて、表情にふと薄い翳りが差したように思えて、

「嫌いな子もいるんですか」

と、ぼくは訊いた。

「霧果さんが創った人形でも?」

「嫌いっていうか……」

鳴は瞬きをして、わずかに口ごもった。

「人形はね、〃虚ろ〃だから。創った者の想いも見る者の想いもぜんぶ吸い込んで、取り込んでしまって、それでもなお虚ろ、なの。だから……」

だから……?

「霧果の人形はね、わたしにとってはちょっと微妙な……じゃないか、たぶんそう、ちょっと特別なの。好き嫌いで云ったら、あまり好きじゃないものも多い」

鳴が霧果さんの人形について、こんなふうに語るのを聞くのは初めてだった。もやもやした気分で、何をどう訊いたらいいのか考えあぐねるうち——。

「想くんにはどう見える？」

と、鳴のほうが質問してきた。

「わたしとあの人——お母さんとの関係」

「ええと、それは……」

普通に仲のいい母子(おやこ)、というようには見えない。かといって仲が悪いようでもなくて、だけど鳴はいつも、霧果さんに対しては妙に他人行儀な「ですます」調で話すし、これはお父さんの見崎氏に対してもそうだし……。

ぼくが何とも答えられないでいると、鳴は独り「うん」と頷き、

「想くんにはこれまで、ほとんど話してないものね」

右手をテーブルの人形に伸ばして、中指の先でそっと頰のあたりを撫でる。それからふいと目を上げ、ぼくの顔を見つめてこう云った。

「わたしの身の上話、しよっか。聞いてくれる？」

11

「わたしにはね、同じ年の同じ日に生まれた妹が――双子の妹が、いたの。二卵性だったんだけど、二人はとてもよく似ていて……」

見崎鳴は静かに語りはじめた。

彼女の生まれや育ち、家族や親戚(しんせき)などに関する話を、確かにこれまでぼくはほとんど聞いたことがない。興味がなかったわけでは、もちろんない。鳴が話したくなさそうだったから、わざわざこちらからは訊けないでいただけで……だから、このとき唐突に出てきた「双子の妹」という言葉には大いに意表をつかれた。しかも――。

「でもね、あの子はさきおととしの四月、先に死んじゃったの。病気で」

「――知らなかった、です」

「知ってるのは、家族以外では榊原くんだけ、だから」

「榊原さん……ええとあの、ちょっと待ってください」

ぼくは「さきおととしの四月」という時期の意味に気づいて、慌てて訊いた。

「それってまさか……もしかして、九八年度の〈災厄〉のせいで？」

鳴は瞬間、答えをためらったように見えたが、すぐに「そうね」と頷いて、

「そうだったんだろう、と思う」

「だけどあの、九八年は確か」

「〈災厄〉は五月から始まった、ということになってるでしょう。千曳さんの例のファイルにも、四月に死んだあの子については何も記されていないはず」

「――どうして」

「迷ったんだけれど、けっきょく云わなかったの、千曳さんにも。榊原くんもね、この件はもう誰にも云わないでおこうって」

「どうして、なんですか」

「ん……ちょっとその、いろいろ複雑というか、微妙な事情があって」

鳴にしてはいやに歯切れの悪い口ぶり――と、そう感じた。小首を傾げるぼくを見て、彼女自身も同じように首を傾げ、それから戸惑い顔で「あ、ごめんね」と云った。

「この辺、うまく説明できなくて。説明しようと思うと、何だか話が混乱しそうで」

「――はあ」

ぼくがゆっくり頷いてみせると、鳴は「それに」と続けたのだが、その先はなぜかしら云い澱んでしまう。

「――で」

と、やがて言葉を切り替えたものの、そこでまた云い澱み、ややあってから口を開いた。

「フジオカ・ミツヨ」

初めて聞く名前だった。ふたたび小首を傾げるぼくに、「ミツヨ」は「美都代」と書くのだと説明したあと、鳴はこう続けた。

「藤岡美都代。——その人が、わたしたちを産んだお母さん、だったの」

ぼくはまたしても意表をつかれ、

「霧果さんじゃなくて？」

思わずそう聞き直してしまった。

霧果さんの本名は美都代ではなくて由貴代。苗字は当然、藤岡ではなくて見崎、だ。

「霧果——由貴代と美都代はね、彼女たちも二卵性双生児の姉妹だったの。美都代のほうが先に、藤岡っていう若い会社員と結婚して、由貴代のほうは少し遅れて、お父さん——見崎鴻太郎と」

「じゃあ」

「わたし——わたしたちはそもそも、藤岡家に嫁いだその美都代が産んだ双子だったっていうこと。つまり……」

「養女に？」

鳴は見崎家に養女に出された。——という話なのか。

「そう。双子のうちのわたしのほうが、見崎家に。まだ幼い、物心がつくよりも前の話で、わたしたちにはずっと内緒にされていて。だからわたし、美都代のことは藤岡のおばさん、妹のことは同い年のいとこだと思い込んで育って……事実を知ったのは、小学校五年のとき」

　基本的にはあくまでも静かに、淡々とした口ぶりで、鳴はそんな自分の「身の上」を語りつづけた。

「天根のおばあちゃんがうっかり口を滑らせて、それを知ったときにはびっくりした。何でずっと云ってくれなかったんだろう、とも思った。見崎の両親はわたしを自分たちの娘として人並み以上に可愛がってくれていたけれど、それでもやっぱり、ね。とても複雑な気持ちになって……」

　そこからさらに立ち入った話を、鳴はぼくに語ってくれた。

　霧果さん＝由貴代のほうは、美都代の出産よりも一年ほど遅れて妊娠したが、不幸にもそれが死産に終わってしまったこと。その影響で由貴代が、もう子供を産めない身体になってしまったこと。そのときの由貴代の激しい悲しみ、嘆き。――そして。

　そんな彼女の精神（こころ）を救うため、先に美都代が産んでいた双子のうちの一人を見崎家が養女に取る、という案が持ち上がったこと。結果としてそれが実現したこと。……

「……といういきさつがあって、わたしは物心がつく前に、藤岡鳴から見崎鳴になっていたわけね。わたしが事情を知ったと分かったときの、霧果の慌てた様子をわたし、今でもよく憶えてる」

　鳴は短く吐息して、ぼくの反応を窺った。ぼくは何とも応えられず、曖昧に首を動かした。

「時機を見て話すつもりだった、って云いながらもあの人は、わたしが美都代に会ったり電話したりするのを厳しく禁じたの。妹についても同じ。ちょうどそのころ、藤岡の家が市内の離れたところへ引っ越して、それまで妹はとなりの小学校だったのが遠くなっちゃって……こっそり連絡を取ったりもしたけど、ぜんぶ霧果には内緒で、だった」

「なぜ霧果さんは、そんな？」

　ぼくが素朴な疑問を口にすると、鳴は短くまた吐息してから、こう答えた。

「不安だったの、あの人は」

「不安……」

「たぶん、ね。わたしがあの人のお人形でなくなってしまうことへの、不安」

　云い放たれた言葉に、ぼくはいささかショックを受けて「えっ」と声をもらした。

「お人形、って」

　どういう意味なんだろう。そのようないきさつがあったのならば、霧果さんにとって鳴は、養女であっても実の娘と何ら変わりのない存在ではないのか。なのに「お人形」だなんて、そんな……。

「当時の自分の気持ちを思い出すと」

ぼくの反応を無視するようにして、鳴は続けた。

「やっぱりね、自分を実際に産んでくれた美都代に対しても、いろいろ思うところがあったのね。事情は理解できたけれど……でも、何で双子のうちの、よりによってわたしのほうが見崎家に出されたのか、とか。お母さん——美都代はわたしのことを今、どういう目で見てるんだろう、とか」

「ああ……はい」

その気持ちは分かる。分かる気がする。——と思って頷いたとき、脳裡にちらりと月穂の顔がよぎった。

「でもきっと、わたしがそういうふうな気持ちで美都代に接触することが、霧果にはとても不安だった。不安で、もしかしたら恐れもあって」

「恐れ？」

「わたしが藤岡の家に戻りたがるんじゃないか、っていう恐れ。美都代が〝わが子〟を取り戻したいと思うようになるんじゃないか、っていう恐れ」

「……………」

「まあ、それは霧果の杞憂にすぎなかったんだけど。わたしはべつにそこまで思いつめてなかったし、美都代にしても、藤岡のお父さんにしても同じだっただろうし……」

淡々と話を続ける鳴。感情が表に出るのを抑え込んでいるような、冷ややかな顔。その顔に気のせいか、かすかに悲しげな色が滲むのを見て、ぼくも少し悲しくなった。

「それでも霧果は、必要以上に不安を感じて……だからわたしに、あんなに厳しく命じたんだと思う。藤岡の家を訪れるなんてもってのほか、美都代に連絡を取ったり二人で会ったりするのも絶対にだめだ、って」

12

「『お人形』っていうのは？」

気にかかって、ぼくは訊いてみた。

「娘の気持ちが離れてしまうんじゃないかっていう恐れを、育てのお母さんの霧果さんが抱いて、警戒した——というのは分かる気がします。けれど、『お人形』っていうのは？霧果さんは、それから見崎家のお父さんも、見崎さんを実の娘だと思って、とても可愛がってくれたんですよね。なのに『お人形』って……霧果さんにとって、見崎さんはそんな存在だったんですか」

すると鳴は、軽く口もとを引きしめて視線を下げた。テーブルに坐らせた黒いドレスの人形に向かってふたたび手を伸ばし、さっきと同じようにその頰を指先で撫でながら、

「この子はわたし、嫌いじゃない」

　さっきと同じ言葉を呟く。

「——似てないから」

「似てない？」

「わたしに似てないでしょ。だから」

　そこまで云われて、思い当たった。

　霧果さんが創った人形を、これまでぼくは〈夜見のたそがれの……。〉でたくさん目にしてきた。夜見山に来る前には緋波町の、見崎家の別荘でも。それらの中には、確かにそう、程度はさまざまだが、鳴に似た顔の人形がいくつもあって……。

「嫌いなんですか、自分に似てる人形は」

「嫌い……というか、あんまり好きじゃない」

「どうして」

「だから……あれは全部、わたしじゃない。そう感じるから」

「わたしじゃない？」

　意味を摑みかねて、ぼくは問う。

「それってあの、どういう」

「あれはね、わたしじゃなくて、生まれてこられなかったあの人の——霧果の子供なの。

わたしに似せた人形を創りながら、霧果が人形の〝虚ろ〟の中に求めていたのはいつだって、それだった。だからね、わたしはあの人にとって〝本物〟じゃなくて……〝代用品〟のお人形、だったの」

「でも、それって」

云ったものの、先を続けられなかった。今の鳴の話を自分がどこまで理解できているのか、心もとなくもあったが、ただ——。

鳴と霧果さん、あるいは鳴と見崎氏とのあいだにときとして漂う、何かそう、緊張感めいたもの。その原因の、少なくとも一つはここにあったのか。

「いま聞いてもらったのはね、中三のときに榊原くんに打ち明けたのとだいたい同じ話」

と、鳴は続けた。

「夏休みの合宿のとき、話したの。それまでは誰にも話したことがなかった。話したいと思ったこともなかったんだけれど、あのときは……」

鳴が中三のとき——九八年の、夏休みのクラス合宿、か。ぼくが〈湖畔の屋敷〉で鳴と出会ったあの夏の、あのあとの……。

「だけどね、想くん」

と云って、鳴はぼくの顔を見た。

「あれからもう、三年になるから。あのころと今とでは、いくらか状況も変わって。わたしの気持ちも、霧果との関係性もね、おのずと変わったように思うの」

「そう……なんですか？」

「自分が〝代用品〟だっていう感覚は、あのころに比べればだいぶ薄らいだし」

「そう、なんですか」

「これを、たとえば〝成長〟なんていう言葉でまとめられるのはいやだし、意味合いが違うとも思うんだけれど」

「三年……か」

想くんも同じでしょう？　と、暗に云われている気がした。

三年。——そう。同じその時間が鳴だけではなくて、ぼくにも流れてきたのだ。三年のあいだにぼくは……ぼくの中にもきっと、おのずと変わるものがあったはずで。もしかしたら鳴と同じで、母・月穂との関係性についても……ああ、いや。

違う。それは違う、と思う。

「そしてね、この目」

と云って鳴が、右手の人差指で自分の左目を示した。

「前に話したと思うけど、わたしが左の目を失ったのは四歳のときで。普通の義眼は可愛くないからって、霧果があの〈人形の目〉を作ってくれて」

蒼い瞳の、あの美しい義眼。不思議な力を持つという、あの……。

「あっちの義眼をわたし、もうほとんど使ってないでしょ」

「あ……はい」

「どうしてか、って訊かないの？」

「あ、いえ」

ぼくは慌てて左右に首を振って、

「何となくその、訊いちゃいけないのかなって」

「そっか。まあ普通、遠慮するよね」

応じて、鳴は淡く笑んだ。

「わたしの左の眼窩(がんか)は空っぽで、本来は何も見えない。なのに、あの〈人形の目〉をつけていると、普通の人には見えない、見えなくていい〝色〟が見えたりするから……って、想くん、憶えてるよね、この話」

三年前のあの夏に聞いた話……もちろん、ぼくは憶えている。忘れるはずがない。——

大きく深く頷くと、鳴は笑みを消して、

「だからわたし、外へ出るときにはいつも眼帯をしてた。見えるのがいやだったから。そんなもの、見たくなかったから」

「……………」

「でもね、だったら眼帯で隠すよりも前に、あの〈目〉じゃない、別の義眼を使えばいい。

そう思いもしたんだけれど、その選択をわたしはできなかったの。それはきっと、霧果の呪縛でもあって」

「呪縛？」

「なんて云うと、ちょっと大袈裟かな。せっかくあの人が作ってくれた〈目〉なのに……ってね。別の義眼に替えたら、あの人に怒られる、悲しまれるかも、って。ずっと、たぶんなかば無意識のうちにそう思い込んできて……でも」

「替えたんですね、今のその〈目〉に」

と云って、ぼくは鳴の左目に視線を向ける。〈人形の目〉じゃない、茶色がかった黒い瞳の……。

「高校に入って、お金を貯めて、自分で決めて買ったの。これだと『見えなくていいもの』は見えないままだから、眼帯も必要なくなって」

「霧果さんは？」

ぼくはそろりと訊いた。

「怒ったり悲しんだり、は？」

「何も云われなかった」

答えて、鳴はほんの少し唇を尖らせた。

「それもまあお似合いね、って」

「ああ……」

ぼくは知らず、安堵の息をついていた。

最初から鳴の杞憂だった、というわけではないだろう。霧果さんの気持ちも、時間の流れとともにおのずと変わりつつあるのだ、きっと。だから……。

「急にわたしの話ばかり……ごめんね。驚いたでしょう」

云われて、ぼくは即座に「いえ！」と声を強くした。

「何かぼく、嬉しいです」

「そう？」

鳴は、わざとなのかどうか、ちょっとぞんざいな感じで肩をすくめて、

「ここでこんな話をして、要は何が云いたかったんだか……ま、好きに解釈して」

「——はい」

鳴が訪ねてくる前の鬱々とした気分は、不思議と霧散していた。今の話を聞いて、自分も月穂との接し方をどうにかしようとか、そこまで気持ちが切り替わったわけではない。鳴は鳴、ぼくはぼくだし。見崎家と比良塚家、二つの家の事情はまったく違うし……。

たぶんぼくは、本当に嬉しかったんだと思う。三年前の夏以来、ぼくにとってずっと〝特別な存在〟でありつづけてきた鳴が、ぼくに対してこんな、なかなか他人には打ち明けられないような話をしてくれた、そのこと自体が。

「ついでに云ってしまうとね、藤岡のお母さん——美都代のほうにも、この三年でいろいろ変化があって」

と、鳴は話を続けた。このときはしかし、それまでと比べて若干、声のトーンが細くて弱々しくて——。

「三年前の妹の死が影響して、なのかどうか、本当のところはよく分からないんだけれど、一年後には彼女、藤岡のお父さんと離婚しちゃったの。それで、心配した見崎のお父さんが再婚の世話をしたりもして……」

「…………」

「……ああ、ごめんね、想くん。よけいなことを、つい」

「いえ。べつにぼくは……」

「あーあ」

と、そこで鳴は珍しく伸びをした。椅子に坐ったまま、両手の指を組み合わせて腕をまっすぐ上方へ突き出しながら、

「家族とか血のつながりとか、そういうの、いっそ何にもなければいいのに」

こんなせりふを鳴の口から聞くのも、考えてみれば初めてだった。

「でも、子供は逃げられないし。逃げたくても逃げられないでいるうちに、いやおうなく自分も大人になっちゃうし」

大人になんかなりたくない。小学生のころ——少なくとも三年前の夏までぼくは、切実にそう願っていた。けれども今は、どうだろうか。どうなんだろうか。

「あ、そうだ」

と、鳴が云った。声のトーンがまた切り替わっていた。

何だろうと思うまに彼女は、椅子のかたわらに置いてあったカバンを開けて中を探り、やがて——。

「これ」

と、ぼくに向かって差し出されたものが。生徒手帳くらいの大きさの、白い紙袋。

「すっかり渡すの、忘れてたの。おみやげ、ね」

「おみやげ?」

「いちおうほら、修学旅行で沖縄、行ってきたから」

もしかしたらこれが、きょう最も意表をつかれた出来事だったかもしれない。

「あ……ありがとう」

ぼくは恐縮して礼を述べ、受け取った袋の中を覗き込んだ。

「出していいですか」

「どうぞ」

シルバーのマスコットが付いた携帯電話用のストラップ、だった。マスコットはどうやら、有名な沖縄の伝説獣をもとにデザインされたもののようで、腹の部分には小さな緑色の石がはめこまれている。

「シーサー、ですね」

「愛嬌がありすぎるのが多いから、なるべくそうじゃないのを選んだんだけど」

「これは何か、かっこいい」

「いちおう魔除けになるらしいし。気持ちだけでも、ね」

よく見るとやはりちょっと愛嬌があって、あまり頼りにならなそうな顔つきのシーサーを、開いた掌にのせてみる。もう一度「ありがとう」と云って、それを手に握り込みながら、

「あのね、見崎さん」

なぜかしらふと気にかかって、ぼくは云ったのだった。

「一つだけ、訊いてもいいですか」

べつに今ここで訊かなくてもいいようなこと、だった。けれども鳴が黙って頷くのを見て、ぼくはその質問をしたのだ。

「さっき話してくれたその、双子の妹さん。何ていう名前だったんですか」

ところが――。

鳴とぼくを取り巻く空間が、そこに流れる時間が、このとき瞬時にして凍りついた。

生きている右の目と作りものの左の目、両方を大きく開いたまま、瞬きの一つもしない鳴。わずかに動かしかけて止まった唇。まさか呼吸まで止まっているのではないかと思われるくらい、微動だにしない上半身。

何だか奇妙な芝居じみたストップモーションと沈黙が、三秒、四秒と続いたのだ。彼女と向き合って坐ったぼく自身も、なぜかしら同様に……。

五秒六秒、七秒八秒、とそれは続き、やがてようやく。

「あの子の……」

鳴の唇が動いた。

「あの子は……」

すぐ目の前にいるのに、遠いどこかから聞こえてくるような。日中で室内は明るいのに、どこか暗闇の奥からもれだしてくるような。ぼくたちのほかには誰もいないのに、まるで誰かに「云うな」と脅されてでもいるような。――そんな、かろうじて聞き取れるか聞き取れないかの声で。

「あの子は……」

鳴は途切れ途切れに、その名前を告げたのだった。

「……ミ……サキ。……ミサキ」

続けて、「ミサキ」は「未咲」という字を……と、鳴が教えてくれたとき。

世界が一瞬、暗転した。

どくん、という低い響きとともに、ほんの一瞬。

Chapter 9

June II

1

六月の三週めも四週めも、〝関係者〟が〈災厄〉に見舞われることはなくて――。

〈五月の死者〉の一人になってしまった継永と、相変わらず学校に出てこない葉住、そして入院が続く牧瀬。三人ぶんの机と椅子が空席として固定化された教室には日々、冷たい緊張感が漂っていたが、一日が過ぎるごとにそれがだんだん薄らいでくる部分もあれば、逆にだんだん高まってくる部分もあった。先月末から始めた新たな〈対策〉が奏功しているのだと信じたい心理と、いや、まだどうだか分からないという恐れが膨らんできてしまう心理と。

両者が拮抗して、ぼくの心中にも常にあった気がする。

母親を事故で亡くした小鳥遊は、しばらくして学校へ来るようになってからも、目に見えて元気がなかった。当然だろう。彼女の気持ちを想像すると、できればもうこのクラスにはいたくないに違いない。もともとがどんな性格の子なのかは知らないけれど、そんな彼女を泉美や江藤たちがそれとなく励まそうとしている様子がときどき目に入ったりもした。

三週めからは、卒業後の進路に関する三者面談が始まった。担任教師と生徒本人と保護者、この三者が放課後に会して話し合いを持つのだ。

四週めの初めにはぼくにもその順番がまわってきたのだが、このとき保護者として来てくれたのはさゆり伯母さんで。神林先生は、学校ではぼくを〈いないもの〉として扱わなければならないから、国語の和田先生が代役を務めてくれて。――相手が担任じゃないのを伯母さんは変に思ったかもしれないが、神林先生の体調の問題として事情が説明され、いちおう納得したふうだった。

高校にはやはり行きたい。できれば県立夜見山第一高校（――鳴と同じ）に。――という希望を、迷った末にぼくは赤沢の伯父・伯母に伝えてあった。彼らはつねづね、「想くんのしたいようにすればいい。力になる」と云ってくれていた。「月穂さんも反対するはずがないだろう」とも。学力面での心配はない、というお墨付きも先生からもらっていたので、三者面談での話し合いもその方向ですんなりまとまった。

ただし——と、このときもぼくは、おのれに云い聞かせずにはいられなかったのだ。

ただし、すべては今年のこの状況を乗り越えられれば——ありていに云ってぼく自身が〈災厄〉で命を落とすようなことがなければ——の話だから、と。

2

赤沢本家のリフォーム工事は、当初の予定よりだいぶ遅れつつも進行中で、夏休みに入るころまでには終わる見通しだという。奥の座敷でほぼ寝たきりの祖父は相変わらず気むずかしくて、長びく工事についても不満いっぱいの様子だったが、ぼくが顔を出すとそれなりに機嫌よく接してくれる。黒猫のクロスケも相変わらずで、いやに人なつっこくじゃれついてくることもあれば、呼びかけてもまるで知らんふりのこともある。

リフォームが完了したら、ぼくは〈フロイデン飛井〉の部屋を引き払って、この家に戻らなければならない。のだが、繭子さんたちは「もっといてもいいよ」と云ってくれている。

「もちろん想くん次第、だけどね。どっちでも好きにしていいわよ。このままこっちにいてくれたほうが、きっと泉美も喜ぶだろうし。あの子ったら、気が強そうに見えてけっこう寂しがりやで……」

　どうして伯母さんたちは、さゆりさんも繭子さんも、こんなに優しくしてくれるんだろう。三年前まではほとんど会う機会もなくて、顔もよく知らなかったような甥っ子なのに。

　そう考えるとどうしても、たまに電話があっても満足な会話が成立しない月穂のことが思い出されてしまう。それで胸が詰まるような気分になるのが自分自身、とてもいやだった。


　ペントハウスの赤沢家に招かれて夕食をごちそうになる機会が、この間に二度あった。うち一度は、さゆり伯母さんと春彦伯父さんも一緒だった。そのときには、どういう流れでだったか、むかし死んだぼくの実の父親——冬彦の話も少しだけ出たのだけれど、自分でも意外なくらい、ぼくは冷静でいられたように思う。

「あんなことになっていなければね」

　繭子さんがそう呟いていた。「あんなこと」とはつまり、十四年前の冬彦の死——精神を病んだ末の自殺——だったわけだが、そう云われてもぼくは反応に困った。

　顔もまるで憶えていない実の父に対して、今の自分がどんな気持ちでいるのか。——正直云って、よく分からなかったから。

　悲しかったり寂しかったりする感情が皆無だとは云わない。云わないがしかし、ひどく実感が乏しい、というのが本当のところだったから。それは——。

それはたぶん、ぼくは幼いころからずっと、母方の叔父である晃也さんに〝父親〟を感じつづけていたからなんだろうと思う。その晃也さんと、ぼくは三年前の夏にもう「さよなら」をしたから。だから……。

ペントハウスでは、ドイツに長期滞在中の泉美のお兄さん（名前は奏太。年齢は二十五だという）の部屋を改めて覗いてみたりもした。

長らく〝主〟が留守にしているのが一目瞭然の、隅々まできちんとかたづきすぎている室内の様子。壁の一面を埋めた書棚には、泉美が云っていたとおり、内外の推理小説やその関連書がふんだんに並んだエリアがあって——。

泉美に勧められるままに、何冊か借りて帰ることにした。

難解そうだけれども読んでみたいなと以前から思いつつ、何となく図書館では借りそびれていたウンベルト・エーコの『薔薇の名前』上下巻を。それから、これは初めて目にとまったタイトルで、あまりミステリっぽくはないようなのだが、アゴタ・クリストフという作家の本を一冊。——『悪童日記』。

3

そうこうしているうちに六月も、最後の週に入ったのだった。

この週が無事に終われば――と、誰もが切実に願っていただろう。もちろん、ぼくもだ。実行中の〈対策〉の有効性が、そこでようやく確信できるのだから。

二十五日、月曜日。

梅雨の晴れ間で、この日は朝から雲一つない好天だった。

ぼくはいつもよりもさらに少し早起きをして、学校へ向かうまでの時間を夜見山川の河川敷で過ごしたのだが、このときたまたま、川の上でホバリングしているカワセミと遭遇した。反射的に指を組み合わせて仮想のファインダーを作りながら、同じこの河川敷で前回この鳥を目撃したときのことを、自然と思い出していた。葉住結香が一緒にいて、話の流れが何やら苦手な方向へ動こうとしていて……あれがそう、四月のなかばを過ぎたころ。もう二ヵ月前の……いや、まだ二ヵ月前の。

あれからもう二ヵ月が経ってしまったのか。あれからまだ二ヵ月しか経っていないのか。両方の想いが交錯して、それからふと、今ごろ葉住はどうしているだろう、という想いが持ち上がってきて――。

どうにも複雑な気持ちで、カワセミのホバリングに仮想のシャッターを切ったとき、だった。カバンに入れてあった携帯電話の振動に気づいた。

「やあ、おはよう」

応答に出るなり、聞こえてきたのは幸田俊介の声だった。思わずぼくは訊いた。

「どうしたの、こんな早くに」

時刻は午前七時を何分か過ぎたところ。朝のＳＨＲが始まる八時半まで、ずいぶんとまだ時間がある。

「どこから？　家？」

「いや、部室から」

「はあ？」

校門が開かれるのは毎朝、確か七時のはずだ。開門とほぼ同時に登校して、いま生物部室にいるわけか。

始業前に俊介が部室に立ち寄るのは珍しい話ではないけれども、この時間からというのは早すぎる。運動部の朝練じゃあるまいし、いったい……。

「想はもう家を出て、今ごろ河原でも散歩中かな、と思ってね」

長いつきあいだから、俊介にはぼくの〝日課〟も把握されている。それはいいとして、どうしてわざわざ今、電話を？

――という疑問には、すぐに答えが示された。

「想も今から学校へ来て、ちょっと部室に寄っていかないか。文化祭に向けて、生物部の展示の相談をそろそろ……」

「文化祭は秋だろう」

「準備を始めるのは早いほうがいい」

「何もこんな、朝一番にその相談をしなくても」

「まあまあ、そう云わず。思い立ったが吉日、ってやつね」

「——にしても俊介、きょうは何でこんなに早く？」

「ああ、それは」

答えながら俊介が、ごそごそと身を動かす音がした。

「きのうも例によってちらっと覗きにきたんだけど、ここ数日、ウーちゃんの様子が少し変、というか、元気がなくてね。餌をやってもあまり食べないし、反応も鈍いし」

ウーパールーパーの二代目ウーちゃん、が？

「前のウーちゃんが新学期早々、お亡くなりになったばかりだしなあ。どうも心配だから、朝一で様子を見にきたんだが」

「病気とか？」

「いや。さっき餌をやったらがっつり食べたから、とりあえず大丈夫だろう」

「良かった」

「まあしかし、もしものことがあったらあったで、今度こそぼくが、心を込めて美しい透明標本に……」

ああもう、また云ってる。

「反対」の意を告げようとぼくが口を開こうとした、そのとき。

「うわっ」

と、何かしらふいをつかれたような短い叫びを、俊介が発したのだ。

「な、何でだよもう」

ざざっ、ががが……と、電波が乱れたような雑音(ノイズ)がひとしきり入る。ぼくが驚いて、

「どうした」

問いかけると、俊介は「あ、いや」と答えを濁し、

「何でもな……」

そこまで云ったところで言葉が切れ、「うわっ」とまた短く叫んだ。

「あ……つううっ！」

「どうしたんだよ。何が？」

答えはなくて、代わりに携帯を机の上にでも放り出すような音が聞こえた。ぼくは懸命に耳を澄ましたが、向こうの様子は窺(うかが)い知れない。——やがて。

「ああもう、まいったな」

俊介の声が電話に戻った。

「どうしたの」

「いやあ。プラケースの上蓋が、どういうわけかちょっとずれてしまってて、隙間からトビーが脱走して」

「ええっ」

「いま捕まえて戻したんだが、思いきり咬まれてしまった。いてて……」

去年の秋に捕獲して飼育を始めたムカデの名前、それが「トビー」だった。頭部の鳶色（実物はもっと赤みがかって見えた）が特徴の、十五センチ大のトビズムカデで、だから名前はトビー——と、これは俊介の命名。

生物部員のくせにぼくは、たとえばゴキブリだのカメムシだのウジだの、いわゆる不快昆虫のたぐいが得意じゃない。いわんやムカデをや！——なので、部室でのトビーの飼育には反対したのだが。正確にはムカデは昆虫ではないにせよ、だ。

「大丈夫かい」

訊くと、俊介は「うう」とつらそうな声をもらしながらも、

「平気だよ。痛いけど」

「保健室、行ったほうが」

「まだ開いてないだろう。処置の仕方は分かってる。こいつに咬まれるのは、捕まえたときに一度、経験済みだから。ステロイド軟膏も持ってるし」

「本当に大丈夫？」

「ああ、大丈夫」

「じゃあ、とにかく今から学校へ行くよ。ここからだと二十分くらいかな。いい?」

「いいとも……うっ、いててて」

電話を切ってカバンに戻した。鳴にもらったストラップのシーサーが、朝陽を受けて鈍く光った。

4

グラウンドの南側にある裏門に着いたのが、それから十数分後のこと。移動を始めた直後はさほどでもなかったのだが、学校が近づくにつれてぼくの胸中では徐々に不安が膨らんできていて……そこで一度、俊介の携帯に電話してみたのだ。ところが——。

電話はつながらなかった。

相手が応答に出ないのではない。そもそも呼び出し音が鳴っていないようで、「電源が入っていないか電波の届かない場所に……」という定型メッセージが流れるばかりで。

なぜに?

校内に入り、朝練に励む運動部員たちの姿がちらほらと見られるグラウンドの脇を抜けて、0号館へ向かった。向かううちにだんだん歩行速度が上がって、目的の旧校舎が見えてきたころにはほとんど駆け足になっていた。

文化祭の相談をするためだけなら、こんなに急ぐ必要もないのだ。なのにこうなってしまうのは、膨らみつづける不安の、そしてどうにも抑えがたい胸騒ぎのせいで……。

さっきの電話中にムカデに咬まれたとき、俊介が発した「うわっ」という声が耳から離れなかった。

幸いぼくは経験がないけれど、相当な激痛だという。患部とその周囲が毒でぱんぱんに腫れるともいう。俊介は「大丈夫」と云ったが、もしも毒が身体にまわって……いや、ムカデの毒は人に死をもたらすほど強力ではないはずだし、俊介が云ったとおり、咬まれたあとの処置は正しく心得ているだろうし。だからそう、めったなことはないはず。ないはずなのだけれど、万が一にも何か……というような思考で、頭の中がぐるぐるしてしまって。

まさか、とは思う。思いたい。

思いたいが……ああ、お願いだから、何ごとも起こっていないでくれ。

0号館に着くころにはもはや、ぼくは祈るような気持ちになっていた。

「比良塚くん」

校舎の入口手前で、いきなり横手から呼びかけられたときには、だから飛び上がって驚いたのだ。声の主は、この季節でも黒ずくめの第二図書室司書——千曳さん、だった。

「どうしたのかね。こんな時間に、そんなに慌てて」

こんな時間だから当然、千曳さんも学校へ来たばかりのようで、古びた箱形のカバンを右手に持っている。

「部室へ。生物部の」

はやる気持ちを抑えて足を止め、ぼくは答えた。汗が幾筋も首を伝った。

「俊介……幸田くんがいるんです。それでその、何だか心配で」

「心配？」

千曳さんは速足でこちらに歩み寄りながら、

「何か心配になるような問題が？」

「さっき携帯から電話があって、その……」

「幸田くんというのは、部長の彼だね」

「はい。俊介は一組なんですけど、双子の弟の敬介が、三組で」

とたん、千曳さんは「なに？」と険しく眉(まゆ)をひそめて、

「〝関係者〟なのか」

「さっき電話で、その……ムカデに咬まれたらしいんですが、本人は大丈夫だと。ですけど、あの……」

気ばかりが焦ってうまく状況を説明できないでいるぼくを、千曳さんが鋭く促した。

「行こう」

二人して校舎に駆け込み、部室の入口の前まで辿り着いたとき。

木製の引き戸の向こうから、きゅきゅ、きゅ……という甲高い音が聞こえてくるのにまず、気づいた。これは？　中で飼っているハムスターの鳴き声、か。小さな音ではあったが、違和感を禁じえなかった。普段はあまりこんなふうに鳴くことがない連中なのだ。なのに……と、それだけで悪い予感が倍加する。

ああ、まさか。まさか本当に、中で何かが？

息を止め、思いきって戸を開けた。そうして目に飛び込んできた室内の光景に――。

ぼくは瞬間、動きを失った。喉が引きつってしまって、「あ、あ、あ……」と声を詰まらせるばかりだった。

「いけないっ」

千曳さんが叫び、カバンをその場に放り出して先に駆け込んだ。

「おい。大丈夫か」

それを追ってやっと、ぼくも足を踏み入れたのだ。ひとめ見てもう、これは尋常じゃない事態だと分かる部屋の中へ。

正面の、南向きの窓にはベージュのカーテンが引かれたままだった。天井付けの蛍光灯が白々と光る下――。

それは惨状、と云ってもいいようなありさまだった。

入って右手の壁ぎわに並んでいた背の高いスチール製のオープンラック。そのうちの一つが倒れてしまっていた。近くに据えられた大机の縁にぶつかり、傾いだ状態で止まっているが、床とのあいだに残された角度は三十度くらい。棚に置いてあった大小の雑多な品々——さまざまな器具や容器、瓶や缶や段ボール箱、本やノート、書類ケースなどなど——のほとんどが、投げ出されたり滑り落ちたりしてあたりに散らばっている。

ラックが倒れ込んだ大机には、飼育用の水槽やケースがたくさん置かれていて、ラックそのものと棚から落ちてきた品々によって、それらが割れたり倒れたり、机の上からはじきだされたりしていた。割れた水槽のうちのいくつかには水が張ってあったから、破損で流れ出した水で机も床も水びたし。中で飼われていた魚や蛙、イモリなんかも流れ出してしまって……魚たちは呼吸ができなくてぴちぴちとはねまわり、自由を得た蛙やイモリたちは逃げ惑っている。

机上からはじきだされた飼育用プラケースの蓋が取れ、逃げ出してしまった昆虫や蜘蛛のたぐいもいた。カナヘビやニホントカゲが飼育されていた水槽も割れていて、彼らの姿はもはや見当たらない。ハムスターのケージは離れた別の机にあったので難を逃れていたが、興奮のためか恐怖のためか、中の二匹はさっきからずっと騒がしく鳴きつづけていて

……。

……と、そんな惨状の中心に、幸田俊介がいたのだ。千曳さんが「大丈夫か」と叫んで駆け寄っていったのは、当然ながら彼のもとへ、だった。

いったい何が、どういう順番で起こったのかは定かでない。ただとにかく、俊介は今、机の上の割れた水槽の一つに、顔を突っ込むような姿勢で倒れ込んでいる。

「おいっ。幸田くん」

駆け寄った千曳さんが、俊介の肩に手をかけた。

「幸田……や、まずいぞ、これは」

「――俊介」

ようやくまともに声が出せた。

水びたしの床ではねまわる魚やその他の動物たちを踏まないように気をつけつつ、ぼくも彼のそばへ歩み寄った。

「ああ……俊介」

彼が倒れ込んでいるのは、ウーちゃんを飼っていた水槽だった。割れてしまってなお、中にはいくらか水が残っている。ところが、見るとその水が、毒々しくも鮮やかな赤い色に染まっているのだ。毒々しくも鮮やかな……血の、赤。

水槽に倒れ込んだとき、割れたガラスで喉を切るかどうかしたのか。

「俊介？」

呼びかけても、反応はなかった。

おろおろと泳がせた視線が、床にへばりついている動物の死骸を捉えた。無惨な、ピンク色の肉塊……これはウーちゃん、か。水と一緒に水槽から流れ出たのを、俊介が誤って踏み潰してしまったのかもしれない。

「幸田くん！」

千曳さんの呼びかけにも、反応はない。応える声はないし、身体の動きも……いや、だらんと垂れ下がっていた左腕が、ぴくりとわずかに動いた。

千曳さんが後ろから俊介の胴に両手をまわし、そのまま上体を引き起こそうとする。

「手伝ってくれ」

命じられて、二人がかりで俊介の身体を机から引き離し、手前の床に寝かせた。

喉の傷は深そうだった。顔から首、シャツの襟もとから胸にかけてが、流れ出る血で赤く汚れている。眼鏡のレンズも血で汚れ、その下の目が開いているのか閉じているのかも分からない。

「そこのタオル、取って」

「は、はい」

云われて手渡したタオルを、千曳さんは俊介の喉に押し当てる。見る見るタオルに赤い染みが広がる。力なく床に伸びた俊介の足が一瞬、かすかに震えた。

「おい、しっかりしろ。おいっ」

声をかけながら千曳さんが、俊介の口もとに耳を近づける。

「俊介っ」

ぼくは俊介の手を握った。握り返してくる力はない。ひどく冷たく感じるのは水で濡れているせいか、それとも……。

「死なないで、俊介」

「まだ息はある。とにかく救急車を」

千曳さんが云った。

「119番。頼めるか」

「はい」

俊介の手を握ったまま、携帯が入っている自分のカバンの行方を探した。部屋に入ってすぐのところに放り出してあった。

「死なないで、俊介」

同じ言葉を呟いて、彼の手を離した。とたん、俊介の足がまたかすかに震えて……。

……俊介。

カバンに向かってまろぶように駆け、中から携帯を探り出しながら。

まさか……俊介、死ぬのか。このまま死んでしまうのか。

俊介の顔を染めた血の色に、一ヵ月前のあの雨の日、継永の首から噴き出した鮮血が重なって見えた。あのときは、たまたまぼくと一緒に事故を目撃した俊介が、自分の携帯で救急車を呼んだのだ。なのに今は……。

……死ぬのか、俊介。今度はきみが。

つい三十分ほど前までは、あんなに普通に喋っていたのに。

ぼくはぶるぶるとかぶりを振って、取り出した携帯を持ち直す。だが、指が震えてうまく番号が押せない。——そのとき。

ふと目にとまったものがあった。

床に寝かされた俊介の、足もとから腹のほうへ向かって這っていく、黒い小さな……あれは虫、か。爬虫類用の生き餌として飼っていたコオロギ？　よく見ると、それが何匹もいる。ケースが机から落ちて蓋が外れ、逃げ出した多数のうちの何匹かが今、俊介の身体に……。

その光景がたぶん、引き金になったんだろうと思う。ぼくの頭の中——心の片隅にある小箱の封印が、このとき解けてしまって。そこに閉じ込められていたものたちが、すると次々に溢れ出してきて……。

……汚れたソファに横たわった誰かの死体。

腐った皮膚。腐った肉。腐った内臓。……群がり蠢く無数の虫たち。

おぞましいその虫たちが、ぼくの脳内から今のこの〝現実〟へと、ぞろぞろと這い出してくる。ぼくの口から。ぼくの鼻から。ぼくの目から。ぼくの耳から。ぼくのありとあらゆる皮膚の毛穴から。そうしてそれらが、大挙して俊介の身体に這い寄り、這いのぼっていくのだ。生死の境にいる彼を、確実に〝死〟に引きずり込むため——。

「ああ、やめて」

ぼくは弱々しくあえいだ。

目的を達していないというのに、手に力が入らなくなって携帯を取り落としてしまう。がくがくと全身が震えだし、立っていられなくなって床に膝と手をついた。呼吸が苦しくなってきて、さらには急激な眩暈が……。

「比良塚くん？」

ぼくの様子に気づいた千曳さんの声。

「どうした、比良塚……」

ちゃんと憶えているのはここまで、だった。

ごめん……俊介。

絶望的な気分に打ちひしがれながら、ぼくはその場に倒れ伏してしまい、同時に意識が〝現在〟から遠のいていった。

5

病院へ救急搬送された幸田俊介の死亡が確認されたのは、この日の午前九時のことだったという。救急隊が駆けつけたときにはまだかろうじて息があったのだが、搬送中に心肺停止。手を尽くしたものの蘇生はならず……。

昼過ぎになってぼくは、A号館一階にある保健室のベッドで、その事実を知らされたのだ。

知らせにきてくれたのは千曳さんだった。部室で倒れて保健室に運ばれて、いったん目覚めたものの起き上がれないまま、とろとろと眠りつづけていたらしい。いやな夢を繰り返し見ていたような気がするけれど、内容はまるで思い出せなかった。

「申しわけありません」

ベッドサイドのスツールに腰かけた千曳さんの姿を認めると、ぼくは力なく謝罪した。

「あんな大変なときにぼく、あんな」

「気にしなくていい」

千曳さんはゆるりと首を横に振った。

「大変だったのはまあ、確かだが。きみがいきなり倒れてしまったのにも驚いたが、ショックを受けて当然の状況だ。誰も責めたりはしない」

「…………」

「ちょうどあの直後、騒ぎに気づいた先生が一人、来てくれてね。きみの介抱は彼に任せて、私は行きがかり上、救急車に同乗して病院まで行ってきたんだよ。担当の医師とも話をしてきたが……」

俊介の、直接の死因は失血だったという。喉のあの傷がやはり、相当な深手だったらしい。ただ――。

「ただ、それ以前に幸田くんの身体は、別の原因でかなり危険な状態にあったのではないか。というのが医師の診立てでね」

別の原因？　危険な状態？

枕に後頭部をのせたまま、ぼくは首を傾げる。まだ少しぼうっとする頭の中で、それでも一つ思い当たったことがあった。

別の原因とは、もしかしてもしかして――。

「もしかして、あの……ムカデに咬まれたのが、何か」

「そうだ」

千曳さんは険しく眉を寄せて、

「きみから聞いていたムカデの件を、医師に伝えたんだ。右手にその傷痕（きずあと）があるのも確認された。で、医師が云うには、ひょっとすると幸田くんはアナフィラキシーショックを起こしたのかもしれない、と」

「アナフィラキシー……」

「全身性の、激烈なアレルギー反応。体内に入ってきた異物に対する免疫機能が暴走して、さまざまな病的症状が出る」

「あ、はい。それは」

その言葉も、そのだいたいの意味も知っていた。

アナフィラキシーショックと聞いてまず思い浮かぶのは、蜂刺されは二度めが危ない、という話だ。一度めはたいてい局部的な炎症だけで済むが、それで蜂の毒に感作して、二度めには命にかかわるような激しいアレルギー反応を起こしかねない。これを殺人のトリックに利用した短編小説を、去年だったかおととしだったか、読んだこともあった。

「でもあの、ムカデの毒でそんな」

「ごくまれに起こるらしい。確率は一パーセント、とも」

「確かに俊介は、去年も一度ムカデに咬まれたことが。そのせいで？」

「可能性あり、だな」

千曳さんは溜息をついて、

「アナフィラキシーショックといえば蜂毒が有名だが、二度めに刺されたとき必ず、というわけでもない。過去に何度も刺されて、その積み重ねの結果、という場合もままあるそうだね。ムカデ毒については、いかんせん症例が少なくて不明点も多いらしく」

「何かその、積極的にアナフィラキシーショックを疑うような所見が？」

「もっと詳しく調べてみないと確言はできない、と。しかし——」

千曳さんはストゥールから腰を上げた。

「直前にムカデに咬まれた事実があって、なおかつ全身に蕁麻疹の痕と思われる浮腫が見られたこと。加えて、これは私が医師に説明したわけだが、あの部室の様子やそこから推測される事故の経緯、それらを総合して考えると……」

「事故の、経緯」

「きみが幸田くんと電話で喋ったあとの三十分で、いったい何が起こったのか。彼が、単に誤って棚を倒したり水槽を割ってしまったり、というだけでは無理がありそうだろう」

「ああ……はい」

弱々しく答えるぼくを、千曳さんは眼鏡のフレームに指を当てながら見すえる。

「仮に彼が、きみとの電話を切った直後、ムカデ毒によるアナフィラキシーショックを発症したのだとしよう。そうすると、ひどい場合には短時間で急激な血圧の低下が、さらには呼吸障害が引き起こされてしまう。これを放っておくと、症状は全身の痙攣、意識の消失へと進行しうる。実際の症状がどの程度のもので、本人がそれをどのように理解したのかは知るよしもないが……急にぐあいが悪くなって、その場から動くこともままならず、あるいは助けを呼ぶために携帯電話を使おうとしたかもしれない。ところが、指が震えてうまく操作できず……」

「彼が顔を突っ込んでいた、あの水槽の中にあったよ。うまく操作できないまま、取り落としてしまったんだろう。水に浸かって使えなくなっていた」

千曳さんが淡々と、けれども重苦しい声で語るのを聞きながら——。

ぼくの頭の中には、本当は想像したくもないそのときの光景が、妙な生々しさをもって映し出される。

「いいとも……うっ、いててて」という言葉を最後に、ぼくとの電話を切った俊介。ムカデに咬まれた傷を押さえながら、カバンから薬を取り出そうとする。——が、そこで襲いかかるアナフィラキシーショックの症状。

急に広がってきた蕁麻疹のかゆみを不審に思うまもなく、手足が痺れだし、血圧の急低下でまともに立っていられなくなり、たまらずオープンラックにしがみつく。そのせいでラックが倒れ、落ちてきた品々が大机の上の水槽などを破壊する。ラックと机のあいだに身を挟まれるのは免れたものの、思うようにその場から逃げ出せない俊介。助けを呼ぼうと携帯を取り出すも、水に落としてしまって焦る。そして——。

割れた水槽から流れ出して床に落ちたウーちゃんを、前後不覚に陥った俊介が踏み潰してしまう。ウーちゃんにとっても俊介にとっても、この上なく不運な成り行きだった。足を滑らせて体勢を崩した俊介はその勢いで、割れた水槽に顔を突っ込む恰好で倒れてしまって……。

ガラスで切った喉からの、多量の出血。その間にも、アナフィラキシーショックによる身体症状は進行する。呼吸困難、さらなる血圧の低下、意識の消失……。

「……ううっ」

ぼくはたまらず呻いた。息が苦しかった。肺の空気をポンプで抜き取られてでもいるような感覚を、胸に覚えた。

「何で、よりによってそんな。ふつう起こりますか、そんな……」

「普通はめったに起こりそうもない、不運の連鎖……うむ。そのとおりだ」

千曳さんが答えた。眼鏡を額に上げて、右手の親指と人差指を目頭に押しつけ、揉みほぐすように動かす。

「しかしね」

と、それから千曳さんは、覚悟を決めて絞り出すような声で云ったのだ。

「普通はめったに起こらないようなことであっても、それが起こってあえなく〝死〟に引き込まれてしまう。だから、つまりこれは、件の〈現象〉によってもたらされる〈災厄〉

の、典型的な一例だと云えるだろう」

6

決定的なひと言、だった。

「件の〈現象〉によってもたらされる〈災厄〉」——そうなのだ。それが今朝、三年三組の〝関係者〟である俊介の身に降りかかって……。

「千曳さん」

ぼくは枕から頭を上げ、上体を起こした。息苦しさはまだ続いていた。

「俊介は——幸田くんは、本当に死んじゃったんですね。もう戻ってこないんですね」

千曳さんは無言で頷(うなず)いた。

「病院には、敬介も？」

「双子の弟くんだね。——ああ。連絡を受けて、大慌てで病院までやってきた。そのあとすぐにご両親も」

「…………」

「ご両親はもちろんだが、弟くんの取り乱しようは特に激しくて……」

遺体にとりすがり、「何でおまえなんだよ」と云いながら泣き崩れていたという。〝呪われた三年三組〃の一員は自分のほうなのに、なぜクラスの違う俊介が？　――そんな理不尽を強く感じたんだろう。

「きみたち」

と、そこで千曳さんが云った。当然、ぼくに対してではない。ベッドの、千曳さんが坐っていたストゥールがあるのとは反対側――ぼくから見て左側――から足もとの側にかけて引かれている、白いカーテン。そちらへ目を上げて。

ほかに誰かがいるのか――と、このときやっと思い至った。

「きみたち」という呼び方からして、相手は保健室の先生ではない。たぶん生徒で、しかも複数……。

「もういいだろう。こっちへ来たまえ」

千曳さんの声に応えて、カーテンが小さく揺らめいた。白い布地の向こうに誰かの影が透けて見えた。かと思うと、そろりとカーテンが開かれ――。

現われたのは、よく見知った二人のクラスメイトだった。赤沢泉美と矢木沢暢之。

二人は一歩、二歩とベッドに近づいてきたが、ぼくの顔を見ようとはしない。話しかけようともしない。当惑、あるいは狼狽のような表情で、ベッドサイドに立つ千曳さんに視線を投げかける。

「もういいだろう」

千曳さんがまた、かすかな溜息とともにそう云った。

「今そこで聞いていたとおりだ。今朝の幸田くんの急死は〈災厄〉に見舞われた結果である、と見なしてまず間違いない。だからつまり――」

言葉を切って千曳さんは、泉美と矢木沢、そしてぼくを順に見ていった。

「先月から始まってしまった〈災厄〉は、今月もまだ続いている。防がれてはいない」

受けて、泉美が口を開いた。千曳さんの顔をまっすぐ見ながら、

「これ以上、いま行なっている〈対策〉を続けても無駄、っていうことですか」

「残念だが」

千曳さんは厳しい面持ちだった。

「そう判断せざるをえない」

「ああ……」

泉美は悔しげに唇を噛んだ。となりに立つ矢木沢も同じような反応だった。

なおもいくらかの間があって、二人の目がやっと、ぼくの顔に向けられた。それに応じて、ぼくもやっと口を開いた。

「だめだったみたい、だね」

泉美と同じ悔しい気持ちで……大きな無力感に打ちのめされながら。四月に最初の〈対策〉を始めて以来、初めて校内で彼女たちに対して発した言葉、だった。

「いくらぼくが〈いないもの〉をやりつづけたところで、もう」

「そうだなあ」

矢木沢がしょぼくれた声で云った。

「もうその必要もない、か。今年の〈対策〉はここでおしまい、だな。万策尽きた、ってやつか」

「――のようだね」

ぼくはベッドから降りようとして、かけられていたタオルケットを押しのけた。身体がまだふらふらした。

「新たに試みていた〈対策〉も効果がないと分かって……こうなるともう、どうにも手の打ちようがないんですね」

と、これは千曳さんに向かって云った。千曳さんは何とも応えてくれなかった。厳しい面持ちを変えずに深々と息をつき、わずかに首を振った。

保健室の戸が開く音がして、まもなく新たな人物がベッドのそばに現われた。担任の神林先生、だった。

千曳さんも含めたぼくたち四人の様子を見て、先生もおのずと「〈対策〉の終了」という事態を呑み込んだようで――。

「四月からずっと、大変だったでしょう」

どこかしらぎこちない微笑をたたえて、ぼくにそう声をかけた。

「比良塚くんは本当によく頑張ってくれたと思うわ。けれども、きょうからはもう〈いないもの〉にならなくていいから。教室でも、普通にみんなと……」

そんなふうに云われてもしかし、このときのぼくにはどうしたって、自分が責められているようにしか聞こえなかったのだ。

いったいどうして、こんな結果になってしまったのか。――詮方ない問いかけが幾度も幾度も頭の中で繰り返されて、ぼくはひたすら暗然とするしかなかった。

7

二日後。――六月二十七日、水曜日。

古池町の斎場で執り行なわれた俊介の葬儀に、神林先生に申し出て学校を半日休む許可を得たうえで、ぼくも参列した。クラスメイトではなかったけれど、彼が部長を務めた生物部の代表として。二年と少しのあいだだったけれど、それなりに親しいつきあいを続けてきた友人としても――。

二日前の晴天とは打って変わって、この日は朝から途切れなく雨が降っていた。

ぼく以外にも何人か、夜見北の制服を着た参列者がいた。たぶんみんな、俊介と同じ三年一組の生徒なのだろう。一組の担任教師の姿もあったし、生物部顧問の倉持先生も来ていた。千曳さんもいた。彼らの誰とも言葉を交わすことなく、ぼくは式場のいちばん後ろの隅に坐っていた。——まるでみずからを〈いないもの〉として扱うように。

僧侶の読経が始まると、ぼくはことさらに強く目を閉じて、そのままずっと開けずにいた。すると当然のように、おとといの朝、電話で最後に聞いた俊介の声が思い出され、部室のあの惨状が思い出され……。

……あの日。

保健室で千曳さんたちと話をした、あのあとの諸々(もろもろ)はよく憶えていない。いや、憶えていなくはないのだが、自分のことも、まわりのことも、すべてが本当の〝現実〟からは隔てられたところにあるような感覚で。こうして思い出してみても、何だかまるで、劣化したモノクロの記録フィルムのようにしか再生できなくて……。

……あの日。あのあと。

ああいう死亡事故が発生した場合の決まりごとで、警察が現場の状況を調べにきた。それでぼくも、事故の発見者の一人として事情を聴取されたのだ。あのときはそう、千曳さんも同席してくれて……ぼくはただ、ありのままを答えた。といっても、ぼくも千曳さんも、〈現象〉や〈災厄〉にまつわる事柄はいっさい話していない。話してみたところで警察に何ができるわけでもないし、そもそも彼らが真に受けてくれるはずもないし。

結局あの日、ぼくは一度も教室へは行かずに学校を早退して……事故の話を聞いたさゆり伯母さんの、ひどく驚いた顔。先月の継永の死も小鳥遊のお母さんの死も、伯母さんは知っているから……だから当然、驚きに加えて不審や不安、恐れも感じただろう。

夜には泉美が部屋に来て、何も喋ろうとしないぼくにいろいろと話しかけて、だけどそれは〈現象〉や〈災厄〉とはまるで無関係な話題ばかりで……あれはきっと、ぼくを元気づけようとしてくれていたんだろう。それなのにぼくは、やはり何も喋ろうとはしなくて……ほとんどうわの空のような状態で。

翌日——つまりきのうもぼくは、学校へはどうしても行く気になれず、部屋に閉じこもって過ごした。そうしてその間ずっと、「どうして」という詮方ない問いかけを、詮方ないとは重々承知しながらも繰り返しつづけていたように思う。

いったいどうして、こんな結果になってしまったのか。

いったいどうして、どうして、どうして……。

もしもぼくが、四月からの一連の流れの中でもっとうまく行動していたら。——そんな、これも今さら思っても詮方ない後悔が、自責の念を伴って心に広がってきた。

もしもぼくが、もっとうまく……たとえばそう、〈二人めのいないもの〉を務めてくれていた葉住があんなふうになってしまわないよう、何とかできたんじゃないか。自分の意に添わなくても、そういう対応がいくら苦手であっても、あの時期にぼくが、彼女の気持ちを無理にでも受け入れて、彼女が孤独に陥ったり追いつめられたりしないようサポートしていたら……などと。

そのような仮定はもはや、これっぽっちの意味もない。ないと分かってはいるのだが――。

そんなこんなできのうは終日、ぼくは何もせず、何をする気力も持てず、独り暗然と時間を過ごしていたのだ。泉美が心配してまた部屋に来てくれたのにドアも開けず、矢木沢から電話があっても応答に出ず……夜も深まってきたころにようやくPCを立ち上げ、俊介の死を知らせるメールを鳴に送ることができただけ、だった。本当は電話で話すなり会いにいくなりしたかったのだけれど、とてもそれは無理だとあきらめてしまうくらい、ぼくの心は弱っていた感じで……。

……読経が終わった。

式場内の空気は暗くて重苦しくて、そこかしこから啜り泣きが聞こえてくる。ぼくはしっかりと目を見開き、膝の上に置いた両手をきつく握りしめる。

きょうの葬儀の時間・場所を伝えてくれたのは、顧問の倉持先生だった。ゆうべ遅くにかかってきた電話で――。

「きみにはやはり知らせておかねば、と思ってね。もしも行けそうな気分なら参列を。私も行くつもりだから」

先生がそう云うのを聞いてやっと、多少なりとも気を持ち直せた――〝現在の現実〟に立ち戻れた――ような気がしたのだ。

どうにも後戻りのできない事実として、幸田俊介は死んだ。死んだ人間は、そうだ、ちゃんと弔われなければならない。ぼくはその弔いに立ち会って、ちゃんと俊介にお別れを告げなければならない。だから……。

三年前の〈湖畔の屋敷〉での経験が、その記憶が、ぼくの心の深い部分に直接そう囁きかけたのだった。

焼香のさい、遺族席に坐った俊介の両親と敬介に向かって、深く頭を下げた。親たちはぐったりと疲れ果てた様子で、そのとなりの敬介は、きょうはコンタクトレンズではなく、俊介と同じ銀縁の眼鏡をかけていた。二人の顔がそっくりだなと実感したのは、このときが初めてだったように思う。

遺影と向き合って手を合わせながら、込み上げてきそうになる涙をこらえた。友だちの死はむろん悲しいけれども、ぼくはここで泣いたりはしない。三年前に晃也さんが逝ってしまったあのときだって、ぼくは……。

――想に万が一のことがあれば、ぼくが骨を拾って標本にしてやるから。

いつだったかの俊介の軽口が、ふと耳によみがえった。実際に耳もとで彼の声が聞こえたような気がして、ぼくは思わず遺影を見直す。黒縁の額に納められた写真の俊介は、はにかんだような笑顔だった。

活動の要を担っていた部長の俊介がいなくなって、生物部はしばらく開店休業状態になるかもしれない。――にしても。

部室で飼育している動物たちのうち、二日前の事故のとき脱走して、死んだり行方不明になったりしたもの以外をどうするか。これは大きな問題だった。

どうしようか、俊介。

心中で問いかけてみてももちろん、答えが返ってくるはずもなくて。

さよなら、俊介。

ぼくはそっと目を閉じて、変わり者の生物部部長に別れを告げた。

8

斎場の前で、火葬場へ向かう黒い車の列を見送ったあと――。

切ってあった携帯電話の電源を入れると、留守録の表示が二件あった。

一件めは月穂からの。ああ……よりによってこのタイミングで、なのか。

――あ、想ちゃん。わたしです。このあいだは急に行けなくなって、ほんとにごめんなさいね。

先月の継永の死も、二日前の俊介の死も、おそらく彼女は知らないでいるんだろう。いや、ひょっとしたらさゆり伯母さんから話を聞いている可能性もあるが、だとしてもさほど気にしてはいないんだろう。

——美礼もすっかり元気になったし、今度こそそっちで一緒にお食事を、と思って。次の日曜日……もう七月になっちゃうけど、美礼を連れて行くつもりです。詳しいことはまた連絡しますね。

思わずやはり、溜息が出た。

あの人がいま実際のところ、ぼくに対してどんな想いを抱いているのか。何を考えていて、何をしたいのか。——ぼくには分からない。いや、「分からない」ではなくて「分かりたくない」、なのかもしれないが。

二件めの留守録は見崎鳴からの、だった。記録された時刻は午前十一時前。高校から、授業の合間にかけてくれたのか。

——幸田くんっていう生物部の部長さんとは、想くん、仲良しだったんだよね。

いつもと変わらない調子で話す鳴の声に、ささやかな安堵(あんど)を覚えつつ……。

——ショックだろうし、つらいと思うけど元気、出して。

……ああ、ありがとう。ありがとう、見崎さん……鳴。

「ありがとう」

と、われ知らず声を出してしまって、ぼくは独りおろおろして。

――〈対策〉は結局、どれも失敗してしまったみたいだけれど……だめだよ、想くん。ここで自分を責めたりしたら。いい？　いくら自分を責めても、何にもならないから。

三年前のあの夏と変わらず、鳴はぼくの心の内側をすっかり見透かしているかのようで。

――メールもいいけど、必要ならいつでも電話してきて。会いにきてくれてもいいし、わたしがまた会いにいってもいい。ね、想くん。〈対策〉が失敗しても、まだ……。

と、そこで急に激しい雑音（ノイズ）が割り込んできて、メッセージは途切れていた。

9

午後からの授業には出席するつもりで、ぼくはこのあと斎場から学校へ向かったのだ。ところが、古池町からのバスを降りて少し歩いて、夜見北の正門が見えてきたとき――。

携帯に着信があった。

ディスプレイを確かめると、それは先ほど斎場の前で顔を合わせ、黙礼だけを交わして別れてきたばかりの千曳さんからで。

「きみは今、どこに」

応答に出るなり、そう訊かれた。

「学校、です。もうすぐ着くところです」

「そうか」

聞こえてくる声の色が、どうも普通じゃない気がした。微妙にうわずっているような、震えているような……。

変だな、と直感した。

「何か?」

ぼくが訊くと、千曳さんはいったん「いや……」と言葉を濁したが、すぐに「実は」と云い直して、こう続けたのだ。

「たった今、一組の大畑先生から緊急の連絡があったんだよ。信じられない話だが、どうやら本当らしい。さっき火葬場へ向かった車のうちの一台が、途中の山道で事故を起こしてしまい……」

この時点ではまだ、原因は分かっていなかった。運転手が単にハンドルやブレーキの操作を誤ったのか。別の車と接触するかどうかしての事故だったのか。あるいはもっと不可抗力的な何かのせいだったのか。……いずれにせよ。

車は山道のガードレールを突き破り、十数メートルの崖下へ転落、炎上したのだという。その車に乗っていたのは、運転手のほかに三人。俊介の両親と敬介——この三人が、よりによって……。

数時間後。

炎がようやく消し止められたとき、車内の四人は全員がすでに息絶えていた。運転手および助手席に乗っていた幸田敬介は、転落時に頭部その他を強打してほぼ即死。後部座席に乗っていた幸田徳夫(とくお)・聡子(さとこ)の夫妻は、転落後の火災による焼死。――と、その後の調べで判明したという。

(下巻へ続く)

本書は、二〇二〇年九月に小社より単行本として刊行された作品を、
上下巻に分冊のうえ文庫化したものです。
作中の個人、団体、事件はすべて架空のものです。（編集部）

Another 2001(上)

綾辻行人

令和5年 6月25日 初版発行

発行者●山下直久

発行●株式会社KADOKAWA
〒102-8177 東京都千代田区富士見2-13-3
電話 0570-002-301(ナビダイヤル)

角川文庫 23688

印刷所●株式会社暁印刷
製本所●本間製本株式会社

表紙画●和田三造

●お問い合わせ
https://www.kadokawa.co.jp/(「お問い合わせ」へお進みください)
※内容によっては、お答えできない場合があります。
※サポートは日本国内のみとさせていただきます。
※Japanese text only

ISBN 978-4-04-113407-8 C0193

◇◇◇

角川文庫発刊に際して

角川源義

第二次世界大戦の敗北は、軍事力の敗北であった以上に、私たちの若い文化力の敗退であった。私たちの文化が戦争に対して如何に無力であり、単なるあだ花に過ぎなかったかを、私たちは身を以て体験し痛感した。西洋近代文化の摂取にとって、明治以後八十年の歳月は決して短かすぎたとは言えない。にもかかわらず、近代文化の伝統を確立し、自由な批判と柔軟な良識に富む文化層として自らを形成することに私たちは失敗して来た。そしてこれは、各層への文化の普及滲透を任務とする出版人の責任でもあった。

一九四五年以来、私たちは再び振出しに戻り、第一歩から踏み出すことを余儀なくされた。これは大きな不幸ではあるが、反面、これまでの混沌・未熟・歪曲の中にあった我が国の文化に秩序と確たる基礎を齎らすためには絶好の機会でもある。角川書店は、このような祖国の文化的危機にあたり、微力をも顧みず再建の礎石たるべき抱負と決意とをもって出発したが、ここに創立以来の念願を果すべく角川文庫を発刊する。これまで刊行されたあらゆる全集叢書文庫類の長所と短所とを検討し、古今東西の不朽の典籍を、良心的編集のもとに、廉価に、そして書架にふさわしい美本として、多くのひとびとに提供しようとする。しかし私たちは徒らに百科全書的な知識のジレッタントを作ることを目的とせず、あくまで祖国の文化に秩序と再建への道を示し、この文庫を角川書店の栄ある事業として、今後永久に継続発展せしめ、学芸と教養との殿堂として大成せんことを期したい。多くの読書子の愛情ある忠言と支持とによって、この希望と抱負とを完遂せしめられんことを願う。

一九四九年五月三日